EXCALIBUR

Fantasy by Knaur

Herausgegeben von
Kai Lindberg
und
Sophie Loewen

Die Wanderer
Band 1: Die Ankunft der Mönche
Band 2: Der Heilige Baum
Band 3: Der Plan der Druiden
Band 4: Das Reich der Danaan
Band 5: Die Bewahrer der Alten Wege
Band 6: Die Schlacht von Samhain

*»Im sanften Schein des Feuers saß ein alter Mann. Seine Hände waren rau, da er sein Leben damit verbracht hatte, das Feld zu bestellen. Nun saß er hier und wärmte sich. Seine Augen leuchteten, als ich eine Flasche öffnete und mich zu ihm setzte. Als wir schließlich den letzten Schluck guten, alten Whiskeys tranken, hatte ich einige der wunderbarsten Geschichten gehört – und war mir sicher, dass er die besten immer noch für sich behalten hatte …«*

**Caiseal Mór** wurde zwar in Australien geboren, wuchs aber als Sohn irischer Eltern mit den Traditionen der gälischen Musik und des Geschichtenerzählens auf: *»Musik und Geschichtenerzählen sind seit meiner Kindheit ein wichtiger Teil meines Lebens. Meine Großmutter war eine Meisterin darin, verschiedene Geschichten zu einer einzigen zu verbinden.«* Anfang der achtziger Jahre reiste Caiseal Mór nach Irland: *»Ich hatte das Glück, dort einige der besten Geschichtenerzähler zu treffen. Die Legenden und Anekdoten, die sie zu berichten hatten, inspirierten mich dazu, so viel wie möglich davon aufzuschreiben. Als ich nach Australien zurückkehrte, legte ich meine Notizen allerdings zunächst beiseite.«* 1990 schloss er sein Studium an der University of Western Sydney ab. Er arbeitete erfolgreich als Schauspieler, Lehrer und Musiker. *»Und dann erinnerte ich mich wieder an meine Aufzeichnungen.«* Mit seinem Romanzyklus *Die Wanderer*, der auf diesen Notizen beruhte, wurde Caiseal Mór über Nacht weltberühmt.

Caiseal Mór

# DER HEILIGE BAUM

Die Wanderer · Roman

Aus dem Englischen
von Bernd Seligmann

Knaur

Die australische Originalausgabe erschien 1995 unter dem Titel
*The Circle and the Cross – Part Two* bei Arrow Book,
einem Imprint von Random House Australia Pty Ltd.

Besuchen Sie uns im Internet:
www.knaur-fantasy.de
Sagen Sie uns Ihre Meinung zu diesem Buch:
excalibur@droemer-weltbild.de

Deutsche Erstausgabe 2002

Redaktion: Ralf Reiter
Umschlaggestaltung: ZERO Werbeagentur, München
Umschlagabbildung: AKG, Berlin
Satz: Ventura Publisher im Verlag
Druck und Bindung: Nørhaven Paperback, A/S
Printed in Denmark
ISBN 3-426-70254-1

2 4 5 3 1

Gewidmet
allen Poeten
und ihren Harfen

# KARTEN

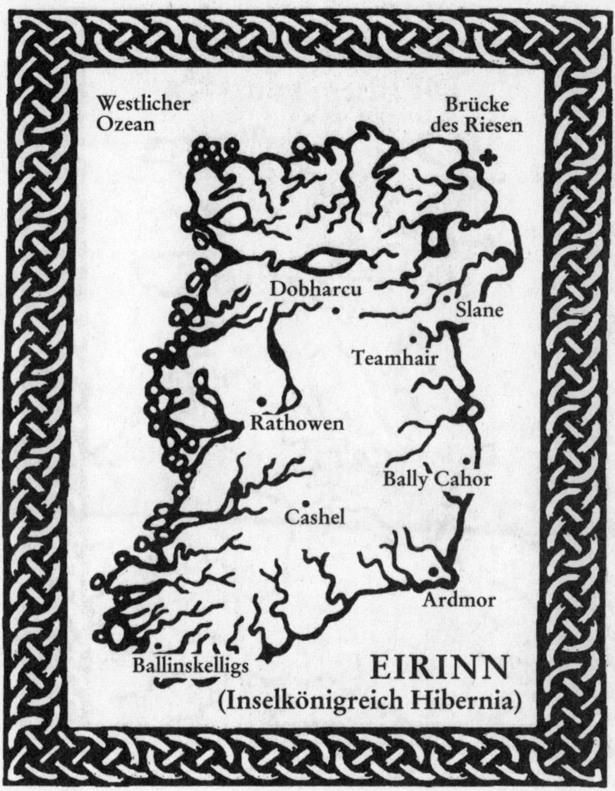
Westlicher Ozean
Brücke des Riesen
Dobharcu
Slane
Teamhair
Rathowen
Bally Cahor
Cashel
Ardmor
Ballinskelligs
EIRINN
(Inselkönigreich Hibernia)

Die Inseln von
ALBA
Cruitne
Eirinn
Dal
Araidhe
Candida
Casa
Inis Mannan
Insel der Barden
Cymru

GALLIEN
und
BRITANNIEN
Cymru
Eboracum
Irische See
(hibernisches
Meer)
Sächsische
Küste
Cunomori
Bretonen
Königreich
der
Franken
Nantes

# Was bisher geschah

Gegen Ende des 5. Jahrhunderts nach Christus kommt eine Gruppe christlicher Mönche über die Irische See, um das wilde, geheimnisvolle Land Eirinn zu missionieren. Ihr Anführer, Bischof Palladius, ist ein fanatischer Christ, der keinen Widerspruch duldet. Als einer der Mönche, Linus, ermordet wird, machen Palladius und Linus' Halbbruder Seginus die Einheimischen dafür verantwortlich. In Wirklichkeit war es der junge Mitbruder Isernus, der Linus erstochen hat, um dessen Zudringlichkeiten abzuwehren.

Während Isernus und der freundliche Mönch Declanu in einem Dorf an der Küste verbleiben, wandert der Rest der Gruppe landeinwärts nach Teamhair, dem Sitz des Hochkönigs. Monate später erreicht die Zurückgebliebenen die Nachricht, dass Palladius die Rivalitäten zwischen den Stammesfürsten dazu genutzt hat, einen Bürgerkrieg vom Zaun zu brechen. Einige der einheimischen Kelten haben sich bekehren lassen und marschieren gegen die Getreuen des Hochkönigs Leoghaire. Die Festung Rathowen, geleitet von der Druidenkriegerin Caitlin und ihrem Geliebten Fintan, ist das erste Ziel der Rebellen. Palladius setzt zudem sächsische Söldner ein, die für ihre Ruchlosigkeit bekannt sind. Anführer (Thegn) der Sachsen ist der Krieger Guthwin.

Noch unbeeindruckt von Krieg und Zerstörung wächst der Junge Mawn heran. Seine Talente sind eher introvertierter Natur, weswegen der Barde und Druide Gobann ihn zu seinem Schüler macht. Als Mawn mit Gobann nach Teamhair aufbricht, ahnt er noch nicht, dass er sein Dorf niemals wieder sehen wird: Die Sachsen brennen es kurz darauf nieder und töten alle Einwohner.

Gobann und Mawn ziehen durchs Land und geraten beim Kampf um Rathowen zwischen die Fronten. Die Königstreuen können sich der feindlichen Übermacht erwehren, erleiden jedoch starke Verluste. Caitlin verliert Fintan, den der sadistische Mönch Seginus vor den Wällen Rathowens kreuzigen lässt. Erst das Eingreifen der Prinzen des Königreichs Munster, Murrough und Morann, sichert Rathowen den Sieg.

Die Sachsen zahlen den höchsten Blutzoll, und Thegn Guthwin wird von seinem Konkurrenten Hannarr ermordet. Aber auch Hannarrs Position ist unsicher, denn der brutale Sachse Streng, den Caitlin schwer verwundet hat, wartet nur darauf, seinen Platz einzunehmen.

Palladius wird gefangen genommen und nach Britannien verbannt. Seginus entkommt jedoch und zieht mit Hannarrs dezimierter Truppe nach Süden zum Heiligen Baum der Kelten. Diese uralte Esche mit den lebensverlängernden Beeren ist das Symbol für den Bund der Kelten mit dem Feenvolk der Danaan, und wenn er fällt, weiß niemand, wie die Danaan darauf reagieren werden. Aus Rachsucht will Seginus den Baum zerstören.

Unter dem Eindruck des Krieges gibt Morann sein Erbe als kommender König von Munster auf und überlässt es seinem kriegerischen Bruder Murrough. Murrough wird Caitlin begleiten, um den flüchtigen Seginus aufzuspüren und ihn dingfest zu machen, bevor er den Heiligen Baum erreicht.

Mawn lernt von Gobann die ersten Lektionen eines Druiden und Barden und begegnet Sianan, der Enkelin des Hochdruiden Cathach. Und er erfährt, dass der Druidenrat Eirinns sie beide für eine ganz besondere Aufgabe auserkoren hat: Die Druiden erkennen, dass sie sich dem Christentum nicht lange werden widersetzen können. Aus diesem Grund werden sie sich mit Rom verbünden, bevor Schlimmeres passiert. Zugleich wollen sie jedoch insgeheim die alten Traditionen des keltischen Glaubens über die Zeiten hinweg weitertragen. Dazu erwählen sie die beiden Kinder Mawn und Sianan. Sie sind die »Wanderer«, die das Erbe des Landes Eirinn in sich tragen werden und es den kommenden Generationen vermitteln sollen. Ihre Ausbildung wird lang und hart sein, das Ziel der Reise ungewiss, und die Gefahren auf diesem Weg kommen nicht nur aus dem Diesseits, sondern vor allem aus der unberechenbaren Welt der Danaan ...

# I

Seginus und Hannarr zogen durch die Nacht, bis sie die Stelle am See erreichten, die Guthwin seinen Leuten als Treffpunkt nach der Schlacht von Rathowen beschrieben hatte. Guthwin war tot, doch dieser Befehl galt noch immer.

Sie wären viel schneller dort gewesen, wäre der Mönch vor Schmerzen in seinem immer dicker anschwellenden Knie nicht fast gelähmt gewesen. Hannarr sah sich gezwungen, ihn zu stützen, so wenig ihm das auch passte, und das letzte Stück zum Seeufer musste er ihn fast tragen.

Dass Hannarr dem Römer half, hieß jedoch bestimmt nicht, dass er sich dazu verpflichtet fühlte, einem Mitmenschen in Not unter die Arme zu greifen. Irgendwelche Pflichten anderen gegenüber hatten für Hannarr noch nie eine Rolle gespielt. Es war pure Habgier, die ihn dazu veranlasste.

Seginus wusste, wo die Schatzkammern des Südens zu finden waren. Bis er Hannarr dorthin geführt hatte, würde er ihm von Nutzen sein, doch danach würde der Thegn nicht mehr das Kindermädchen für ihn spielen. Dann konnte er sehen, wie er allein zurechtkam.

Streng schlief, und die anderen Söldner dösten vor sich hin oder waren betrunken, als die beiden kurz vor der Morgendämmerung ins Lager der Sachsen humpelten. Niemand kümmerte sich um sie, und bald hatten sie einen Platz am Feuer gefunden, wo sie sich setzen konnten. Nachdem er sich vergewissert hatte, dass Seginus noch japste und ihm nicht auf dem Weg weggestorben war, suchte er sich einen Becher Bier und gab dem Mönch davon zu trinken. Dann schliefen sie ein, ohne von irgendjemandem im Lager bemerkt worden zu sein.

Etwa drei Stunden später wurde Seginus vom trüben Tageslicht geweckt und stolperte zum Fluss hinunter, um sich zu erfrischen und zu waschen. Dann nahm er sich einen Stock, um sein Knie zu entlasten, und hinkte in die Büsche, wo er seinen Darm entleerte.

Als er keine fünf Minuten später zurückkam, schallte das Lager von Rufen und begeisterten Pfiffen und dem Klirren von Schwertklingen. Seginus wollte sich lieber noch nicht sehen lassen und beobachtete alles von weitem.

Augenblicke nachdem der Römer sich in den Wald verzogen hatte, war Streng aufgewacht und wäre fast über Hannarr gestolpert. Hannarr wachte ebenfalls auf und zog instinktiv sein Schwert, was Streng als Provokation genügte.

Im nächsten Moment befanden sich die beiden in einem erbitterten Zweikampf, in dem keiner den anderen mit dem Leben davonkommen lassen wollte. Das ganze Lager wachte daraufhin auf, und alle feuerten die Raufbolde an. Etwa ein halbes Dutzend waren eindeutig auf Hannarrs Seite, während die anderen lieber abwarteten, wer die Oberhand gewinnen würde.

Streng hatte nicht daran gedacht, wie sehr seine Wunde ihn noch schwächte, und je wütender er sich in den Kampf stürzte, desto wackliger wurde er auf den Beinen. Hannarr sprang um ihn herum und wich mühelos seinen Hieben aus, bis er überzeugt war, dass sein Gegner nichts mehr hinzuzusetzen hatte.

Bald sank Streng keuchend und hustend in die Knie. Hannarr überwältigte ihn und packte ihn bei der Kehle.

»Du solltest nie einem Mann dein Schwert vors Gesicht halten, wenn er gerade aufgewacht ist. Eines Tages wird es dein Tod sein«, röchelte Streng.

»Keine Sorge, Bursche. Heute wäre es fast *dein* Tod gewesen, oder?«, spottete Hannarr. Er lockerte seinen Griff. »Das war das Aufregendste, was ich erlebt habe, seit ich mich tot stellen musste und der Prinz des Südens so dicht vor mir vorbeigeritten ist.« Er hielt sich eine Hand vors Gesicht und berührte seine Nasenspitze damit.

»Nie im Leben hast du einen irischen Prinzen gesehen«, krächzte Streng mühsam durch seinen wunden, schmerzenden Kehlkopf.

»Doch, erst gestern, und wenn ich nicht anderweitig beschäftigt gewesen wäre, hätte ich ihn auf der Stelle totgeschlagen.«

»Woher will denn einer wie du wissen, was der Unterschied zwischen einem Prinzen und einem Stück ranzigen Schweinefleischs ist?«, konterte Streng.

»Ich habe den Mann, den ich gesehen habe, Seginus beschrieben, der den Prinzen schon oft getroffen hat.« Er erinnerte sich wieder an den Römer. »Seginus! Wo ist denn der Kerl?«

»Ich bin hier, Hannarr«, rief der Mönch, der sich schließlich aus den Büschen hervortraute. Er hatte gewartet, bis Streng am Boden war, bevor er seine Deckung verließ. »Ich musste mal ...«

»Komm her, Seginus«, forderte ihn Hannarr auf. »Wir wollen ein bisschen mehr über den Schatz hören, von dem du mir vor der Schlacht erzählt hast.«

»Den Schatz?« Seginus wusste zunächst nicht, worum es ging, doch dann erinnerte er sich an die Geschichte, die er Hannarr aufgetischt hatte, als sie vor dem irischen Erdwall lagen. Es war kurz vor dem Gefecht gewesen, in dem Guthwin gefallen war. »Ach ja, der Schatz des Südens.«

»Der größte Schatz der Welt«, wiederholte Hannarr Seginus' Beschreibung mit lauter Stimme, so dass alle ihn hören konnten.

Dem Römer war klar, dass er jetzt schnell denken musste. Diese Männer waren seine einzige Hoffnung, aus dem Land zu kommen, denn sie hatten Schiffe. Sein Plan begann schon Gestalt anzunehmen, aber er würde noch einige Zeit brauchen, sich die Einzelheiten zu überlegen. Wenn er vorsichtig war und keinen Fehler machte, konnte er vielleicht zwei Fliegen mit einer Klappe schlagen.

»Ich werde euch alles erzählen, sobald wir näher an dem Ort sind, an den wir ziehen sollten«, sagte er schließlich. »In Cashel gibt es Gold und Silber, und zwar mehr, als ihr tragen könnt, doch es gibt dort einen noch wertvolleren Schatz. Man muss nur wissen, wo er zu finden ist.«

»Wertvoller als Gold?«, krächzte Streng. »Es gibt nichts Wertvolleres als Gold.« Er setzte sich einen Becher Bier an die Lippen und vergoss das meiste davon über sein Kinn, so schwer fiel ihm das Schlucken.

»Nein?«, erwiderte Seginus. »Dann überleg mal: Was nützt dir alles Gold der Welt, wenn dir nur noch vierzig Jahre bleiben, deinen Reichtum zu genießen?«

Streng und Hannarr schauten sich fragend an und wollten hören, was Seginus weiter zu sagen hatte.

»Stellt euch vor, ihr könntet fünfzig Jahre länger leben – oder hundert, oder zweihundert? Könntet ihr dann nicht größere Reichtümer anhäufen, als ihr euch je erträumt habt?«, hielt ihnen Seginus seinen Köder vor die Nase. »Ganz zu schweigen von den anderen Freuden, die das Leben zu bieten hat.«

»Was plapperst du da, Römer?«, rief Hannarr. »Dein Kopf muss was abgekriegt haben, als man dir aufs Knie gehauen hat.«

»Ich weiß von einem geheimen Ort, wo ein Zauberbaum wächst«, fuhr Seginus fort, ohne ihn zu beachten. Fast glaubte er selbst das Heidenmärchen, das er erzählte. »Jedem, der von den Früchten dieses Baumes kostet, wird das ewige Leben zuteil.«

»Wo hast du davon gehört?«, wollte Hannarr wissen. Er war jetzt vollkommen ernst. Das spöttische Grinsen war ihm vergangen.

»Palladius hat mir davon erzählt, und der hat es von einem alten Druiden erfahren. Die Druiden sagen, die grausamen Danaan würden aus diesen Früchten ihre Zauberkräfte ziehen.«

Die Sachsen waren sprachlos. Keiner von ihnen sagte einen Ton, doch niemand zweifelte ernsthaft an den Worten des Römers, dafür waren ihnen in letzter Zeit zu viele unheimliche Dinge zugestoßen. Die Erwähnung des Volkes der Unterwelt regte Hannarr und Streng zum Nachdenken an und überzeugte sie schließlich, dass mehr dahinter steckte, als sie je begreifen würden. Zum Glück für Seginus lag es den Sachsen im Blut, sehr abergläubisch zu sein und an alle möglichen übernatürlichen Erscheinungen zu glauben.

»Was wäre euch also lieber? Sollen wir zu den Schatzkammern von Munster oder zum Baum des Lebens ziehen?«, fragte Seginus beiläufig.

»Und du kannst uns zu beiden führen?«, fragte der Thegn.

Seginus nickte. »Der Baum ist jedoch näher. Deshalb würde ich vorschlagen, wir gehen als Erstes dorthin.«

»Und was erwartest du als Gegenleistung?«, fragte Hannarr misstrauisch.

»Nur dass ihr mich auf einem eurer Schiffe nach Britannien bringt oder, besser noch, nach Gallien«, verriet er schließlich. »Ihr habt doch die Schiffe, mit denen man dorthin kommen kann, nicht wahr?«

Hannarr verzerrte seinen Mund zu einem zahnlosen Grinsen. Wenn er irgendetwas mehr liebte als Plündern, dann war es ein guter Handel – besonders wenn er die Möglichkeit sah, den anderen übers Ohr zu hauen. »Abgemacht«, sagte er freudig.

Erst gegen Mittag waren die Sachsen nüchtern genug, um zu erkennen, dass sie sich nicht länger an dem See aufhalten konnten, sonst würden sie irgendwann von Leoghaires Kriegern aufgestöbert. Hannarr ließ zwei seiner Männer eine Trage für Seginus bauen, damit sie nicht zu sehr aufgehalten würden durch seine Verletzung. Um die schwer Verwundeten unter den Kriegern hätte er sich normalerweise nicht gekümmert, da sie nur eine Belastung darstellten, doch dann fiel ihm ein, dass sie eine ausgezeichnete Ablenkung darstellen könnten.

»Ihr wartet hier, bis wir zurückkommen«, sagte er zu ihnen. »Wenn ihr gefangen genommen werdet, erzählt, ihr wäret die einzigen Überlebenden. Wir werden in zwei Wochen zurück sein und euch abholen.«

Die fünf Männer wussten genau, dass sie ihre Kameraden nie wieder sehen würden. Sie wussten jedoch auch, wie gefährlich es war, mit dem Thegn zu streiten. Also bereiteten sie sich darauf vor, ihr Glück mit den Iren zu versuchen. Sie waren ohnehin viel zu schwach, um sich darüber Sorgen zu machen, was mit ihnen passieren würde.

Nachdem Hannarr sich allen unerwünschten Ballasts entledigt hatte, waren es nur noch neunzehn gesunde Krieger, der geschwächte, aber unverwüstliche Streng und ein lahmer Römer, aus denen seine Streitmacht bestand. Sie warteten, bis die Dunkelheit hereinbrach, bevor sie loszogen. Hannarrs Plan war, in zwei bis drei Tagen fünfunddreißig römische Meilen zurückzulegen.

Er wusste nicht, dass sie nur wenige Stunden Vorsprung vor Murrough hatten, dessen heißester Wunsch es war, sie einzuholen und zu vernichten.

Nach der Ratssitzung packte Caitlin alles, was sie an Reiseausrüstung fand, ohne nach Rathowen zurückkehren zu müssen. Alles andere, was sie für die Reise nach Süden brauchte, borgte sie sich zusammen.

Sie steckte ihre Harfe in ihre Hülle, die jedoch nicht aus Otterhaut war wie Gobanns, denn nur die größten Harfner Eirinns trugen solche Kunstwerke mit sich herum. Ihre Harfentasche war ein viel einfacheres Exemplar aus Kalbsleder, das man mit vielen Schichten rohen Fetts wasserdicht gemacht hatte. Die Oberfläche war daher sehr fettig, doch wenigstens war ihr Instrument stets vor Wasser und Temperaturschwankungen geschützt. Heftige Wetterumschwünge konnten tödlich sein für eine Harfe. Die Messingsaiten setzten den Instrumentenkörper unter immense Spannung, was die Qualität des Holzes und die Fähigkeiten des Harfenbauers auf eine harte Probe stellte. Ein plötzlicher Kälteeinbruch konnte bewirken, dass die Saiten sich zusammenzogen und aus ihren Verankerungen sprangen. Eine schlecht gebaute Harfe würde kaum zwei Jahrzehnte überleben, bevor sie auf Grund von Schwächen in Material oder Konstruktion unter der Saitenspannung förmlich zerplatzte.

Ein Instrument höchster Qualität, wie man es für Meisterharfner anzufertigen pflegte, würde dagegen erst nach hundert oder mehr Jahren seine volle Reife zeigen. Der erste Eigentümer einer solchen Harfe wurde als kaum mehr als ihr Hüter betrachtet, der das Instrument durch seine frühen Jahre pflegte und einstimmte für den nächsten, berühmteren Besitzer. Dieser würde die Harfe dann in die Musik einführen, so dass sie schon häufig gespielt worden war, bevor sie an den Dichter der dritten Generation überging, für den sie von Anfang an bestimmt war.

Auch die Fertigung einer solchen Harfe konnte drei Generationen dauern. Das Eichenholz für ihren Körper wurde in tiefen Torfsümpfen gelagert, wo es hundert Jahre lang zu altern und zu härten hatte. Erst dann wurde es zu der vertrauten Dreiecksform gestaltet. Caitlins Harfe hatte jedoch nicht diese Klasse. Sie entsprach dem Rang, den man ihr bei ihrer Geburt vorhergesagt hatte. Dennoch war es ein gutes Instrument aus der Werkstatt des berühmten blinden Harfners

Kolm Dhall. Wie jede Harfe hatte sie einen Namen und eine Persönlichkeit: Sie hatte eine Seele. Caitlin betrachtete sie als ihre Freundin, die in der Sprache der Musik zu ihr redete und deren Nahrung nicht Brot oder Met waren, sondern Erfahrungen und Geschehnisse.

Während sie die Tasche zuband, erinnerte sie sich an den Abend, als Kolm sie ihr geschenkt hatte, und wie er ihr ihren Namen zugeflüstert hatte, der seitdem ihr Geheimnis war. Sie sprach sie nur damit an, wenn sie sicher war, dass niemand sie hören konnte.

*Es gibt Dinge, die man nur mit einem Liebhaber teilt,* dachte sie, und sofort blitzte Fintans Gesicht vor ihr auf. Sie spürte keinen plötzlichen Schmerz, keine Schuld und keine Reue, und doch sah sie unwillkürlich sein Gesicht vor sich.

Sie zwang sich, die Gedanken an ihn zu verdrängen, und erinnerte sich wieder an Kolm, wie er die Harfe aus ihrer Hülle nahm, um ihr den ersten Schnee zu zeigen, damit sie den Winter aus eigener Erfahrung kennen und ihr Gesang darüber von Autorität getragen sein würde. Kolm selbst hatte nie den Schnee gesehen, da er seit Geburt blind war. Und doch hatte er klarer gesehen als jeder andere, was auf der Welt wirklich wichtig war.

Nachdem die Harfe sicher verschnürt war, schwang Caitlin sich das Instrument über die Schulter und stieg – mit Murroughs sanfter Hilfe – auf den Apfelschimmel, den man für sie gebracht hatte. Ihr verletztes

Bein fühlte sich dabei nicht so schlimm an, wie sie befürchtet hatte. Dafür dankte sie den Göttern.

Daran, wie sie sich in zwölf Stunden fühlen würde, wollte sie lieber nicht denken.

Gobann kam, um ihnen alles Gute zu wünschen. Er sprach zuerst mit Caitlin. »Ich habe etwas für dich – na ja, es ist eigentlich nicht für dich ...« Er holte eine kleine silberne Eichel aus seinem Beutel und legte sie in Caitlins Hand.

»Ich möchte, dass du das jemandem gibst von mir.«

»Für wen ist es?«, fragte Caitlin, während sie das Silberklümpchen bewunderte, in das der Schmied einen Fisch, einen Raben und einen Hund geprägt hatte, deren Schwänze zu einem unentwirrbaren Knoten verflochten waren. Es musste für einen Danaan bestimmt sein.

»Ich weiß nicht, für wen es ist«, antwortete Gobann ehrlich, denn es war ein unerklärlicher Impuls gewesen, der ihn veranlasst hatte, es ihr zu geben, »doch du wirst merken, wenn es so weit ist, dass du dich davon trennen musst.«

Er fuhr sich mit der Hand über sein zu Stoppeln gestutztes schwarzes Haar. Ihm wurde plötzlich klar, welch seltsamen Auftrag er Caitlin soeben erteilt hatte.

»Möge die Straße euch gnädig sein«, segnete er die Reisenden.

Dann ging er zu Murrough, um ihm Lebewohl zu sagen. Caitlin blieb mit dem Rätsel zurück, was er wohl gemeint haben könnte. *Du wirst merken, wenn es so weit ist* ... Schließlich gab sie es auf, über die Worte des Poeten nachzugrübeln. Sie machte das Silberschmuckstück an der Lederschnur fest, die sie um den Hals trug, und steckte es unter ihr Hemd.

»Gute Reise«, wünschte der Dichter dem Prinzen und fügte etwas leiser hinzu: »Kümmere dich um sie.« Er blickte zu Caitlin. »Ich habe das Gefühl, die Ereignisse der letzten Tage werden sie sehr bald einholen. Sie wird dich brauchen.«

Dann beugte er sich näher zu dem Prinzen und äffte den Hochkönig nach: »Es wird Zeit, dass du dir eine Partnerin suchst, mein Junge.« Sie lachten herzlich, doch Murroughs Lachen klang etwas nervös. Gobann war sicher, dass er mit seinem Scherz einen Nerv getroffen hatte.

Als alle bereit waren, machte sich die dreißigköpfige Expeditionstruppe auf den Weg zum Südufer des Sees. Weiter würde man vor dem Abend nicht kommen, und alle freuten sich auf eine ruhige Nacht, nach der sie am nächsten Tag erfrischt weiterreiten würden.

»Wir werden heute langsam reiten«, wies Murrough seine Leute an. »Morgen werden wir dann das Tempo erhöhen. Die heutige Etappe ist in wenigen Stunden bequem zu schaffen. Die Straße hier ist in gutem Zustand. Wir sollten also auf keine Schwierigkeiten stoßen.«

Er dachte vor allem an Caitlins Verletzung. Er wollte sie nicht überanstrengen, besonders zu Beginn, deshalb sollten sie die Reise gemächlich angehen. Wenn irgendwelche verstreuten Truppen zu dem Baum unterwegs waren, dann waren sie zu Fuß. Sie würden bestimmt nicht vor ihnen am Lebensbaum sein. Und wenn sich Caitlins Zustand verschlimmerte, würde er zwanzig Männer vorausschicken und mit dem Rest bei ihr bleiben.

Erst jetzt, als sie aus dem Lager ritten, fragte sich Murrough, warum der Rat Caitlin erlaubt hatte, mit ihm zu kommen, obwohl den Druiden die Tiefe ihrer Trauer und die Schwere ihrer Verletzungen sicherlich bewusst war. Er dachte jedoch bald nicht mehr daran. Es gab wichtigere Dinge, um die er sich kümmern musste.

Das Klirren der Kriegsausrüstung, der Küchenutensilien und Geschirre hallte über Fluss und See. Die Wachen in Leoghaires Lager konnten es noch hören, als Murrough mit seiner Truppe schon weit weg war, bis sie schließlich in dem Gehölz verschwanden, das weiter unten im Tal begann.

Erst jetzt, als das letzte Flackern der Lagerfeuer hinter ihnen sich zwischen den Bäumen verlor, begann Caitlin, sich zu entspannen. Endlich hatte sie Rathowen hinter sich gelassen und konnte frei atmen.

Leoghaire stand am Rand seines Lagers und schaute Murrough und seinem Trupp lange nach. Er hatte sich einen alten Ledermantel übergeworfen, so dass keiner seiner Krieger ihn erkannte. Er wünschte, er könnte öfter so in der Menge untertauchen.

In den fünf Jahren seiner Herrschaft war er ständig von Menschen umgeben gewesen. Nie hatte er Zeit für sich selbst gehabt, es sei denn, dass er sie sich stahl, so wie er es jetzt tat. Sonst hatte ihm das hektische Leben eines Hochkönigs immer behagt – jedenfalls bis zum Tag zuvor, als er zusehen musste, wie Gälen sich gegenseitig abschlachteten. Seitdem war ihm sein Amt mehr Last als Freude.

Sobald er sich vergewissert hatte, dass Murroughs Gruppe sicher unterwegs war, rief er seinen Herold zu sich und ließ verkünden, dass die Zeremonien für die Toten am nächsten Morgen in aller Frühe abgehalten werden sollten. Er hatte vor, es so kurz wie möglich zu machen, denn plötzlich konnte er es kaum abwarten, nach Teamhair zurückzukehren. Er wusste nur zu gut, dass seine Gegenwart am Königssitz ein wichtiges Signal war, wenn sie verhindern wollten, dass sich der Aufstand im ganzen Land ausbreitete.

*Der Friede ist dahin*, dachte er bei sich. *Morann und Caitlin, die beiden tüchtigsten jungen Häuptlinge des Königreichs, sind zurückgetreten. Bald wird es mehr Kämpfe geben. Mein ganzes Leben habe ich dafür geschuftet, solche Stammeskriege zu verhindern, und dann landet ein hergelaufener Fremdling an unserer Küste und alle Arbeit ist dahin.*

Die große, bittere Ironie an der Situation entging ihm nicht. Hätte das Land nicht so lange den Frieden genossen, den er ihm gebracht hatte, dann hätten sie vielleicht mehr erfahrene Krieger in ihren Reihen gehabt, als es zur Schlacht kam. Vielleicht wäre es nie zu wirklichen Kämpfen gekommen, wenn seine Soldaten besser bewaffnet und ausgebildet gewesen wären. Vielleicht ... Der Himmel über ihm war klar und voll funkelnder Sterne, doch er sah nichts als Gewitterwolken.

Die Vorbereitungen für die Bestattungen gingen über Nacht weiter, damit die Weihe am frühen Morgen stattfinden konnte. Alle Gefallenen, einschließlich der beiden, die am Kreuz gestorben waren, wurden in eine tiefe Grube gelegt. Wie es die Tradition verlangte, wurden die Leichname zunächst mit Erde bedeckt, dann mit Steinen und dann mit den Blumen, die um die Jahreszeit zu finden waren. Darüber wurde eine Schicht Laub gelegt, dann wieder Erde und zum Schluss ein Hügel aus Steinen vom Schlachtfeld, um das Grab zu markieren. Die Spitze des Grabhügels bildete ein aufrecht stehender Felsblock, in den Gobann eine Inschrift hatte meißeln lassen. Es waren Ogham-Symbole, die älteste Sprache des gälischen Volkes, Glyphen mit mystischer Macht. Wörtlich bedeuteten sie schlicht: »Hier liegen viele aus Leoghaires Volk.«

Gobann war gebeten worden, die Inschrift zu komponieren, und wie immer hatte er die Zeichen so gewählt, dass sie viele verschiedene Bedeutungsebenen bargen, von denen jede eine Wahrheit ausdrückte. Wer in die Geheimnisse der Ogham-Schrift eingeweiht war, konnte viel mehr daraus lesen als der ungebildete

Reisende. Zum Beispiel verriet Gobann in diesen zehn oder zwölf Zeichen auch, wie es dazu gekommen war, dass so viele Leichname in einer einzigen großen Grube begraben lagen.

Die toten Sachsen wurden aufgesammelt und auf der anderen Seite der Festung am Fuß des Hügels beerdigt, nicht weit von der Stelle, wo die Lücke in den Befestigungen gewesen war, durch die sie in die Falle gelockt worden waren. Man errichtete einen Grabstein, doch niemand kannte die Sprache der Sachsen gut genug, um eine Inschrift verfassen zu können. Stattdessen legte man ihre Waffen um den Grabhügel aus, so wie es sich die gefallenen Krieger wahrscheinlich gewünscht hätten.

Gobann hatte sich nicht drängen lassen, als er die Ogham-Symbole für die Grabinschrift auswählte. Er dachte lange darüber nach, denn dies war die erste Gelegenheit, seinen beiden neuen Schülern etwas beizubringen, das ihnen in ihrem späteren Leben immer wieder zu Nutze kommen würde.

Mawn und Sianan, die nun ausschließlich unter Gobanns Obhut standen, während Murrough im Süden unterwegs war, saßen mit dem Dichter am Feuer und schauten aufmerksam zu, wie er verschiedene Schriftzeichen in die weiche Rinde eines Astes kratzte, bis er die Kombination gefunden hatte, die am knappsten und besten ausdrückte, was er zu sagen gedachte.

»Ogma hat seinem Volk diese Schrift geschenkt«, erklärte er dabei. »Er gehörte dem Volk der Danu an, das diese Kunst an uns weitergab.«

»Wie ist er darauf gekommen?«, fragte Sianan.

»Indem er die Bäume betrachtete. Jedes Zeichen ist nach einem Klan von Bäumen benannt.« Mit dem Zweig, den er in der Hand hielt, zeichnete er ein Symbol in den Staub vor seinen Füßen, einen langen Strich mit zwei kurzen, parallelen Seitenästen, die nach rechts abzweigten.

»Das ist das Zeichen des Eschenbaums«, erklärte er. »Die beiden Äste, die senkrecht aus dem Stamm ragen, machen es unverwechselbar. Alle Zeichen haben Äste, mal nach links, andere nach rechts, und manche haben Äste zu beiden Seiten.«

»Der Lebensbaum gehört zum Klan der Eschenbäume«, gab Mawn stolz sein Wissen kund, denn er hatte jedem Wort gelauscht, das der Dichter in seiner Gegenwart geäußert hatte, seit er mit ihm auf Wanderschaft war.

»Ja«, bestätigte Gobann, »er stammt von Bäumen in der alten Heimat der Tuatha-De-Danaan ab. Die Eberesche ist der Baum der Verheißung und der Magie.« Er schaute den beiden Kindern ernst in die Augen. »Die Ebereschen sind eure Beschützer. Das dürft ihr nie vergessen.«

Das Wissen, das er ihnen an diesem Tag vermitteln wollte, war grundlegend für alles Weitere, was der Dichter die beiden zu lehren gedachte. Er wusste also, dass er sich möglichst klar ausdrücken musste.

»Die meisten Bäume leben länger als jeder Mensch. Der Lebensbaum steht seit fast tausend Wintern und erinnert sich an alles, was in dieser Zeit geschehen ist. Wer die Kunst des Zuhörens gelernt hat, dem erzählt der Geist des Baumes seine Geschichte. Wenn der Lebensbaum eines Tages stirbt – und jedes Ding muss irgendwann sterben –, dann wird seine Seele wahrscheinlich in den Körper eines Weisen oder eines Lehrers schlüpfen.«

»Wie kommt es, dass die Esche auch Murroughs Baum ist?«, wollte Mawn wissen.

»Sie ist einer der Bäume, vor dem die Eoghanacht ihre Eide ablegen«, antwortete Gobann. »Davon gibt es mehrere, doch den Lebensbaum gibt es nur einmal auf der ganzen Welt. Er ist Zeuge und Sinnbild des Abkommens zwischen unserem Volk und den Danaan und steht unter dem Schutz des Königreichs Munster. Die Eoghanacht haben geschworen, in alle Ewigkeit für seine Sicherheit zu sorgen.«

Er hielt inne, um ein weiteres Zeichen auf den Ast zu ritzen und eine andere Kombination zu versuchen, mit der er jedoch nicht zufrieden war.

»Sonst fühlen sich die Eoghanacht eigentlich mehr der großen Eibe verbunden«, fuhr er dann fort, wobei er seine Aufmerksamkeit zwischen der Komposition der Ogham-Zeichen und seinen Schülern teilte. »Von der haben sie auch ihren Namen, denn Eoghan bedeutet in der Sprache der Ahnen ›der Klan der Eibe‹. Eibenbäume leben länger als fast jeder andere Baum. In Munster gibt es einen, der fast doppelt so alt ist wie der Lebensbaum. Die Eibe ist für uns die Hüterin der Tradition, das Verbindungsglied zwischen unserer Vergangenheit und unserer Zukunft. Deshalb wird der Eibenklan auch euch beschützen.«

Da Gobann sah, dass die Kinder aufmerksam lauschten, legte er seine Schnitzerei für eine Weile beiseite und erklärte ihnen die anderen Zeichen des Ogham: das Zeichen der Eiche, des Weißdorns, der Stechpalme, des Schwarzdorns, des Holunderbaums, der Birke, der Weide, der Erle, der Esche, des Haselnussbaums und schließlich die Symbole der Nessel, des Schilfrohrs und des Brombeerstrauchs. Eines nach dem anderen zeichnete er mit seinem Stöckchen in den Staub und erklärte ihnen die Bedeutung.

»Werden Fintan und der Junge als Bäume auf die Welt zurückkehren?«, fragte Sianan.

Mawn blickte zu ihr auf, als sie das sagte, und gab sich alle Mühe, seine Gedanken nicht preiszugeben. Sein Blick huschte hin und her zwischen seinem Lehrer und dem Mädchen, als sie sprachen, und zum ersten Mal bemerkte er in Sianans Augen das gleiche Mitgefühl, das ihm so oft in den Blicken des Dichters aufgefallen war.

»Warum fragst du das?«, wunderte sich Gobann.

»Weil sie an Bäumen gestorben sind«, antwortete das Mädchen. »Deshalb dachte ich, sie würden vielleicht als Bäume wiederkehren.«

»Ja«, sagte Gobann nachdenklich, »so könnte es wohl kommen. Nach dem Tod treibt die Seele wie ein Schiffbrüchiger auf dem Ozean, nackt und ruderlos in einem winzigen Curragh. Es gibt kaum einen Lebenden, der dieses Gefühl kennt. Der Bischof von Eirinn würde mir jedoch gewiss zustimmen. Es ist eine beängstigende Aussicht, auf dem Meer zu treiben und nicht zu wissen, wo man je wieder an Land kommen wird. Aber bestimmt gibt es niemanden, der sagen kann, in welcher Gestalt seine Seele zurückkehren wird, wenn er einst stirbt.«

Der Dichter lächelte. Er war ganz glücklich mit seiner Erklärung und kehrte zu der Geschichte zurück, die sich um die Schriftzeichen entfaltete. »Jeder Baum muss zunächst um Erlaubnis gebeten werden, bevor man sein Holz zum Bauen oder für andere Zwecke verwendet, und kein Baum darf gefällt werden, bevor er neun Winter alt ist.«

»Warum?«, fragte Mawn.

»Aus zwei Gründen: Zunächst ist so dafür gesorgt, dass unsere Insel nicht ihrer Wälder beraubt wird, wie es schon in anderen Ländern geschehen ist. Die Frist von neun Jahren gibt den meisten Bäumen genug Zeit, sich fortzupflanzen. Hackt man einfach alle Bäume nieder, dann verkommt das Land schnell zu einer nackten Einöde, da es keine Baumwurzeln mehr gibt, welche die Erde zusammenhalten. Der Wind weht alles davon, und übrig bleibt nur der schwere Tonboden, den der Wind nicht erfassen kann, in dem aber auch nichts wächst.«

Mawn erinnerte sich, wie Origen ihm erzählt hatte, er käme aus einem Land am Rande der Wüste, und fragte: »Ist es Origens Land so ergangen?«

»Ich war noch nie in Alexandria, doch ich habe gehört, es wäre einmal voller Gärten, Kanäle und

Wälder gewesen. Heute gibt es dort nur noch Sand und Salzwasser.«

»Und was ist der zweite Grund?«, fragte Sianan voller Ungeduld.

»Ach ja«, rief Gobann. Mawn hatte ihn wieder einmal aus dem Konzept gebracht. »Der zweite Grund ist, dass es nicht recht wäre, so langlebige Geschöpfe zu zerstören, bevor sie eine bestimmte Zeit auf Erden geweilt haben. Diesen Respekt schulden wir den Seelen der Bäume; deshalb die Neunjahresfrist. Auch ihr beide seid nun neun Jahre alt und steht an einer wichtigen Schwelle. Das Leben eines Menschen vollzieht sich in Schritten von drei Jahren. Ihr seid also am Ende der dritten Phase, und nicht zufällig seid ihr in diesem Alter ausgewählt worden.«

»Und wie alt bist du?«, fragte Mawn dazwischen.

»Ich bin seit siebenundzwanzig Sommern auf der Welt«, antwortete Gobann stirnrunzelnd.

»Das sind dreimal drei Phasen von jeweils drei Jahren«, rechnete Mawn stolz vor. Sein Vater hatte ihm beigebracht, was es mit Zahlen auf sich hat. Ein Schmied musste in solchen Dingen Bescheid wissen, und da Mawn für die Ziegen verantwortlich gewesen war, hatte er sie oft zählen müssen. Zählen und Rechnen bereiteten ihm also keine Schwierigkeiten. »Auch du stehst also an einer wichtigen Schwelle«, rief er aus.

»Ja, es ist eine sehr wichtige Zeit für mich«, stimmte Gobann zu. »Ich erwarte, dass sich vieles in meinem Leben ändern wird.«

»Dann müssen wir drei ganz besonders zusammenhalten und aufeinander Acht geben«, sagte Sianan sehr ernst.

»Ja, das müssen wir«, sagte Gobann lächelnd.

# II

Hannarr und die Überlebenden seiner Söldnerarmee kamen trotz der Last, die der verletzte Römer für sie darstellte, schnell voran. Einer der Gründe dafür war sicherlich, dass der neue Thegn seine Männer über das Ziel ihres Marsches aufgeklärt hatte.

»Der Baum trägt genug Früchte für jeden von uns«, hatte er vor versammelter Mannschaft erklärt. »Haben wir erst die Wunderbeeren, dann werden wir die Schatzkammern von Munster plündern, während der Hochkönig noch auf seiner Hügelfestung sitzt und um die Gefallenen trauert. Und dann können wir diese Insel für immer hinter uns lassen.«

Seine Rede war mit Freudenschreien begrüßt worden, doch Hannarr wusste sehr wohl, dass die größte Freude wahrscheinlich seinem Versprechen galt, dass sie dieses unheimliche Irland bald verlassen würden.

Seginus wurde von zwei Kriegern getragen. Die Träger wurden stündlich ausgetauscht, so dass das Marschtempo nicht zu sehr litt. »Ich wollte, wir hätten Pferde«, fluchte Hannarr immer wieder. Der Verlust der

Reittiere war ein schwerer Schlag gewesen und brachte alle seine Pläne in Gefahr. Wenn die Iren eine berittene Streitmacht nach Süden brachten, bevor sie ihr Ziel erreichten, würden sie die Söldner massakrieren.

Nach einer Nacht durch schwieriges Gelände trafen sie im Morgengrauen auf die Hauptstraße nach Süden, wo sie sich hinter einem Rundhügel verkrochen und für fünf Stunden rasteten und schliefen. Da Hannarr es für wichtiger hielt, allen seinen Männern so viel Ruhe wie möglich zu gönnen, stellte er keine Wachen auf.

Erst kurz vor Mittag weckte der Thegn seine Männer mit Schreien und Flüchen. Er erlaubte ihnen eine kurze Mahlzeit und ließ sie von einer nahen Quelle trinken, bevor sie das Lager abbrachen. Hannarr hatte inzwischen beschlossen, auf dem kürzesten Weg nach Süden weiterzuziehen. So blieben sie auf der Straße, die das nördliche Königreich Ulster mit dem südlichen Reich Munster verband.

Den Rest des Tages verbrachten sie auf dem Marsch. Am Nachmittag legten sie noch eine kurze Rast ein und dann noch eine kurz nach Einbruch der Abenddämmerung. Dann trieb Hannarr sie für weitere drei Stunden durch die Dunkelheit, bevor er sie bis zum Morgen schlafen ließ. Sobald die Sonne aufging, trat er seinen Kriegern in die Rippen und schrie herum, bis sie bereit waren, weiterzuziehen. Wieder durften sie nur gerade so viel essen und trinken, wie zum Überleben nötig war. Danach löschten sie das Feuer und hinterließen den Lagerplatz so, dass niemand ahnen würde, dass zweiundzwanzig Krieger dort die Nacht verbracht hatten.

Seginus konnte nur staunen, wie schnell sie vorankamen, als sie erst auf der Straße waren. Noch nie hatte er Truppen gesehen, die so schnell marschieren und so viel ertragen konnten. Nicht einmal die skythischen Soldaten im Dienst des Kaisers konnten sich mit diesen Sachsen messen. Die Rationen waren so knapp, um etwas übrig zu haben für den Fall, dass alles in einer Katastrophe endete; Wasser wurde gar keines mitgeführt. Man trank nur, wo man gerade rastete und wo Wasser zu finden war.

Sie waren fast wie Pferde, wie Packtiere, dachte der Mönch. *Ach, wären sie nur Christen. Mit solchen Soldaten könnten wir die ganze Welt unter das Kreuz zwingen.*

Wie am Tag zuvor hatten sie Seginus auf eine Trage gelegt und festgebunden, damit er nicht herunterfiel. Er hatte auch als Einziger eine Wasserflasche, und seine Rationen an Brot und Trockenfleisch waren ein wenig großzügiger als die der Sachsen, denn für Hannarr war er – jedenfalls im Augenblick noch – so wertvoll wie der Schatz, zu dem er sie führte.

Das Gelände war etwas rauer als am Vortag. Sie befanden sich auf einem Abschnitt der Straße, der nicht in Stand gehalten wurde, da er sich auf umstrittenem Territorium befand, und von den beiden Häuptlingen, die das Land für sich beanspruchten, fand sich keiner bereit, für die Wartung der Großen Straße aufzukommen.

Seginus versuchte, in dem kleinen Evangelium zu lesen, das er stets bei sich hatte, doch seine beiden Träger schüttelten ihn so durch, dass er sich nicht konzentrieren konnte. Dann versuchte er zu schlafen, aber der Tag war warm, und gegen Mittag wurde es ihm richtig heiß auf seiner Bahre, obwohl der Winter noch nicht vorbei war. Sein Knie war immer noch steif, und wann immer sie rasteten, konnte er nur wenige Schritte humpeln, bevor das Bein plötzlich vollkommen steif wurde und ihm ganz den Dienst versagte. Nach fünf Stunden ohne Pause war er erschöpft und verschwitzt, obwohl er die ganze Zeit flach lag, während sich andere das Kreuz krumm schuften mussten, um ihn durch die Gegend zu tragen.

Er tastete nach der Lederflasche an der Seite seiner Trage, öffnete sie vorsichtig und wollte sie sich gerade an die Lippen setzen, als Hannarr befahl, sofort stehen zu bleiben. Der Thegn legte sein Ohr an den Boden und gab seinen Männern Zeichen, sich schleunigst im Straßengraben zu verstecken.

In der Panik rutschte Seginus die Flasche aus der Hand, doch zum Glück blieb sie mit ihrem Riemen an einer Schnalle seines Mantels hängen, den er neben sich eingerollt hatte, so dass er ihn nicht verlor. Sekunden später lagen die Söldner in den Gräben zu beiden Seiten der Straße, die Gesichter ins Gras gedrückt.

Seginus musste eine ganze Weile angestrengt horchen, bevor er sicher war, dass er einen Reiter hörte. Er näherte sich aus der Richtung, aus der sie gekommen waren. Seginus tastete nach seiner Wasserflasche, um sich zu vergewissern, dass sie sich nicht von der Trage gelöst hatte. Seine Erleichterung war groß, als er das kühle Leder fühlte, denn jede kleinste Spur, die sie auf der Straße zurückgelassen hätten, konnte sie verraten.

Der Botenreiter galoppierte an ihnen vorbei, ohne sein Tempo zu verlangsamen, doch zur Sicherheit ließ Hannarr seine Männer noch zehn Minuten still liegen, bevor er aufstand und nachschaute, ob die Straße wieder frei war.

»Auf, ihr faulen Kerle!«, brüllte er dann. »Wir müssen weiter!«

Die Krieger kamen schweigend aus ihren Verstecken und kletterten wieder auf die Straße, doch als sie Seginus' Trage anhoben, blieb seine Wasserflasche mit ihrem Riemen an einem abgefallenen Ast hängen. Der Römer hörte die Nähte seines teuren Mantels krachen. Der Ast war verfault und gab bald nach, doch die Flasche war schon so weit losgerissen, dass sie nur noch an einem schmalen Streifen Stoff hing und über den Boden schleifte, gerade außer Reichweite des Mönchs.

Die Sachsen verloren keine Sekunde und zogen in einem Tempo weiter, als hätten sie nicht zehn Minuten, sondern zehn Stunden gerastet. Seginus versuchte seine Träger darauf aufmerksam zu machen, was mit seiner Wasserflasche passiert war, doch die beiden Sachsen hatten genug damit zu tun, ihn zu tragen, und achteten nicht auf ihn.

Bei der rauen Art und dem Tempo, in dem sie ihn transportierten, dauerte es nicht lange, bis Seginus wieder etwas reißen hörte und die Flasche schließlich zu Boden fiel. Der Römer drehte sich um, so weit er konnte, und musste hilflos zuschauen, wie sie ein kurzes Stück rollte und auf dem Gras am Straßenrand zu liegen kam. Ein Stück roter Stoff war daran hängen geblieben, und er konnte nicht um das Gefühl umhin, dass die Flasche bald entdeckt werden würde. Er konnte sie noch sehen, als sie schon dreißig Schritt weiter waren, und ihm blieb nichts anderes übrig, als sich halbherzig einzureden, dass sie schon niemand finden würde.

Seine Kehle war staubtrocken. Er legte sich zurück und bedeckte sein Gesicht mit einem Fetzen seines zerrissenen Hemdes, und irgendwann vergaß er all seine Ängste und schlief ein.

So marschierten die Gesetzlosen zwei volle Tage und Nächte.

Murrough war nicht im Geringsten überrascht, die fünf verwundeten Sachsen am Seeufer vorzufinden, wo ihre Kameraden sie zurückgelassen hatten. Überrascht war er nur, dass es nicht mehr waren.

Die anderen mussten geflohen sein. Er versuchte sich zu erinnern, wie viele tote Sachsen sie vom Schlachtfeld getragen hatten.

»Ich bin sicher, es halten sich noch andere in der Gegend auf«, meinte auch Caitlin. »Ich kann mir nicht vorstellen, dass sie alle tot oder verwundet sind.« Sie hielt inne, und er nickte zustimmend. »Und wo sind die Anführer? Von den Gefallenen sah nur einer so aus, als hätte er einen besonderen Status gehabt, und von denen hier ist bestimmt niemand ein Häuptling.«

»Du hast Recht, Caitlin, aber wir haben jetzt keine Zeit, sie zu suchen. Wir können auch keine Wachen für diesen Haufen hier abstellen. Und keiner von uns spricht ihre Sprache, so dass sie uns nichts erzählen können, selbst wenn sie wollten. Wir werden ihnen etwas Proviant da lassen, wenn wir im Morgengrauen weiterziehen.«

Caitlin stieg mühsam von ihrem Pferd. Sie hoffte, Murrough würde nicht bemerken, welche Schmerzen sie hatte. Sie fürchtete, er würde sie zurückschicken, wenn sie zu einer zu großen Last würde. Doch Murrough hatte sie beobachtet und wusste genau, dass ihre Wunde sie immer noch sehr behinderte, auch wenn sie es nicht zeigen wollte.

Am nächsten Tag ritten sie von Sonnenaufgang bis Mittag, wieder in einem bequemen Tempo, ohne die Pferde besonders anzutreiben. Die Sachsen ließen sie einfach zurück, obwohl Caitlin das Gefühl hatte, sie hätten mit ihnen reden sollen, trotz aller Sprachprobleme, aber jetzt waren sie unterwegs, und sie konnte nur der verpassten Gelegenheit nachtrauern.

Als der Tag zu Ende ging und sie ihre zweite Pause einlegten, fühlte Caitlin sich hundeelend. Ihr Fieber war über den Nachmittag ständig gestiegen, und obwohl sie viel Wasser trank und einen Teil ihrer Kleider ablegte, wurde es immer schlimmer. Der Schmerz in ihrem Bein war beängstigend, und um die Wunde hatte sich eine purpurne Schwellung gebildet. Dennoch hatte sie es geschafft, ihren Zustand bis zum Abend zu verheimlichen. Erst dann ließ sie Murrough wissen, wie schlecht es ihr ging. Man bereitete ihr geschwind ein Lager und zündete ein Feuer an, um die Wunde zu untersuchen.

»Es ist Eiter«, sagte Ruari, einer der erfahrensten Veteranen der Gruppe. »Es ist das Gift, das sich um das Pfeilloch ansammelt.«

»Was können wir dagegen tun?«, fragte der Prinz, der sich in seinen schlimmsten Befürchtungen bestätigt fühlte.

Caitlin stützte sich mühsam auf einen Ellbogen und sagte: »Es gibt zwei Möglichkeiten: Entweder wir öffnen das Geschwür und lassen das Gift heraus, oder wir warten, bis die Beule von selbst platzt.«

»Doch dann könnte es eine Blutvergiftung geben«, erklärte Ruari. Er schien sich seiner Sache sicher zu sein. »Es ist besser, wir schneiden die Wunde sofort auf.«

»Wenn du das tust, werde ich morgen nicht reiten können«, protestierte Caitlin. »Wir können uns nicht leisten, noch mehr Zeit zu verlieren. Warum lassen wir das Bein nicht in Ruhe und warten ab, wie es morgen geht?«

»Vielleicht bleibt uns nichts anderes übrig«, gab Murrough zu. »Es sei denn, ich schicke zwanzig Mann voraus und bleibe mit dir und dem Rest zurück, bis es dir besser geht.«

»Das kannst du nicht tun!«, rief sie. »Wir dürfen uns nicht trennen! Wir wissen nicht, welchen Weg die Sachsen eingeschlagen haben und wann wir auf sie stoßen werden. Wir wissen nicht einmal, ob Palladius noch andere Söldner unter seinem Kommando hat. Es ist viel zu gefährlich. Ich werde jetzt schlafen, und morgen werden wir alle zusammen weiterziehen.«

Sie klang so entschlossen, dass Murrough nur mit den Schultern zucken und sie in Ruhe lassen konnte. Doch in der Nacht ging er immer wieder zu ihr, um zu sehen, wie es ihr ging.

Caitlin schlief gut, und als sie aufwachte, schien die Schwellung um ihre Wunde härter geworden zu sein und weniger nass, was sowohl sie als auch Ruari als ein gutes Zeichen ansahen. Auch ihr Fieber war ein wenig gesunken, und sie verspürte genug Appetit, dass sie etwas Brot und Trockenfleisch zu sich nehmen konnte. Danach nahm sie eine Hand voll Kräuter aus ihrer Tasche und braute sich einen Heiltrank, und nachdem sie davon getrunken hatte, war ihr Blick nicht mehr so stumpf wie zuvor und sie schien voller Energie. So brachte sie den Prinzen dazu, sie weiterreiten zu lassen, obwohl er wusste, dass er ihr damit keinen Gefallen tat.

»Heiraten Druiden jemals?«, wollte Mawn wissen.

»Natürlich«, antwortete Gobann. Er gewöhnte sich allmählich an die verblüffenden und zuweilen unbequemen Fragen des Jungen.

Die Totenrituale waren soeben zu Ende. Es war

alles sehr schnell gegangen, und nun waren der Dichter und sein Schüler bereit, ihre Reise nach Teamhair anzutreten. Ihre Pferde waren schon gesattelt und warteten auf sie, und nun kam auch Sianan mit ihrem Pony dazu.

»Und warum hast du nie geheiratet?«, fragte der Junge weiter.

»Ein Druide darf sich eine Partnerin fürs Leben suchen. Er ist aber nicht verpflichtet ...«, begann Gobann zu erklären.

»Und warum hast du dir dann keine Frau gesucht?«, bohrte der Knabe weiter.

»Ich hatte einmal eine gute Freundin«, gab Gobann schließlich zu, »aber das ist lange her. Sie ist nach Britannien gegangen, um dort zu reisen und zu studieren.«

»Hast du je wieder von ihr gehört?«

»Ja, das habe ich«, antwortete Gobann. »Sie ist jetzt eine Druidin im Land der Cruitne. Dort wandert sie von Siedlung zu Siedlung.«

»Die Cruitne sind die Wilden, die im Norden Britanniens leben«, mischte sich Sianan ein. »Das hat mir mein Großvater erzählt. Sie malen sich am ganzen Körper blau an und rösten Gälen bei lebendigem Leib. Und dann fressen sie sie auf!« Sie rollte theatralisch mit den Augen.

»Es stimmt, sie tragen eine blaue Kriegsbemalung«, sagte Gobann. »Deshalb nennen die Römer sie ›Pikten‹, was in ihrer Sprache nichts anderes bedeutet als ›die Bemalten‹. Aber sie sind natürlich keine Menschenfresser, sonst hätten sie mich längst zum Frühstück verspeist. Dazu hatten sie mehr als einmal die Gelegenheit.«

Die Kinder rissen vor Staunen die Augen auf.

»Was! Du hast früher unter den Wilden gelebt?«, fragte Sianan ungläubig.

»Ja, ja, für eine ganze Weile. Die Freundin, von der ich sprach, war eine dieser Wilden.«

»Und wie ist es dort? Wie sind diese Leute?«, fragte Mawn, immer noch unsicher, ob nicht doch etwas Wahres war an den Kannibalengeschichten.

»Sie haben eine dunklere Haut und sind kleiner als wir. Ihr Haar ist meist rabenschwarz, und ihre Augen sind dunkel und schimmern wie Mondlicht auf einem See.« Gobann hatte ein ganz bestimmtes Gesicht vor Augen: Das Gesicht, das er sah, wenn er den Abendstern beschwor; das Gesicht, das er Niamh und all den anderen Heldinnen, die in seinen Geschichten vorkamen, zu leihen pflegte. Er erwachte aus seinem kleinen Tagtraum und lachte laut über sich selbst. Sianan lächelte.

Im selben Augenblick kam Connor herangeritten. »Steigt auf! Wir müssen los!«, rief er. »Ich bin wieder als euer Beschützer abgestellt worden.«

Für einen Moment, als Gobann und Sianan nicht auf ihn achteten, betrachtete Mawn den Dichter und das Mädchen, und wieder fiel ihm auf, wie ähnlich sich die beiden waren, nicht nur in der Art, wie sie die Welt betrachteten, sondern selbst in ihrem Lachen und im Funkeln ihrer Augen.

Die Kräutermedizin, die Caitlin sich verabreicht hatte, schien Wunder zu wirken. Sie fühlte sich viel frischer, und das Reiten schien ihr nichts auszumachen. Murrough bemerkte an diesem zweiten Tag ihrer Reise keinerlei Zeichen von Krankheit oder Schwäche an ihr. Das Gift schien sich beruhigt zu haben, und sie war offenbar außer Gefahr. So dachte Murrough jedenfalls, weshalb er sich nun entschloss, seinen Trupp so schnell wie möglich zu der Kreuzung von Cashel zu bringen, und entsprechend das Tempo erhöhte.

Am Morgen des dritten Tages bemerkte Caitlin dann schon beim Aufwachen, dass ihr Bein unterhalb des Knies vollkommen taub war. In der Nacht war die Wunde weiter geschwollen und hatte sich blauviolett verfärbt. Wo das Pfeilloch sich zu schließen begonnen hatte, war das Fleisch unter dem Druck des Gifts, das sich unter der Haut angesammelt hatte, wieder aufgebrochen.

Dennoch dachte sie keinen Augenblick daran, dass die Wunde, so schmerzhaft sie auch sein mochte, ihr Bein oder gar ihr Leben in Gefahr bringen könnte. Sie beschloss, Murrough nichts von der Verschlimmerung zu erzählen. Sie wusste, dass er die Truppen sonst aufgeteilt und damit den Vorteil vertan hätte, den eine Übermacht brachte. Ihren Zustand vor den anderen Kriegern zu verbergen, war nicht schwer. Als sie in den Sattel stieg, spürte sie nur ein leichtes Stechen in ihrem Bein. Ansonsten war sie so beweglich wie am Tag zuvor.

Doch schon nach einer Stunde wurde ihr klar, wie

sehr sie sich getäuscht hatte. Hitzewellen stiegen ihr ins Gesicht. Der Schweiß perlte von ihrer Stirn, und ihre Hände waren plötzlich so geschwollen, dass sie keine Faust mehr machen konnte. Ihr Bein pochte wütend. Das Schlimmste war jedoch, dass ihre Gedanken sich selbstständig zu machen schienen, und sie hatte furchtbaren Durst, als hätte sie heißen Sand in der Kehle.

Sie musste all ihre Kraft aufwenden, nicht aus dem Sattel zu fallen. Irgendwann sah sie aus dem Augenwinkel einen von Murroughs Kriegern dicht neben sich. Sie wusste nun, sie war in Lebensgefahr, doch sie war immer noch zu stolz, bei jemandem Hilfe zu suchen oder zu sagen, wie sehr sie litt.

Wenn der Prinz von Cashel noch mehr Zeit durch sie verlor, würde er seinen Heiligen Baum verlieren, und wie konnte er dann noch der Prinz von Cashel sein?

Ihr Pferd strauchelte, und Caitlin musste ihren Sitz korrigieren. Dabei spürte sie einen heftigen Stich in ihrer Seite, so scharf und unerwartet, dass sie fast aufgeschrien hätte. Sie wusste, das Gift hatte sich durch die Blutbahnen in ihrem Körper ausgebreitet und sie war dem Tode nahe. Sie ließ schließlich alle Bedenken fallen und wollte sich an den Krieger wenden, der neben ihr ritt, und ihn um Hilfe bitten.

Was sie nun sah, als sie sich umdrehte, erschütterte sie bis ins Mark: Der Reiter, der sie von seinem Pferd aus anstarrte, hatte eine klaffende Wunde auf der Stirn. Sein Fleisch war grau und die Augen stumpf. Der Römermantel um seine Schultern war voller Schmutz und Blut, und von seinen Zähnen waren nur mehr spitze gelbe Splitter übrig. Das Haar hatte man ihm in Büscheln vom Schädel gerissen, seine Nase war gebrochen und klebte schief an seinem Gesicht.

Sie zweifelte keinen Augenblick: Es war Fintan in einer grässlichen Vision. Er war gekommen, ihr Lebewohl zu sagen, oder vielleicht, um sie mitzunehmen. Ein Teil von ihr wusste, dass sie kurz davor stand, im Delirium zu versinken, doch der Rest von ihr wollte nur noch bei ihrem Geliebten sein und in dessen Armen ruhen.

Der Geist streckte eine knochige Hand nach ihr aus, und sie sah deutlich ein Loch im Handgelenk und die zerrissenen Muskeln am ganzen Arm. Als Druidin hatte sie gelernt, niemals die Hand eines Gespensts zu berühren, denn was aus dem Totenreich kam, konnte jede Gestalt annehmen, selbst die des Geliebten.

Die Gestalt, die sie vor sich sah, mochten die Geister der Finsternis geschickt haben, doch ihre Augen, ihr Blick waren Fintans. Es war sein Pferd, sein Panzer, sein Schwert und sein Sattel. »Es ist Fintan«, sprach sie zu sich und beugte sich aus dem Sattel, um ihren erschlagenen Geliebten zu umarmen. »Ich komme mit.« Der Harfensack, der von ihrer Schulter hing, behinderte sie jedoch in ihrer Bewegungsfreiheit. Sie streifte den Tragriemen ab und ließ ihr teures Instrument mit einem dumpfen Knall ins Gras fallen.

Endlich frei, wollte sie ihrem Geliebten die Hand reichen, doch als sie ihn fast berühren konnte, wich er vor ihr zurück. Ein gespenstisches Flüstern warnte sie, ihm nicht zu nahe zu kommen. »Dein Platz ist jetzt an der Seite des Prinzen, nicht bei mir«, hauchte die Stimme des toten Kriegers. »Ich bin auf dem Weg zu anderen Landen.« Dann hob er das rote Tuch, in das er gehüllt war, und kicherte. »Ein feiner Mantel, nicht wahr? Aber leider auch eine gute Zielscheibe.«

»Ja, ein feiner Mantel!«, rief sie ihm zu. Der Geist zügelte sein Gespensterpferd, das nun auf der Stelle stehen blieb. »Es tut mir Leid!«, rief sie, während sie sich immer weiter von ihm entfernte.

Murrough hörte sie, verstand jedoch nicht, was sie rief. Er galoppierte sofort ans Ende der Kolonne, wo sie immer weiter zurückgefallen war. Caitlin sah ihn kommen, doch alles war schon verschwommen und drehte sich um sie. Sie wusste, es war keine Zeit mehr, sich zusammenzunehmen und ihren Schmerz zu verbergen, bevor er bei ihr wäre. Sie konnte sich nicht weiter verstellen, und ein Teil von ihr wollte nur noch, dass er sah, in welchem Zustand sie war, damit er sie trösten konnte. Das war es, wonach sie sich wirklich sehnte.

Ihr Pferd spürte, dass sie nicht mehr die Zügel führte, und trottete zum Straßenrand, in der Absicht, sich mit dem Gras dort den Bauch zu füllen.

Als das Pferd stehen blieb, drehte sie sich im Sattel um. Noch einmal wollte sie zu der Stelle zurückschauen, wo Fintan sein Ross zum Stehen gebracht hatte. Während sie sich umdrehte, senkte ihr Pferd den Kopf, um das Gras zu erreichen, und Caitlin verlor schließlich das Gleichgewicht. Sie rutschte aus dem Sattel, und die harte Landung raubte ihr den letzten Atem. Sie konnte nicht einmal mehr um Hilfe rufen.

Murrough war sofort an ihrer Seite, stützte ihren Kopf und benetzte ihre Lippen mit frischem Wasser. Sie fühlte seinen sicheren Griff und wollte gleich wieder aufstehen. Doch alles, was sie sah, als sie die Augen öffnete, war eine lederne Flasche, die vor ihr im Gras lag. In dem Trageriemen hatte sich ein Fetzen roten, römischen Tuchs verfangen.

»Ein feiner Mantel«, murmelte sie. Dann schloss sie wieder die Augen.

Den Graben entlang wuchs eine niedrige Schwarzdornhecke. Dort, geschützt vor dem Wind, der immer mehr auffrischte, legte Murrough die todkranke Frau vorsichtig ins Gras. Er deckte sie mit seinem Mantel zu und rief nach mehr Wasser, bevor er befahl, ein Feuer zu machen.

Dann schnitt er ihr Hosenbein auf, um sich das verletzte Bein anzuschauen. Die Wunde war größer als je zuvor, viel hässlicher als am vorherigen Tag, und schien im Begriff, aufzuplatzen und ihr Gift auszuspucken. Caitlin war nun in tiefer Bewusstlosigkeit, und ihr Fieber stieg immer weiter. Sie war schweißgebadet und zuckte unter furchtbaren Krämpfen.

Ruari wurde herbeigerufen, das Wundgeschwür aufzuschneiden und auszubrennen. »Sie ist dem Tode nah«, sagte der Veteran, während er eine Speerspitze an seinem Wetzstein schärfte. »Wir hätten viel früher handeln sollen.«

»Sie ist sehr zäh«, meinte Murrough. »Zäh wie Leder. Vielleicht haben wir Glück.« In Gedanken war er jedoch schon dabei, die Stunden oder gar Tage, die sie für ihre Erholung brauchen würde, mit seinen Plänen in Einklang zu bringen. »Wir können uns nicht zu lange aufhalten. Sobald wir sie wieder bewegen können, werden wir weiterziehen. Andernfalls werde ich eine Wache bei ihr zurücklassen und mit den anderen Männern zum Lebensbaum weiterreiten.« Nach seiner Schätzung würden sie nicht länger als einen halben Tag brauchen, um ihr Ziel zu erreichen.

Sobald das provisorische Skalpell Ruaris Meinung nach scharf genug war, rief er drei Krieger herbei, um Caitlin festzuhalten, und legte das Eisen auf die glühenden Kohlen. Er drehte es in der Hitze, bis das schwarze Metall hellrot glühte. Dann packte er es bei der kurzen Holzstange, an der er die Speerspitze befestigt hatte, und ging damit zu Caitlin zurück, die sich stöhnend und fluchend auf dem Boden wälzte.

»Mach einen Verband fertig!«, befahl er Murrough, bevor er sich erinnerte, mit wem er sprach, und höflich erklärte: »Wir müssen die Wunde abdecken, sobald das Gift heraus ist und ich die Verbrennung mit Speichel bedeckt habe.«

Er fuhr mit dem heißen Eisen über die Schwellung, was Caitlin für einen Augenblick aus ihrem Delirium riss. Sie schrie aus Leibeskräften, und obwohl drei kräftige Krieger sie niederhielten, trat sie mit ihrem gesunden Bein so um sich, dass niemand in der Nähe vor ihr sicher war. Erst als der Eiter aus dem entzündeten Fleisch schoss und auf das Gras spritzte, wurde sie wieder bewusstlos. Der Gestank war abscheulich: verbrannte Haut, vermischt mit den Dämpfen der fauligen Flüssigkeit, die sich in ihrem Körper angesammelt hatte.

Die Notoperation dauerte nur wenige Minuten. Sobald die Wunde gereinigt und verbunden war, flößte Ruari seiner Patientin ein Kräutergebräu ein und begann, um Caitlin herum einen einfachen, aber stabilen Unterstand zu errichten.

»Diese Nacht können wir sie auf keinen Fall bewegen, sonst ist sie des Todes«, warnte der Veteran. »Doch wenn bis morgen früh das Fieber etwas gefallen ist, können wir sie vielleicht ein Stück tragen.«

»Danke, Ruari«, seufzte der Prinz.

Und dann traf er eine Entscheidung, die ihn später teuer zu stehen kommen sollte: »Wir bleiben bis morgen hier. Lasst uns beten, dass wir dennoch nicht zu spät kommen, um den Baum zu retten.«

# III

Etwa um die Zeit, als Caitlin der Geist ihres gefallenen Liebsten erschien, kehrten die ersten berittenen Krieger des Hochkönigs von der Schlacht von Rathowen zurück und galoppierten in die Festung von Teamhair.

»Teamhair der Könige« sagte man, obwohl es auch das Teamhair der Königinnen war, denn Teamhair war auch der Name der Gattin des Eremon gewesen, des ersten gälischen Königs von Eirinn. Königin Teamhair hatte als die schönste Frau der Welt gegolten. Sie war die Tochter eines Königs im Fernen Osten. Die Söhne der Kelten hatten den Dialog mit jenem Teil der Welt nie ganz aufgegeben, denn dort lagen ihre Ursprünge.

Auf der Spitze des Festungshügels von Teamhair erhob sich der Lia Fal, der Stein der Bestimmung, der aufrechte Felsblock, den Eremons Volk seit undenklichen Zeiten auf seinen Wanderungen mitgeschleppt hatte, selbst während der Durchquerung der Wüsten Asiens. Später hatten sie ihn nach Nordafrika gebracht und dann über die Meerenge, welche die Griechen die »Säulen des Herkules« nannten, weiter nach Norden auf die Iberische Halbinsel.

Der Stein war vor allem das Symbol der rechtmäßigen Herrschaft, die der Ard-Righ, der Hochkönig, für sich beanspruchte. Kein Hochkönig konnte sein Amt antreten, bevor er den Lia Fal berührt und dessen Geist zu ihm gesprochen hatte. Doch für Niall, den berühmtesten König, den der alte Druide Cathach erlebt hatte, hatte der Lia Fal laut aufgeschrien, noch vor der Berührung, sofort nachdem er gewählt worden war, und ihn so unbesehen als rechtmäßigen Herrscher bestätigt.

Auch für Leoghaire hatte der Stein gesprochen wie für alle Hochkönige vor ihm. So war das Volk stets sicher, dass es von einem würdigen König regiert wurde. Teamhair, die Gattin des ersten gälischen Königs von Eirinn, hatte sich gewünscht, unter dem Festungshügel begraben zu werden. Seitdem war der Stein auch ihr Grabmal, und die königliche Burg trug fortan ihren Namen.

»Der Burghügel von Teamhair ist angelegt wie ein Brandubh-Spielplan«, erklärte Gobann, der Dichter, seinen beiden jungen Schülern, Mawn und Sianan, während sie auf den äußeren Wall zuritten. »In der Mitte steht das Haus des Ard-Righ, und ringsum sind die Gebäude der niederen Könige angeordnet, entsprechend den vier Himmelsrichtungen – im Norden das Haus der Könige von Ulster, im Süden Munster, im Osten Laigin und im Westen Connachta. Zwischen diesen vier Häusern liegen vier weitere: das Haus der Geiseln, wo die Prinzen der vier Königreiche unter Leoghaires Schutz großgezogen werden; dann das Grianan der Einen Säule, das lichte Gebäude, wo die Frauen von Teamhair sich versammeln; als Nächstes das Haus der Recken, wo die Heerführer der einzelnen Königreiche residieren. Und schließlich das letzte Haus – das, in dem wir wohnen werden: das Haus der Druiden, der ›Stern der Dichter‹, wie man es auch nennt.«

Mawn war zu sehr damit beschäftigt, um sich zu schauen, als dass er viel von dem aufnehmen konnte, was Gobann sagte, doch er bekam genug davon mit, dass er sich die Bauwerke von Teamhair auf einem Brandubhtuch vorstellen konnte.

»Diese neun Häuser sind die Hauptgebäude der königlichen Burg«, erklärte Gobann weiter. »Sie entsprechen den neun Quadraten in der Mitte des Brandubhtuchs. Sieben Wälle schützen die Festung vor Angriffen, genau wie jede Seite des Brandubhplans sieben Felder hat. Und rings um die Festung befinden sich die Häuser der Häuptlinge, eines für jeden der zwölf Stämme, die in Eirinn wohnen.«

»Wie die zwölf Raben am Rand des Brandubhtuchs«, ergänzte Mawn etwas geistesabwesend.

»Genau«, bestätigte der Dichter, zufrieden, dass er mit den wichtigsten Punkten seiner Lektion zu dem Jungen durchgedrungen war. Sianan schien das ganze Gerede dagegen zu langweilen. Sie hatte diese Geschichte schon oft gehört, da sie in und um Teamhair aufgewachsen war. Die ganzen Jahre hatte sie jedoch bei den Frauen im Grianan gewohnt. Im Haus der Druiden war sie noch nie gewesen.

Durch ihr Leben am Hof genoss Sianan viele Privilegien, die jedoch einen hohen Preis forderten: Nie hatte man ihr erlaubt, ihre Mutter zu sehen. Selbst in ihren frühesten Erinnerungen tauchten nur die königlichen Kinderfrauen auf, die sich um all die Kinder kümmerten, die in Teamhair aufwuchsen. Ihr Großvater, der Druide Cathach, hatte sie oft besucht, und Aine – ihre Großmutter, die vor Jahren gestorben war – hatte die meiste Zeit bei ihr im Grianan verbracht, als sie noch lebte. Nach Aines Tod hatte Cathach mehr Zeit mit Sianan zugebracht. Er hatte das Kind auf seinen vielen Reisen nach Cashel mitgenommen und sie mit unzähligen Geschichten und Liedern bekannt gemacht. So waren die beiden sich sehr nahe gekommen, sie und der alte Mann, und sie fürchtete sich ein wenig, weil sie in Zukunft wohl nicht mehr so viele ihrer Tage mit ihm verbringen würde. Doch dann tröstete sie sich damit, dass sie nun im Haus der Druiden wohnen würde. Sie konnte zwar nicht mehr mit ihm auf Wanderschaft gehen, aber wenn er hier war, würde sie ihn jeden Morgen sehen. Doch was würde, wenn sie in den Süden zogen, nach Cashel? Das würde für sie wie ein Gefängnis sein.

Im Ganzen erschien ihr die Zukunft also nicht sehr rosig. Der Felsen von Cashel war kaum mehr als ein hässlicher Steinhaufen, nicht hoch genug, dass man ihn als Berg bezeichnen konnte, und zu groß für einen Hügel. Tag und Nacht wehte der Wind um ihn herum, und das Meer, das Sianan so liebte, war viele Meilen entfernt.

Am Tor der inneren Festung hielt der Dichter sein Pferd an. Die beiden Kinder blieben hinter Gobann, während der elegant aus seinem Sattel glitt und begann, sein Ross abzuzäumen.

»Ich muss hier draußen warten, bis man mich zum Stern der Dichter ruft«, erklärte er. »Die letzten drei Monate waren eine Prüfung für mich, und nun haben meine Lehrer über meine Fortschritte zu richten, bevor ich wieder meinen Platz unter den Druiden einnehmen kann.«

»Was für eine Prüfung?«, fragte Sianan. Sie wusste, dass sich Druiden gewöhnlich keinen förmlichen Prüfungen mehr unterziehen mussten. Das war einmal vor langer, langer Zeit der Brauch gewesen, aber kaum noch unter der Herrschaft von Leoghaire.

»Mir waren mehrere Geas auferlegt, denen ich zu folgen hatte«, antwortete Gobann. »So nennt man die Regeln, an die ich mich auf meiner Wanderschaft halten musste.«

Er entschied, dass es besser war, dies den Kindern genau zu erklären, da er wusste, dass auch sie eines Tages solchen Geas unterliegen würden. »Für einen Monat war es mir verboten, das Fleisch der Tiere zu essen, und ich durfte an keinen Kriegshandlungen teilnehmen. Diesen Schwur hätte ich fast gebrochen, wenn auch niemand mit einem Krieg gerechnet hat, als die Geas festgelegt wurden. Auch durfte ich einen Monat lang mit keiner Frau das Lager teilen.«

*Was mir nicht schwer gefallen ist*, dachte der Dichter im Stillen. *Die einzige Frau, in deren Nähe ich sein möchte, lebt auf der anderen Seite des Meeres.*

»Mir war auferlegt, so viele Tage in Einsamkeit zu verbringen wie eben möglich«, fuhr er fort, »denn bald, für den Rest meines Lebens, werde ich ständig von Menschen umgeben sein. Den Luxus des Alleinseins werde ich vielleicht nie mehr genießen können. Und schließlich war mir verboten, mehr als zwei Nächte unter ein und demselben Dach zu verbringen.« Gobann hob die Augenbrauen und schaute Mawn an. »Darin habe ich natürlich versagt, wie du weißt, da ich mich drei Tage in Dobharcu aufgehalten habe – was aber genau genommen nicht meine Schuld war.«

»Werden wir lange hier warten müssen?«, fragte Mawn.

»Nur bis kurz nach Sonnenuntergang. Dann wird man uns hereinrufen. Bis dahin sollten wir uns ausruhen.«

»Ich werde ein Feuer machen, um uns warm zu halten«, bot Sianan an, denn morgens und abends wurde es immer noch sehr kühl.

»Wie kannst du nur auf diesen Gedanken kommen? Du solltest es eigentlich besser wissen!«, schnappte der Dichter, und sofort tat es ihm Leid, dass er sie so angefahren hatte. »Schließlich feiern wir über die nächsten Tage das Fest von Beltinne«, erinnerte er sie in sanfterem Ton. »Niemand darf in dieser Zeit ein

Feuer machen, es sei denn, die Flamme, die es entzündet, stammt vom Herd des Hochkönigs. Wir werden also für einige Stunden frieren müssen.«

Mawn lehnte sich an seinen Sattel und ließ seinen Gedanken freien Lauf. Er döste ein, und in seinen Träumen sah er wieder die Bilder, die ihn in der Nacht nach ihrer Ankunft in Leoghaires Lager vor Rathowen heimgesucht hatten. Er sah ein Brandubhspiel vor sich. Die Raben flogen über das Spielfeld und versammelten sich in einem alten, nackten Eibenbaum.

Zuerst waren es nur zwölf der schwarzen Vögel, doch bald kamen immer mehr dazu. Manche waren über das Meer gekommen, das wusste Mawn irgendwie, obwohl er das Meer noch nie gesehen hatte.

Dann hatte er das eigenartige Gefühl, dass die Eibe kein richtiger Baum war, sondern eine Menschenmasse, die sich in Form eines Baumes versammelt hatte, doch hier war seine Vision verschwommen.

Nach kurzer Zeit war die Eibe voller großer schwarz geflügelter Kreaturen, die dicht an dicht auf den Ästen hockten. Sie stritten miteinander, manche wurden von ihren Ästen verdrängt, während immer mehr Raben dazukamen, die auf dem Baum keinen Platz mehr fanden und daher gezwungen waren, sich auf dem Gras unter den ächzenden Gliedern der alten Eibe niederzulassen.

Die Vögel schwatzten und schnatterten, krähten und kreischten, lachten und begrüßten einander, bis einer ihrer Artgenossen allein über dem Feld einschwebte und sich alle umsahen, denn dies war ihre

Königin. Der weibliche Rabe schien so alt zu sein wie die Eibe selbst, zerzaust und mit kahlen Stellen im Gefieder. Sie flog geradewegs zum allerhöchsten Ast des Baumes. Dort blieb sie sitzen, bis alles still war. Die anderen Vögel wetzten, wie zum Applaus, ihre Schnäbel an den Ästen.

Schließlich öffnete die Rabenkönigin ihren blassen, lederigen Schnabel und sprach zu der Menge. Mawn fand zu seinem Erstaunen, dass er jedes Wort verstehen konnte, und lauschte aufmerksam und gespannt, was sie zu sagen hatte.

Das war jedoch alles, woran er sich in späteren Jahren erinnern würde: Er hatte ihre Sprache verstanden, doch wovon sie geredet hatte, wusste er nicht mehr.

Der improvisierte Unterstand, unter dem Caitlin die Nacht verbrachte, war dick mit Raureif bedeckt. Ein kleines Feuer hielt sie warm. Wachleute sorgten dafür, dass die Flammen nie verloschen. Die Soldaten, die sich in der Wache ablösten, hatten Befehl, sie stets wieder zuzudecken, wenn sie sich in ihren Fieberträumen freistrampelte.

Bei Tagesanbruch wurde der Frost noch beißender, und als alle wach waren, sah der Himmel aus, als würde er bald Schnee bringen. Das war nicht ungewöhnlich für die Jahreszeit, doch bis dahin war der Winter wärmer gewesen als in anderen Jahren. Alle hatten sich daran gewöhnt, im Sonnenschein zu wandern oder zu reiten, ohne sich in dicke Winterkleidung einpacken zu müssen.

Ruari, der alte Krieger, untersuchte Caitlin sofort, nachdem er aufgewacht war, und erklärte sie bald für reisefähig. Er wusste, dass der Prinz schleunigst aufbrechen wollte. Außerdem hielt er es für wahrscheinlich, dass sie ohnehin sterben würde, selbst wenn man sie still liegen ließ.

Er nahm ihr selbst den Verband ab und stellte fest, dass die Wunde gut getrocknet war. Das Bein war auf seine normale Dicke zurückgegangen, und der Schnitt, durch den die Wunde sich geleert hatte, war schon dabei, sich zu schließen. Dennoch war Caitlin noch immer nicht bei Bewusstsein.

Murrough war erleichtert, als er den Bericht des Veteranen hörte. Er war dankbar, dass Caitlin wenigstens für den Augenblick in der Lage sein würde, die Reise fortzusetzen. Er beschloss, sie vor sich auf seinen Sattel zu nehmen und ihre Beine links an seinem Pferd herunterhängen zu lassen. Ihr Kopf würde an seiner Brust ruhen. So konnte er persönlich auf sie achten und würde sofort merken, wenn sie zu sehr litt.

Sobald er sicher hinter ihr im Sattel saß, breitete er seinen Mantel wie ein kleines Zelt über ihnen aus, welches das schlimmste Wetter abhalten würde, und dann machte sich die Kompanie wieder auf den Weg, wenn auch viel langsamer als zuvor.

Der Frost hatte die Straße sehr schlüpfrig gemacht, was ihr Weiterkommen noch mehr behinderte. Die Pferde waren ängstlich und setzten behutsamer als gewöhnlich einen Huf vor den anderen. In Senken zwischen den Hügeln, wo die Sonne erst spät am Tag hingelangte, war das Eis so dick, dass es unter den Hufen krachte. Murrough fand sich bald damit ab, dass sie nicht vor dem Abend am Lebensbaum sein würden.

Wenige Stunden nach ihrem Aufbruch erhob sich eine leichte Brise, und bevor der Morgen vorüber war, fielen einzelne nasse Schneeflocken auf sie herab. Die Tiere dampften und schwitzten unter ihren Lasten, obwohl das Wetter für sie auf einer so langen und beschwerlichen Reise angenehmer war als die Hitze der vergangenen Tage.

Kurz vor Mittag, als die Luft sich allmählich erwärmte, hatten sie das flache Land hinter sich, und es ging stetig bergauf, zwischen den Hügeln hindurch auf einen Pass zu.

Während der Mittagsrast, zu der sich die Sachsen am dritten Tag ihres Marsches niederließen, versuchte Seginus zu schätzen, wie weit sie noch von ihrem Ziel entfernt waren. Nachdem er seine Berechnungen wieder und wieder überprüft hatte, kam er zu dem Schluss, dass sie den Heiligen Baum schon an diesem Abend erreichen würden, wenn sie das erstaunliche Tempo halten konnten, in dem sie bis dahin gereist waren. Konnten sie wirklich so schnell vorangekommen sein? Er wollte es zunächst nicht glauben, doch die Landmarken, die er kannte und an denen sie vorbeigekommen waren, ließen keinen Zweifel zu: Sie waren nicht mehr weit von der Kreuzung entfernt, wo der Lebensbaum stand.

Er musste mit dem Thegn reden. »Nicht weit von hier ist ein Pass durch die Hügel«, klärte er Hannarr auf. »Von dort aus können wir das ganze Tal überblicken und alles sehen, was sich nähert, aus beiden Richtungen. Dort sollten wir rasten und Aussichtsposten aufstellen. In dieser Gegend sind bestimmt irische Soldaten unterwegs.«

Hannarr hatte nichts dagegen einzuwenden. Jetzt, wo sie schon so nah an dem Schatz waren, würde er seine Männer lieber acht oder zehn Stunden ausruhen lassen. Dann würden sie später, wenn es darauf ankäme, umso besser kämpfen. Er rechnete zudem immer noch damit, dass sie von der Überraschung profitieren würden, für die ihr Erscheinen sorgen würde. Die Iren dachten bestimmt, sie hätten sich aus dem Staub gemacht oder dass die Verwundeten, die sie zurückgelassen hatten, die einzigen Überlebenden waren.

Er führte sich noch einmal alles vor Augen, was geschehen war, und suchte nach Fehlern in dem Plan, konnte jedoch keine finden. Also machten sich die Sachsen zwischen den Felsen links und rechts von der Straße zur Rast und zum Wachdienst bereit.

Der Rest des Tages verlief ruhig. Ein Postreiter kam auf einer alten Mähre den Pass heruntergaloppiert, Richtung Cashel, doch er sollte nie sein Ziel erreichen, dafür sorgte ein wohl gezielter sächsischer Pfeil. Die Krieger machten sich sofort daran, das Pferd zu schlachten und über dem Feuer zu rösten. Dann durchsuchten sie den toten Iren nach irgendetwas Schriftlichem, doch was immer seine Botschaften gewesen waren, er hatte sie nur im Kopf gehabt, und dort würden sie für immer versiegelt bleiben.

»Hältst du es wirklich für klug, den Männern zu erlauben ein Feuer zu machen?«, warnte Seginus den Thegn. »Jeder Posten in der Gegend wird den Rauch sehen, und dann haben wir bald halb Irland auf dem Hals.«

»Diese Männer haben seit fast einer Woche kein richtiges Essen mehr gesehen«, erwiderte Hannarr. »Und etliche von ihnen werden sicher bald im Kampf umkommen. Wie kann ich ihnen also diese Mahlzeit verwehren?«

Seginus schüttelte sich bei dem Gedanken, was Hannarr als »richtiges Essen« bezeichnete. Er hatte zwar als Junge selbst Pferdefleisch gegessen, doch das war vom Koch seines Vaters zubereitet worden, in Wein und Kräutern mariniert und auf einer eisernen Kochplatte geröstet, bis es zart war. Dagegen waren die zähen Fleischfetzen, auf denen die Sachsen nun kauten, noch blutrot und kaum warm vom Feuer.

Der Römer machte sich auf einen Spaziergang, um zu sehen, wie weit sein verletztes Bein sich erholt hatte. Er wollte auch versuchen, frisches Wasser zu finden. Und er wollte dem Gestank des Pferdefleischs entkommen, der um das Feuer hing und ihn unangenehm an die Totenfeuer erinnerte, die er in Nordgallien gesehen hatte. Er ging ein gutes Stück und stellte zu seiner Freude fest, dass die Prellung an seinem Bein kaum noch schmerzte. Dennoch beschloss er, dass die Sachsen ihn noch ein bisschen weiter tragen sollten.

Als Hannarr sein Frühstück beendet hatte, begab er sich auf die Suche nach Seginus, in der Hoffnung, der Römer könnte ihm etwas mehr über den Baum und dessen Standort erzählen. Er fand ihn an einer Quelle, wo er dabei war, mit einem Stock die dünne Eisdecke aufzuschlagen.

»Wie weit ist es noch?«, fragte der Thegn ohne ein Wort des Grußes.

»Wir werden bald am Ziel sein«, war die knappe Antwort. Seginus wollte nicht zu viel preisgeben. Er würde sich sonst vielleicht überflüssig machen, eine Gefahr, die ihm durchaus bewusst war. »Und dann müssen wir sofort den Baum zerstören ...«

»Ach was!«, unterbrach ihn Hannarr. »Reicht es nicht, wenn wir die Früchte sammeln? Warum sollen wir den ganzen Baum fällen? Das würde kostbare Minuten dauern, und in der Zeit könnten wir angegriffen werden.«

Seginus hatte diesen Einwand erwartet und hielt eine wohl durchdachte Antwort bereit: »Wenn wir den Baum vernichten und alle Beeren einsammeln, werden die Früchte doch noch viel wertvoller. Verstehst du das nicht? Stell dir vor, wie viel der Hochkönig für die letzte Ernte Zauberbeeren vom einzigen Heiligen Baum seiner Insel bezahlen wird.«

»Natürlich, Seginus«, sagte Hannarr. »Du hast Recht. Jetzt möchte ich nur noch wissen, wo sich der Baum genau befindet, damit ich mit ein paar Männern das

Gelände erkunden und den besten Augenblick für unseren Angriff festlegen kann.«

»Ich werde dich selbst hinbringen«, erwiderte Seginus kühl.

»Mein lieber Freund, du solltest wirklich dein Bein noch schonen.« Hannarr gab sich alle Mühe, wirklich besorgt zu klingen. »Nein, Seginus, das solltest du lieber mir und meinen Männern überlassen.«

»Wir werden morgen hinreiten und unser Glück versuchen – und zwar alle zusammen oder gar nicht.«

»Aber du bist doch nur im Weg, wenn es zum Kampf kommt!«, explodierte Hannarr schließlich. »Du wirst hier bleiben, verstanden? Ich werde nicht zulassen, dass du und dein verdammtes Pech uns noch einmal einen Strich durch die Rechnung machen.«

Seginus wollte schon etwas erwidern, als ein Späher, den Hannarr ein Stück die Straße zurück postiert hatte, den Hang heraufgeprescht kam.

»Reiter!«, warnte der Sachse.

Ruari, der an der Spitze der Kolonne ritt und stets die Augen offen hielt, war der erste von Murroughs Männern, der die grauen Rauchwolken am Horizont sah. Zuerst dachte er sich nicht viel dabei, da er wusste, dass der Prinz eine Hand voll Krieger vorausgeschickt hatte. Er nahm also an, der Rauch käme von den Lagerfeuern der Munster-Soldaten, die die Straße bewachten. Er hielt es nicht für nötig, einen Kundschafter vorauszuschicken, denn schließlich befanden sie sich hier im Herzen ihres Königreichs, und bestimmt gab es keinen sichereren Ort für den Prinzen von Cashel als die Hauptstraße seines eigenen Reiches. Der alte Krieger erwähnte mit keinem Wort, dass er etwas gesehen hatte, und wenn andere etwas Auffälliges bemerkt hatten, so schwiegen auch sie.

Murrough kuschelte sich an Caitlin und versuchte, sie warm zu halten, wie er es den größten Teil des Tages getan hatte. Von Zeit zu Zeit ergriff er ihre Hände und hauchte sie an, bis sie etwas Farbe bekamen, bevor er sie wieder, so gut er konnte, in den Falten ihrer Kleider vergrub. Einmal war sie kurz zu Bewusstsein gekommen, hatte Murrough tief in die Augen geschaut und ihm gedankt.

Der Prinz war so damit beschäftigt, Caitlin warm und trocken zu halten, dass er lange Zeit nicht von seinem Sattel aufschaute, nachdem es zu schneien begonnen hatte, und als er es schließlich tat, war es zu spät.

Als der Trupp auf der Höhe des Granithügels war, durch den man die Straße im Zickzack gebrochen hatte, wurde Ruari plötzlich unruhig. Er schaute sich nach dem Prinzen um, der sich für einige Zeit nicht gerührt und seinen Kopf mit einem Tuch umwickelt hatte, um den schneidenden Wind abzuhalten. Dann entschied sich der alte Krieger, seinem Überlebensinstinkt zu folgen, und hielt die Gruppe an. Er schnupperte die Luft und war sicher, dass in der Nähe jemand beim Kochen war. Was er roch, war jedoch kein Speck oder Rinderbraten, der über einem Feuer schmorte; es war auch nicht Gans, Huhn und auch kein Lachs, den man um diese Jahreszeit in den Flüssen fangen konnte. Der eigenartige Geruch rief vielmehr uralte Erinnerungen in ihm wach; Erinnerungen an die Zeit in seiner Jugend, als eine Hungersnot herrschte und die Menschen in ihrer Verzweiflung gezwungen waren ...

»Pferdefleisch!«, rief er plötzlich laut aus.

Doch da pfiffen schon drei Pfeile durch die Luft. Der eine traf Ruaris Pferd in den Hals. Das Tier wieherte, sank auf die Knie und rollte nach rechts auf die eisige Straße. Ruari verlor den Halt in seinem rechten Steigbügel und lag im nächsten Augenblick mit beiden Beinen unter der sterbenden Mähre fest.

Der zweite Pfeil streifte Murroughs Hand, jedoch ohne Schaden anzurichten, und weckte ihn aus seinen Tagträumen. Der dritte Pfeil traf sein Pferd zwischen die Rippen. Es zuckte lediglich zusammen, ohne noch einen Laut von sich zu geben. Murrough drückte Caitlin fest an sich, in der Hoffnung, sie würde nicht vom Pferd fallen, doch der Sturz und das zusätzliche Gewicht ließen den Sattelriemen reißen, und sie rutschten seitlich von dem toten Gaul.

Sie hatten Glück, dass das Pferd nicht auf sie fiel, doch da er Caitlin umklammert halten musste, konnte er nicht verhindern, dass die Landung sehr hart wurde. Sie purzelten in den Straßengraben wie ein Bündel Lumpen und fielen so unglücklich, dass es eine Weile dauerte, bis Murrough seine Sinne wieder beisammen hatte. Als er sich schließlich aus dem Kleider- und Gliedergewirr befreit hatte, legte er Caitlin auf den Rücken und breitete hastig seinen Mantel über sie.

Als er schließlich auf den Beinen war und sich umschauen konnte, war die Luft schon voller Pfeile. Einige seiner Krieger waren schon gefallen, und manche Pferde waren durchgegangen, als sie das Blut ihrer Artgenossen rochen. Zwei der Schlachtrösser standen wie angewurzelt und weigerten sich, noch einen Schritt zu tun, ganz gleich wie sehr ihre Reiter ihnen in die Flanken traten und sie anspornten.

So plötzlich, wie der Pfeilregen eingesetzt hatte, hörte er wieder auf, und die dezimierte Truppe sah sich neuem Grauen gegenüber. Acht oder zehn Sachsen kamen, ihre mörderischen Breitäxte schwingend, auf sie zugestürmt und hackten unter furchtbarem Kriegsgeschrei alles nieder, was in ihre Reichweite kam. Ihr Gebrüll ließ Murrough das Blut in den Adern gefrieren.

Schließlich überwand der Prinz seinen Schrecken und lief mit gezogenem Schwert auf einen der Angreifer zu, der soeben einen jungen Iren gefällt hatte. Bevor der Sachse nach dem Hieb seine Balance wiederfinden konnte, tauchte Murrough unter seine Verteidigung und bohrte ihm das Schwert in die Seite, sauber zwischen zwei Rippen hindurch. Der Fremdling wusste kaum, wie ihm geschah. Er riss noch einmal die Augen auf und war sofort tot.

Dann fiel Murrough wieder ein, dass Caitlin noch im Graben lag, und er zog sich zurück, um sie zu beschützen. Ruari steckte immer noch fluchend und zappelnd unter seinem Pferd fest. Er versuchte sich zu befreien, doch Murrough war klar, dass das umstürzende Pferd dem Mann wahrscheinlich beide Beine gebrochen oder zerschmettert hatte. Nachdem er sich vergewissert hatte, dass Caitlin zumindest im Moment nicht in Gefahr war, wollte er dem Veteranen zu Hilfe kommen.

Doch in der kurzen Zeit, die Murrough gebraucht hatte, sich zu der bewusstlosen Frau umzudrehen und sich wieder dem Feind zuzuwenden, hatte sich Ruari schon ein Sachse genähert und ihm mit einem grausamen, lautlosen Hieb den Kopf von den Schultern geschlagen. Jetzt rollte das abgetrennte Haupt des Kriegers als grässlicher, blutiger Klumpen mit heraushängender Zunge und hervorquellenden Augen zwischen den Füßen der Angreifer umher.

Innerhalb weniger Minuten waren die Soldaten des Prinzen entweder tot, verwundet oder geflohen, manche Richtung Teamhair, andere nach Cashel, und Murrough fand sich allein mit der hilflosen Caitlin inmitten von Feinden. Er dachte zuerst daran, sich in den Kampf zu stürzen und unterzugehen, doch welch furchtbares Schicksal würde Caitlin bevorstehen, wenn sie den Sachsen in die Hände fallen würde und er sie nicht mehr beschützen konnte? Der Gedanke war ihm unerträglich. So ließ er sein Schwert scheppernd zu Boden fallen, nahm die bewusstlose Frau auf den Arm und versuchte ebenfalls zu fliehen.

Nach kaum dreißig Schritten verlor er das Gleichgewicht, als ihm etwas zwischen die Füße geriet und ihn zum Stolpern brachte, und er landete hart auf der vereisten Straße. Caitlin fiel ins Gras am Wegesrand, und sie rollten beide wieder in den Graben.

Als er zur Straße hinaufschaute, um zu sehen, was ihn zu Fall gebracht hatte, stand eine Gestalt in einem langen scharlachroten Mantel über ihnen. Tief vermummt unter der Kapuze dieses Mantels, sicher vor Schnee und Wind, grinste die Fratze von Seginus Gallus.

# IV

Origen von Alexandria kniete auf der nackten Erde vor dem Haupttor von Teamhair, wo Bittsteller mit Gesuchen an den Hochkönig oder den Druidenrat nach alter Tradition zu warten hatten, bis sie vorgelassen wurden.

Gobann saß auf dem Boden und hielt seinem Freund die Hand hin. Der dunkelhäutige Christ griff danach, und so zogen sie einander hoch. Die beiden Männer umarmten sich lange, bevor sie sich anschauten.

»Mein Freund, wie froh bin ich, dass du dem Ende deiner Suche nun so nah bist«, sprach Origen.

»Und so nah dem Beginn einer neuen Suche«, entgegnete Gobann trocken.

»Geht es dir gut?«, erkundigte sich der Ausländer.

»Ja, ganz gut. Schade, dass wir uns in Rathowen nicht sehen konnten.«

Origen erkannte am Ton und an der Körpersprache seines Freundes, dass es ihm um einiges besser gehen könnte, und versuchte, ihn zu trösten: »Wir alle haben unsere Pflichten, und für jemanden wie dich gehen die Staatsgeschäfte nun einmal vor. Dein Volk braucht dich.«

»Ja, aber allmählich fühle ich mich sehr erschöpft durch diese Geschäfte«, gab Gobann zu. »Und du? Wie geht es dir?«

»So gut, wie man es erwarten kann nach einer Reise, wie ich sie hinter mir habe«, antwortete Origen. »Warum hat der Allmächtige Eirinn so weit abseits vom Rest der Welt erschaffen? Ein ganzes Jahr war ich zu meinem Heimatland unterwegs, und dann, nach nur wenigen Wochen Aufenthalt in Alexandria, musste ich mich schon wieder auf den Rückweg machen. Es sind also zwei Sommer vergangen, seit wir uns das letzte Mal gesehen haben.«

»Es tut meiner Seele wohl, dass du so schnell zu uns zurückgekehrt bist«, sagte Gobann ernst.

»Wo soll ich mich sonst hinwenden? Von meiner Familie lebt niemand mehr, und der Patriarch unserer Gemeinde ist gegenüber den alten Bräuchen nicht so duldsam wie sein Vorgänger. Seine Edikte werden unseren Glauben mit der Zeit vollkommen umwälzen, und damit kann ich mich, wie ich erkannt habe, nicht abfinden. Der Tag ist nicht fern, wo die Bräuche der Römer auch am Nil herrschen werden.«

»Du bist also zu uns zurückgekommen, weil du sonst nirgendwohin kannst«, stellte Gobann fest.

»Ja, obwohl selbst Eirinn nicht abgelegen genug ist, dass es von der Philosophie unberührt bleiben könnte, die sie nun in Alexandria lehren. Doch wenigstens werde ich hier etwas von dem Frieden wiederfinden, dessen ich mich einmal erfreuen konnte. So dachte ich jedenfalls.«

»Frieden?«, rief der Poet. »Du landest mitten in unserem ersten Krieg seit König Nialls Zeiten und redest von Frieden?« Gobann lachte und klopfte seinem Freund auf die Schulter. »Was ist aus deinem berühmten Talent geworden, stets zu finden, wonach du suchst?«

»Du hast Recht. In diesem Fall haben mich meine Instinkte vielleicht im Stich gelassen«, meinte Origen verlegen, »aber ich konnte dieser Insel einfach nicht länger den Rücken kehren, so habe ich eure grünen Täler vermisst, euren Schnee und die ewige Feuchtigkeit, die in eurem Land herrscht.«

»Wovon redest du?«, fragte der Dichter ein wenig verblüfft.

»In meiner Heimat bringt der Wind nichts als Sand und Trockenheit. Der große Strom nässt unseren Boden zwar mit den Wassern Afrikas, doch es regnet so gut wie nie, und Eis kennt man bei uns überhaupt nicht. Für jemanden, der aus einem so durstigen Winkel der Erde kommt, ist Eirinn wie der Himmel. Der Boden verliert nie seine Feuchtigkeit, die Hügel sind stets grün und lebendig. Man kann keinen Schritt tun, ohne nass zu werden. Wie habe ich mich danach zurückgesehnt!«

Die beiden schauten sich für einen Augenblick an und brachen dann in wildes Gelächter aus.

Als sich ihre Heiterkeit gelegt hatte, hob Origen seine Hand, so dass sein Gegenüber die Handfläche sehen konnte, wie es in seinem Volk Sitte war, und sagte in ernsterem Ton: »Außerdem habe ich einen Traum, den ich mir gern erfüllen würde.«

»War es ein Traum, der dich hierher zurückgebracht hat?«, fragte Gobann verblüfft. »Ich dachte, in deinem Volk glaubt man nicht an solche Dinge.«

»Es ist eher ein Wunsch als ein Traum.« Origen wählte seine Worte sorgfältig. »Ich habe von einem Mann eurer Rasse gehört, einem Gälen namens Maelduin, der von Eirinn aus nach Westen gesegelt sein soll. Mein Wunsch ist es, ihm zu folgen und die Länder jenseits des Westmeeres zu erkunden.«

»Wenn du das in einem ledernen Curragh versuchst, dann wirst du es wenigstens schön feucht haben, und zwar für immer«, meinte Gobann.

»Komm, lass uns einen Becher teilen«, fiel Origen ein, »damit wenigstens unsere Kehlen schon einmal feucht werden. All dieses Gerede hat mich durstig gemacht.«

»Ich werde von deinem Gebräu probieren, und du darfst von meinem kosten«, bot Gobann an und suchte in seinem Sattelgepäck nach einer der Flaschen Met, die Midhna ihm mitgegeben hatte.

»Ach ja«, spottete Origen, »die berühmte irische Bienenpisse!«

»Bienendreck«, berichtigte Gobann heiter, »aber fachkundig so zusammengekocht, dass er wie Pisse schmeckt.«

Sie lachten ausgelassen und setzten sich an den Straßenrand. Gobann schenkte seinem Freund einen

Becher des teuren Mets ein, der nun noch kostbarer war, da Midhna tot war und niemand mehr lebte, der sein geheimes Rezept kannte.

Der Dichter goss etwas von dem honigfarbenen Gebräu in den Becher und musste an flüssiges Gold denken. In ganz Eirinn gab es nicht genug Gold, dass er dafür eine Flasche von Midhnas Met hergegeben hätte, und da er kaum einen Tropfen davon entbehren wollte, war es ein umso schöneres Gefühl, mit seinem Freund zu teilen.

Für eine Weile nippten sie schweigend an ihren Bechern und hingen ihren eigenen Gedanken nach, jeder für sich. Sie hielten ihre Becher fest, legten sich aufs Gras zurück und schauten zum Himmel auf.

Sie verbrachten lange Zeit in Gedanken, während der Alkohol seine Wirkung tat. Schließlich war es Origen, der das Schweigen brach.

»Wirst du mich nach ihr fragen oder nicht?«

»Nach wem?«, fragte Gobann so unschuldig, wie er es eben fertig brachte.

»Nach wem!«, rief Origen und stützte sich auf die Ellbogen. »Nach wem? Also wirklich! Ich habe auf meinem Weg nach Alexandria den Umweg über Britannien doch nur gemacht, weil du mich gebeten hast, sie zu finden! Ich habe Tage damit verbracht, die wilden Berge des Nordwestens nach ihr abzusuchen, und kein Tag verging, wo ich nicht in Gefahr war, zu erfrieren oder zu verhungern. Und dann, als ich sie schließlich aufgestöbert hatte, musste ich endlose

Wochen bei ihrem barbarischen Volk verbringen. Und nun fragst du mich, von wem ich rede?«

Gobann schüttelte den Kopf und tat so, als wisse er immer noch nicht, wen sein Freund meinte.

»Du kannst mich nicht an der Nase herumführen, Gobann. Ich weiß, dass du sie nicht vergessen hast. Es gab eine Zeit, wo du jede Gelegenheit ergriffen hättest, von ihr zu reden. Es hat nie eine andere Frau für dich gegeben.«

Der Dichter verzog keine Miene und goss sich noch einen Schluck von der Flüssigkeit ein, die Origens Volk »Lebenswasser« nannte.

»Oder hat sich daran etwas geändert?«, fragte der Ägypter ungläubig. »Hast du etwa eine andere gefunden?«

Gobann schaute zuerst zu Boden und dann auf den Becher in seiner Hand. Er schüttelte den Kopf.

»Bei uns gibt es ein Sprichwort, Harfner«, fuhr Origen fort: »›Die Augen eines Freundes sind der beste Spiegel.‹« Origen wartete, bis der Dichter ihn ansah. Dann sagte er leise: »Vielleicht solltest du sie wirklich vergessen.«

»Das habe ich versucht«, entgegnete Gobann. »Doch es vergeht kein Augenblick, in dem ich nicht an sie denken muss.«

»Dann solltest du sie vielleicht selbst aufsuchen. Nur so kannst du die Qualen beenden, die dir die Trennung bereitet.«

»Den Luxus erlauben mir meine Pflichten nicht!«, schnappte Gobann gereizt, nur um sofort zu bedauern, so zu seinem Freund und Vertrauten zu reden. »Entschuldige«, flüsterte er. »Sag mir: Wie geht es ihr? Was macht sie?«

»Sie lebt und ist wohlauf. Und sie vermisst dich.«

»Das hat sie wirklich gesagt?« Der Dichter schaute seinem Freund in die Augen und suchte nach einer Spur von Unaufrichtigkeit.

»Ja, das waren ihren einzigen Worte über dich, nach all den Mühen, die ich auf mich genommen hatte, um sie zu finden«, antwortete Origen, und Gobann wusste, dass er die Wahrheit sprach.

Sobald sie sich von der Reise erholt hatten, trafen sich Leoghaire und Eoghan im Quartier des Hochkönigs im Zentrum der Zitadelle von Teamhair. Dort sprachen sie mit ihren Beratern Cathach und Lorgan lange über das Vergangene und diskutierten darüber, wie die Zukunft aussehen konnte.

Manchmal kam es dem Hochkönig vor, als würde alles, was geschehen war und geschehen würde, dem geheimen Plan des Druidenrats folgen, was ihn bisweilen wütend machte. Doch dann wusste er auch, dass das Leben eine so verwickelte Abfolge und Vermengung von Zufällen war, dass selbst die weisesten Berater nicht alles planen konnten.

Er war nur wenige Schritte entfernt gewesen, als seinen Bruder der verirrte Hieb traf, der ihm das Leben raubte und ihn, Leoghaire, zum Kandidaten für einen Thron machte, den er nie angestrebt hatte.

Es war reiner Zufall, dass es seinen Bruder getroffen hatte und nicht ihn selbst. Wie konnte also irgendjemand behaupten, er wüsste, was die Zukunft bringt?

König Eoghan war ähnlicher Auffassung. Er hielt nicht viel von dem, was Lorgan und Cathach zu sagen hatten. Sie redeten von der Ankunft der Christen, als wäre es so sicher wie der nächste Sonnenaufgang. Was wäre das für eine Zukunft, wenn Männer wie Palladius das Ohr des Hochkönigs und die Herzen des Volkes gewinnen würden?

Cathach war nicht im Geringsten überrascht, dass die beiden Könige dem Vorschlag des Druidenrats mit größter Zurückhaltung begegneten. Der Plan war ehrgeizig und barg viele Gefahren. So sah er zum Beispiel vor, dass sie dem Feind erlauben sollten, sich in Eirinn niederzulassen, und damit waren Leoghaire und Eoghan überhaupt nicht einverstanden.

»Nur wenn wir sie glauben machen, dass wir wirklich zu ihrem Glauben übertreten und ihren Bräuchen folgen wollen, können wir verhindern, dass den Schwarzkutten bald ihre Armeen folgen werden«, erklärte Cathach. »Wenn wir den Römern mehr als nur symbolischen Widerstand leisten, werden sie uns zerschmettern wie ihre zarten blauen Glasflaschen. Außerdem brauchen wir ihre Hilfe, wenn wir vor den sächsischen Mordbanden sicher sein wollen.«

Cathach setzte einen Becher Quellwasser an die Lippen und ließ Lorgan weiterreden.

»Britannien haben die Sachsen schon fast ganz in der Hand. Die alte Ordnung ist so gut wie dahin. Es gibt dort keinen Hochkönig mehr, und der Druidenrat musste sich in die einsamen Berge des Nordens verkriechen. Nur dort sind sie vor den Barbaren sicher. Gerade weil wir in Eirinn so lange Frieden hatten, wären unsere Krieger sicher nicht in der Lage, gleichzeitig mit Sachsen und Römern fertig zu werden. Die Art, wie die Sachsen Britannien übernommen haben, zeigt eindeutig, dass ihnen nicht zu trauen ist. Sie waren ins Land geholt worden, um das Königreich gegen die wilden Cruitne zu verteidigen, doch kaum waren sie angekommen, da brachen sie schon ihr Wort und erhoben sich gegen ihren Auftraggeber, König Ambrosius.«

»Armer Ambrosius«, sprach Eoghan. »Er musste sterben, bevor er seine Herrschaft in die Hände eines würdigen Nachfolgers legen konnte.«

»Die Briten haben den Fehler begangen, die Frage der Thronfolge zu lange vor sich herzuschieben, und für diesen Fehler müssen sie nun teuer bezahlen«, stimmte Cathach zu.

»Doch selbst wenn wir die römischen Priester ins Land lassen und ihnen erlauben, unsere Leute zu bekehren«, hielt Leoghaire dagegen, »wie können wir sicher sein, dass sie uns Legionäre zu Hilfe schicken, wenn wir sie brauchen?«

»Das hängt davon ab, wen wir als unseren Fürsprecher in Rom wählen«, antwortete Lorgan. »Es muss jemand sein, der Eirinn gut kennt. Er muss für seine Frömmigkeit bekannt sein und sich gut mit dem Papst verstehen. Doch zugleich muss er naiv genug sein, dass er hinter unserem Verhalten nur die edelsten Motive vermutet. Ein Mann, der das Ohr der Mächtigen in Rom hat und der wirklich glaubt, dass die Verteidigung Eirinns in Roms Interesse ist, sollte leicht in der Lage sein, Kirche und Staat für uns zu mobilisieren.«

Leoghaire hatte sofort den Mann vor Augen, auf den diese Beschreibung genau zu passen schien: Deklan von Ardmor, der Mann, der nach der Schlacht von Rathowen in seinem Zelt zu ihm gesprochen hatte. Deklan könnte er vertrauen. Er war ein ehrlicher Mann mit Sinn für Gerechtigkeit.

»Unser Anliegen würde schon allein deshalb in Rom Gehör finden, weil sich die Machthaber dort erinnern werden, was in Britannien passiert ist«, fügte Cathach hinzu. »Ambrosius hat Kirche und Reich lange um militärischen Beistand gebeten, doch der traf nie ein, und jetzt ist der größte Teil Britanniens in der Gewalt der Sachsen. Zum ersten Mal seit über dreihundert Jahren bezieht Rom keine Steuern mehr von der Insel. Der Papst wünscht inzwischen, er hätte den Kaiser überredet, sofort eine Legion zu entsenden, als sie darum gebeten wurden. Dann wäre es wahrscheinlich nie zu den tragischen Ereignissen in Britannien gekommen.«

»Wenn wir jetzt, oder wenn die Zeit kommt, an ihn herantreten, wird er deshalb umso williger sein«, schloss Lorgan, um es ganz klar zu machen.

»Doch es steht mehr auf dem Spiel als nur die Verteidigung Eirinns«, fuhr Cathach fort. »Die römischen

Christen werden kommen, ob wir es ihnen erlauben oder nicht, und das nächste Mal werden sie besser organisiert sein. Das Ergebnis könnte ein langer, erbitterter Krieg sein. Ich weiß, ihre Bräuche erscheinen uns fremd und barbarisch«, kam er dem Einspruch Leoghaires zuvor, »doch wenn unser Plan gelingt, werden sie es am Ende sein, die unsere Traditionen aufrechterhalten, selbst wenn sie es nicht merken.«

»Ihre Bräuche sind uns nicht nur fremd, sie sind uns zuwider«, stellte Leoghaire fest. »Wie könnt ihr nur hoffen, die friedvollen Lehren des Druidentums mit der bornierten Theologie der Römer vereinbaren zu können?«

»Ihr Verhalten mag uns erschrecken«, stimmte Cathach zu, »doch ihr Glaube hat im Grunde dieselben Wurzeln wie unsere Philosophie: Gerechtigkeit, Liebe und Wohltätigkeit stehen an erster Stelle in ihren heiligen Büchern. Es wird uns ein Leichtes sein, sie zu überzeugen, dass wir alle zu frommen Christen geworden sind, denn abgesehen von diesen Grundlagen ist ihr Kult größtenteils sinnloses Gewäsch, das wir leicht nachplappern können. Mit der Zeit wird es uns gelingen, unsere Rituale in den ihren zu verbergen, und wenn sie erst ihre Kirche hier etabliert haben und wir sicher sein können, dass sie Eirinn verteidigen werden, dann können wir damit beginnen, unsere Traditionen fest in der Zivilisation der Römer zu verankern.«

»Aber riskieren wir dabei nicht, alles zu verlieren?«,

fragte Eoghan zornig. »Unsere Gesetze, unseren Glauben, sogar die Herrschaft über unsere Heimat?«

»Wir werden mit Sicherheit alles verlieren, wenn wir es sowohl mit den Sachsen als auch mit den Römern aufnehmen«, erwiderte Cathach. »Folgen wir aber unserem Plan, dann haben wir wenigstens eine gewisse Kontrolle über die Veränderungen, die sowieso stattfinden werden. Ob wir es wollen oder nicht, wir leben in einer Zeit des Wandels. Wenn wir uns dem Rad der Geschichte entgegenstellen, dann wird es uns niederwalzen und ohne uns weiterrollen, ganz gleich wie sehr wir uns dagegen sträuben mögen.«

»Doch wenn der Plan erfolgreich sein soll, müssen wir alle Opfer bringen«, warnte Lorgan. »Jeder Druide muss bereit sein, sich taufen zu lassen und zumindest so zu tun, als würde er sich dem Kreuz unterwerfen. Und auch die Könige dürfen sich der Christianisierung nicht verweigern. Nur so können unsere Sitten und Bräuche überleben.«

»Dir fällt es zu, die Führung zu übernehmen«, sprach Cathach zu Leoghaire. »Du musst dich als Erster bekehren lassen.«

Der Hochkönig war zunächst sprachlos vor Schreck. Dann gab er zu bedenken: »Ihr redet, als stünde der Feind schon vor der Tür. Ihr redet, als würden morgen die römischen Armeen landen und uns alle umbringen.«

»Es wird nicht morgen geschehen, aber in höchstens neun oder zehn Sommern«, erklärte Cathach. »In der kurzen Zeit, die wir zur Verfügung haben, müssen wir hart arbeiten und oft im Geheimen wirken, wenn wir eine Chance haben wollen, unsere Ziele zu erreichen. Unsere Kinder werden vielleicht nichts mehr wissen von unseren Lehren, doch deren Enkelkinder werden die Traditionen des wahren Weges fortsetzen, obwohl sie in ihrem Zeitalter nicht mehr ahnen können, wo ihr Wissen herkommt und wie es zu ihnen gelangt ist.«

»Mit etwas Glück und dem Segen des alten Volkes werden Mawn und Sianan lange genug leben, um die Brücke zu schlagen zwischen unserer alten, untergehenden Welt und dem neuen Zeitalter«, schloss Lorgan. »Sie könnten unsere letzte Hoffnung sein, zu bewahren, was unserem Volk am kostbarsten ist: unsere innersten Ideale.«

Die Sachsen plünderten die wenigen Soldaten des Prinzen von Cashel, die verletzt zurückgeblieben waren, unbarmherzig aus und töteten alle, bevor sie ihr Lager am Pass abbrachen. Sie machten sich nicht mehr die Mühe, ihre Spuren zu verwischen. Es hätte ohnehin keinen Zweck gehabt, denn für jeden musste offensichtlich sein, was dort geschehen war und in welche Richtung die Plünderer unterwegs waren.

Seginus sorgte dafür, dass Murrough brutal zusammengeschlagen und gefesselt über den nackten Rücken eines seiner eigenen Pferde geworfen wurde. Caitlin, noch immer bewusstlos, lag bäuchlings auf dem Pferd, das Streng in Besitz genommen hatte. Er fesselte sie an seinen Sattel, so dass sie vor ihm lag wie ein Sack Stroh.

Nach dem Scharmützel hatte sich fast jeder der Sachsen ein Pferd gesichert. Das war eine große Erleichterung für Hannarr, denn nun würden sie schneller vorwärts kommen. Zwei seiner Männer waren gefallen, und die sieben, die sich kein Pferd hatten einfangen können, ließ er ohne viel Federlesens zurück, um den Pass zu halten. Im Grunde gab er sie auf, genau wie er die Verwundeten nach der Schlacht am See einfach liegen gelassen hatte.

Caitlins Gesicht war schlammverschmiert und ihr Haar verklebt, voller Eis und Straßenschmutz. Das einzige Zeichen, dass sie noch lebte, war die leichte Rötung, die ihr die Kälte auf die Wangen trieb. Streng klopfte ihr auf den Hintern und gab seinem Pferd die Sporen. Er lachte erleichtert wie all die anderen Sachsen, die es wieder einmal geschafft hatten, dem Schicksal ein Schnippchen zu schlagen und gegen eine Übermacht am Leben zu bleiben.

Murrough konnte seinen Kopf gerade so weit heben, dass er Caitlin sah und Strengs Hände auf ihrem Körper, und plötzlich spürte er eine solche Wut, dass er meinte, mit der Kraft seines Zorns könne er seine Fesseln sprengen, was sich natürlich als Irrtum erwies, sobald er es versuchte. Blut rann ihm brennend in die Augen. Er musste sich abwenden und wischte sich, so gut es ging, die Stirn an der Flanke seines Pferdes ab. Als er wieder aufschaute, konnte er Caitlin nicht mehr sehen, doch er schwor sich, jeden umzubringen, der es wagte, sie anzurühren.

Kaum eine halbe Stunde nach dem Kampf hatten

Hannarr und seine Krieger schon ein gutes Stück ihres Weges hinter sich. Der Thegn schickte zwei Kundschafter voraus, um die Straße vor ihnen im Auge zu behalten und, wenn möglich, Wasser und Nahrung aufzutreiben. Die Männer waren es gewohnt, das Land zu plündern und von dem zu leben, was ihnen gerade in die Hände fiel, weshalb sie auch die Raben in so hohen Ehren hielten, die sich ebenfalls ausschließlich von Aas ernährten.

*Aas! Nichts als Kadaver werden von ihnen übrig sein, wenn ich mit ihnen fertig bin*, schwor sich Murrough, während er die Barbaren beobachtete. Dabei schämte er sich über die Gewalt seines eigenen Zorns.

Inzwischen herrschte dichtes Schneetreiben. Die Luft nahm unter der unsichtbaren Sonne einen kalt glühenden Schimmer an. Hannarr ritt voran, und die Sachsen stimmten einen Gesang an, der, wie anscheinend all ihre Musik, um die Silben »Ho Oh Ro Ho« aufgebaut war, die den Rhythmus schlugen wie eine mächtige Trommel. Der Thegn rezitierte dic Verse vollkommen tonlos, ganz anders als in gälischen Liedern, ohne jeden dramatischen Schnörkel, wobei das Brummen der Krieger leiser wurde, wann immer ihr Führer eine Zeile herunterrasselte.

Murrough verstand ihre Sprache nicht, doch er spürte die Drohung, die Entschlossenheit und Härte im Ton ihres Gesangs. Dabei dämpfte die schneegefüllte Luft die Stimmen so, dass sie klangen wie ein Gespensterchor.

Nach einer Weile gab der gefangene Prinz es auf, sich den Hals zu verrenken, und schaute nur noch auf den Boden, der unter ihm hinwegglitt. Der Schnee wurde immer tiefer, und die Pferde schienen sich immer unsicherer zu fühlen auf dem Matsch unter ihren Hufen. Bald waren Murroughs Hände taub vor Kälte. Auch seine Füße erfroren ihm allmählich und verloren jedes Gefühl. Er atmete durch den Mund. Mit Schneeflocken, die er auf diese Weise einfing, konnte er auch seinen Durst lindern.

Seginus ritt neben Streng an der Spitze des Zuges und passte auf, dass der Gefangenen kein Schaden zugefügt wurde. Er konnte sein Glück kaum fassen. Er konnte es sich nur damit erklären, dass Gott ihm alle seine Feinde auslieferte, damit er sie bestrafen konnte für die Beleidigungen, die sie ihm zugefügt hatten. Seine Furcht war nur, dass diese Frau, Caitlin, sich von ihrer Verwundung nicht mehr erholen würde, denn er wollte, dass sie bei Bewusstsein war, wenn er sie in den Tod schicken würde. Er wollte, dass sie die gleiche Demütigung empfand, die er erlitten hatte. Er wollte sie quälen dafür, wie ihre Krieger ihn behandelt hatten, und er wollte, dass sie die Worte bereute, mit denen sie ihn abgekanzelt hatte.

Er schloss die Augen und ignorierte die sächsischen Kriegsgesänge. Nun hörte er wieder Caitlins Stimme, wie sie die Taufe abgelehnt hatte an jenem Abend auf Rathowen. *Keine Frau darf so mit mir reden,* sagte er sich grimmig. *Ich werde ihr eine Lektion erteilen, bevor ich sie auf dem Scheiterhaufen schmoren lasse.*

Nur aus diesem Grund hatte er darauf bestanden, sie am Leben zu lassen, als Hannarr sie seinen Männern überlassen wollte, damit sie mit ihr machen konnten, wonach es sie gelüstete. Was Murrough anging, so betrachtete der Römer ihn als eine gute Geisel, falls sie einmal mit den Iren verhandeln müssten, und Hannarr dachte ebenso.

Während Seginus noch darüber nachbrütete, wie er die Hexe am besten bestrafen konnte, um sich Genugtuung zu verschaffen, beendeten die Sachsen ihren Gesang und Hannarr schloss zu ihm auf.

»Bleib ein Stück zurück mit mir, Römer«, brüllte der Thegn.

Seginus gehorchte nur widerwillig, da er Streng und die Gefangene nicht gern aus den Augen ließ.

»Wie weit ist es noch?«, fragte der Thegn.

»Nicht weit.«

»Wie weit?«

»Eine Stunde, vielleicht etwas länger.«

»Wird der Baum schwer bewacht sein?«

»Damit ist leider zu rechnen, besonders weil deine Leute dort oben am Pass so viele Iren entkommen ließen«, giftete der Römer. »Wahrscheinlich ist inzwischen das ganze Königreich Munster hinter uns her.«

»Dann sollten wir den Göttern für diesen Schnee danken«, meinte Hannarr. »Er macht uns den Ritt zwar schwerer, aber er wird auch die Iren aufhalten. Meinst du, wir könnten von hier aus querfeldein weiterziehen?«

»In diesem Wetter?«, fragte Seginus. »Du musst verrückt sein. Wir würden stundenlang im Kreis reiten und den Baum niemals finden. Der einzige sichere Weg zu unserem Ziel ist über die Straße, bis wir zur Kreuzung ...« Er hätte sich am liebsten die Zunge abgebissen.

Hannarr nickte stumm. Er ließ sich nicht anmerken, wie zufrieden er mit sich war, dass er dem Römer endlich diese Information entlockt hatte. Nach einer Weile sagte er schließlich: »An der Kreuzung werden wir die beiden Geiseln und die meisten meiner Männer zurücklassen und nur mit den sechs besten Kämpfern zum Baum weiterreiten.«

»Wie du meinst.«

Wie Hannarr vermutet hatte, befand sich der Baum also nicht weit von der Cashel-Kreuzung. Er ritt zu seinen Leuten vor, um sie auf das baldige Ende ihres Marsches vorzubereiten und ihnen die entsprechenden Befehle zu erteilen. Er dachte natürlich nicht daran, seine Schlagkraft zu schwächen, indem er seine Bande weiter aufteilte, ganz gleich, was er dem Römer erzählt hatte.

Seginus schloss wieder zu Streng auf. Wenigstens hatte jemand die Gnade gehabt, dem Burschen einen Pfeil in den Hals zu schießen. So musste er sich wenigstens sein blödes Geschwätz und seine leere Prahlerei nicht anhören. Der Bogenschütze hätte kein besseres Ziel wählen können.

Wahrscheinlich hätte Seginus laut gelacht über die Irrungen des Schicksals, wenn er gewusst hätte, dass der Schütze eine Frau gewesen war und dass diese Frau nun bewusstlos auf dem Sattel des Barbaren lag, dem sie mit ihrem Pfeil die Stimme geraubt hatte.

Nicht das Lachen und Schwatzen Gobanns und Origens weckte Mawn aus seinem Halbschlaf, sondern ein Reiter, der die Straße nach Teamhair heraufgaloppiert kam. Mawn dachte zuerst, er würde bei ihnen anhalten und ihnen irgendwelche wichtigen Neuigkeiten bringen, doch dann öffneten sich die Tore der Zitadelle vor dem Reiter, und er stob vorbei, ohne sein Pferd auch nur abzubremsen. Die schweren Eichentüren schlossen sich direkt hinter ihm, und es war wieder so ruhig auf der Straße, als wäre nichts geschehen.

Mawn schaute zu Origen hinüber, der tief in Gedanken neben Gobann im Gras saß. Er stand auf und näherte sich dem Fremden respektvoll, nicht sicher, ob er ihn stören durfte. Oft hatte er seinen Vater so gesehen, und manches Mal, wenn er ihn aus seinen Gedanken geweckt hatte, war er dafür bestraft worden.

»Bist du schon lange hier?«, fragte der Junge zaghaft. »Ich habe geschlafen und nicht gehört, wie du gekommen bist.«

Origen schaute ihn an und nickte ihm seinen Gruß zu. Gobann stand auf und eilte zu den Pferden, und der Junge duckte sich instinktiv, als der Dichter an ihm vorbeikam. Er rechnete fest mit einem Klaps, weil er die beiden Männer in ihrem Gespräch gestört hatte, doch Gobann hob keinen Finger und sagte kein Wort, ganz anders, als er es seit frühestem Alter von anderen Erwachsenen gewohnt war, die ihren Ärger nur zu gern an Kindern oder Tieren ausließen. Gobanns Schweigen erschien ihm geradezu unheimlich.

»Keine Sorge«, beruhigte ihn Origen. »Er ist dir nicht böse.« Der Mönch sprach laut genug, dass der Dichter ihn hören konnte. »Er hat mit sich selbst ein Hühnchen zu rupfen. Ich bin froh, dass er uns endlich in Ruhe lässt mit seiner schlechten Laune und seiner Eigenbrötlerei.«

Gobann nahm sein Pferd zur Seite, um es zu waschen und zu striegeln, worauf das Tier dankbar wieherte. Mit seinen scharfen Augen hielt es nach einer Stelle Ausschau, wo das Gras schön satt aussah, und trottete schnurstracks darauf zu. Gobann leistete keinen Widerstand und folgte Drugal mit Bürste, Drahtkamm und einem Säckchen voll Pigmenten, das er immer bei sich hatte.

»Wie ist deine Heimat? Wie sieht es dort aus?«, fragte Mawn den Mönch.

»Ganz anders als hier«, antwortete Origen. »Es ist fast überall trocken, und nach Westen, Süden und Osten erstreckt sich ein staubiges Sandmeer weiter, als irgendjemand weiß. Es gibt nur ganz wenige grüne Flecken, und selbst dort ist es ein anderes Grün als bei euch.«

»Sind in deinem Land alle Menschen so dunkelhäutig wie du?« Der Junge versuchte, sich an all die Fragen zu erinnern, die ihn geplagt hatten, seit er den Fremden in Rathowen kennen gelernt hatte.

»Die meisten. Manche sind so schwarz, dass ihre Haut in der Sonne dunkelblau schimmert. Diese Leute stammen aus einem großen Königreich im Osten und Süden, das die Römer Aethiopia nennen.«

»Ein Königreich mitten in einem Meer aus Sand?«, staunte Mawn.

»Ja, Aethiopia ist fast vollkommen von Sand bedeckt, aber das war nicht immer so. Vor langer Zeit war es einmal das reichste Land der Welt. Selbst mein Volk, das Volk der Ägypter, aus dem für viele Generationen die Könige und Königinnen der Welt kamen, stand einmal unter seiner Herrschaft.«

Mawn stand vor Staunen der Mund offen. Nun setzte sich auch Sianan, die an der Hecke gedöst und Fetzen der Unterhaltung aufgeschnappt hatte, zu ihnen. »Auch die große Königin, von der dieser Ort seinen Namen hat, stammte aus deinem Volk, nicht wahr?«, mischte sie sich ein. »Das hat mir jedenfalls mein Großvater erzählt.«

»Ja, Teamhair war die Tochter eines unserer Könige«, bestätigte Origen. »Ihr Vater war ein mächtiger Pharao, der nach dem Glauben meines Volkes direkt von Gott abstammte. Damals, bevor das Wort Christi uns erreichte, glaubte man viele seltsame Dinge.«

Beide Kinder zuckten ein wenig zurück, als Origen seinen Glauben erwähnte. Nach den Ereignissen von Rathowen hatte Mawn große Zweifel, ob jemand, der an Christus glaubte, zugleich ein ehrbarer Mensch sein konnte. Schließlich hatten sie seinen eigenen Bruder am Baum des Todes ermordet, und ihr Bischof hatte den Hochkönig von Eirinn mit einem Fluch belegt.

»Als ich dich das erste Mal sah, dachte ich, du wärst ein berühmter Druide«, gestand Mawn. »Ich kann immer noch nicht glauben, dass du einer dieser Christen sein sollst.«

»In gewisser Hinsicht bin ich auch ein Druide«, gab der Mönch zu bedenken. »Die Bräuche unserer Völker unterscheiden sich gar nicht so sehr.« Mawn lauschte gespannt. Er konnte sich nicht vorstellen, dass die Christen irgendetwas mit anderen Menschen gemeinsam haben konnten, wo sie doch jeden zu hassen schienen, der nicht ihren Glauben teilte.

»In meinem Land haben wir das Wort Gottes gehört, lange bevor es nach Rom gelangte. Wir haben das Wort so erhalten, wie es uns die Apostel gelehrt haben, in seiner ganzen Reinheit, während die Römer es nach Gutdünken verfälscht haben. Vieles von der wahren Lehre unterdrücken sie, weil es nicht mit ihrer Lebensweise in Einklang steht, und anderes, was nie zur Botschaft Christi gehört hat, haben sie einfach hinzugefügt.«

Die Kinder hörten geduldig zu und schienen alles in sich aufzunehmen. Sie warteten mit ihren Fragen, bis Origen fertig war. *Welch gute Wahl diese beiden sind*, dachte der Mönch bei sich. *In ihren Seelen brennt schon das Licht der Weisheit.*

»Vor einhundertundzwanzig Wintern berief der Kaiser von Rom einen großen Rat der christlichen Kirche. Er versammelte Gelehrte der ganzen Welt um sich, um ihre Ansichten zu hören, denn obwohl damals erst dreihundertundfünfundzwanzig Jahre seit der Geburt unseres Heilands vergangen waren, taten sich schon Risse auf im Gebäude des christlichen Glaubens. Viele der Gesandten beanspruchten für sich, die einzig wahre Version der Evangelien zu besitzen, und der Kaiser hatte zu urteilen, wer die wirklichen Hüter der reinen Lehre waren.«

Origen leerte seinen Becher bis auf den letzten Tropfen des köstlichen Mets. Als er dann weitersprach, war mehr als nur eine Spur von Bitterkeit und Zorn in seiner Stimme.

»Es wundert nicht, dass Kaiser Konstantin schließlich erklärte, die römische Version der Botschaft sei die, welche dem ursprünglichen Geist der Evangelien am nächsten käme. Er ernannte den Bischof von Rom zum obersten Priester, zum Pontifex Maximus der Heiligen Apostolischen Kirche von Rom, und fortan sollte das Christentum die Staatsreligion sein im ganzen Reich. Jeder, der sich den Entscheidungen des Papstes widersetzte, sollte hart bestraft werden nach den Gesetzen des römischen Bürgerrechts. Lange, lange Zeit machte sich mein Volk keine Sorgen über diese Entwicklungen, doch schließlich debattierten selbst die Einsiedler in der Wüste über die Echtheit der Lehre, die zweihundert Jahre zuvor außer Frage gestanden hatte. Der Einfluss Roms breitete sich über die ganze Welt aus, und nun weiß niemand mehr genau, welche Teile der Lehre von Christus stammen und welche später dazugekommen sind.«

Nicht weit entfernt im hohen Gras striegelte Gobann seine Stute und bereitete sie für das Beltinnefest vor. Er war unendlich sanft mit dem Tier und arbeitete sich an Flanken und Läufen hinab, bis er zu der hellgrauen Mähne und schließlich zu dem geflochtenen Schwanz kam. Dort war Gobann besonders vorsichtig mit seiner Bürste, denn er wusste, dass Drugal sehr empfindlich war und nur er sie dort berühren durfte.

Origen hatte seinen Freund aus dem Augenwinkel beobachtet. Nun wandte er sich wieder den Kindern zu und fuhr fort in seiner Erzählung: »Das sind die Gründe, weshalb ich mich vor Jahren zum ersten Mal nach Eirinn aufmachte. Ich hatte von einer Gemeinschaft von Mönchen gehört, die hier hausen sollten, und hoffte, sie würden etwas vom ursprünglichen Christentum vor den Einflüssen der römischen Welt bewahren. Als ich ankam, entdeckte ich dann, dass der alte Glaube eures Volkes der Botschaft Christi viel näher war als der meiner eigenen Lehrer. Deshalb fühle ich mich in diesem Land nun mehr zu Hause als dort, wo ich geboren wurde, und eure Gesetze und Bräuche sind mir teurer als die Meinungen aller Bischöfe auf Gottes Erde.«

Gobann war inzwischen fertig mit der Reinigung seines Pferdes und mischte die Pigmente zusammen, mit denen er es bemalen wollte. Er begann mit einem blauen Pulver, das man aus getrockneten Pflanzen gewann, und verrührte es in einer kleinen Tonschale mit etwas Wasser, das er tropfenweise dazugab. Dann trug er die Schale an einen schattigen Platz, wo sie eine Weile stehen musste, bevor die Farbe ihre volle Kraft annahm. In der Zwischenzeit ging er zum Brunnen der Wanderer, wo er sich einer rituellen Waschung unterzog, in der er Körper und Seele vom Staub und Schmutz der Straße reinigte.

Origen, Mawn und Sianan schwiegen nun. Mawn hatte so viele Fragen an Origen, dass ihm der Kopf schwirrte. Wenn Erwachsene redeten, so kam es ihm vor, erzählten sie nie genug Einzelheiten, nie die ganze Geschichte. Über manche Dinge schienen sie nicht gern zu reden, und oft schienen sie zu denken, die Einzelheiten wären nicht wichtig in einer Erzählung.

Den ganzen Nachmittag über hatten sich Wolken am Himmel zusammengezogen, zunächst in lockeren Gruppen, die dann immer mehr anschwollen, langsam und methodisch, ohne dass die Menschen es bemerkten. Selbst Mawn, der gewöhnlich der Erste war, dem solche Veränderungen auffielen, war entgangen, dass sich ein Sturm zusammenbraute. Wie düster der Himmel war, merkte er erst, als die Tore von Teamhair aufschwangen und Cathach zu ihnen herauskam, gekleidet in einer langen weißen Robe, wie man sie nur zum Feuerfest trug.

»Sianan, Mawn, Origen!«, rief er ihnen zu, wobei er sich umsah und sich vergewisserte, dass Gobann nicht in der Nähe war. »Ihr habt nun die Erlaubnis, in die Zitadelle zu kommen und eure Lager aufzuschlagen!«

»Ich hole Gobann«, rief Mawn.

»Nein, Junge!«, erwiderte der Druide streng. »Über ihn ist noch nicht entschieden. Er muss hier draußen bleiben, bis der Rat ein Urteil gesprochen hat. Und jetzt schnell. Lasst uns hineingehen, bevor er zurückkommt. Es wäre nicht recht, wenn wir uns jetzt treffen würden.«

Cathach nahm die Pferde der Kinder bei den Zügeln und führte sie zum Tor. Origen war schon bei seinem Pferd und verstaute seine Becher. Mawn und Sianan packten ihre Decken und Sättel zusammen und folgten so schnell sie konnten.

Der frische Wind sorgte dafür, dass das Tor mit einem ohrenbetäubenden Knall hinter ihnen zukrachte, sobald sie drinnen waren. Mawn hörte, wie Drugal ängstlich wieherte und heftig schnaubte. Er fragte sich, was geschehen würde, wenn der Rat der Druiden entschied, dass Gobann in seinen Geas versagt hatte.

Sie wurden zum inneren Wall der Zitadelle geführt, wo Origen sich von den beiden Kindern trennen musste. Er verabschiedete sich kurz und versprach Mawn und Sianan, sie in den nächsten Tagen zu besuchen, obwohl er wusste, dass ihm dies wahrscheinlich nicht erlaubt werden würde. Die Druiden hatten strenge Regeln hinsichtlich des Kontakts mit Fremden während ihrer Feuerfeste, und im Fall der beiden Kinder würde sich die Schule der Dichter sicherlich genauestens daran halten.

Dem Ägypter wurde ein Schlafplatz im Haus des Königs von Munster angewiesen, wo er als Ehrengast empfangen wurde und sich auf einem Platz dicht am Feuer niederlassen durfte. Kurz nach Einbruch der Dunkelheit kamen zwei seiner weiß gekleideten Ordensbrüder dazu. Um ihre Gastgeber nicht zu beleidigen, gingen sie zusammen nach draußen und hielten dort ihre Andachten.

Mawn und Sianan begaben sich mit Cathach zu dem Gebäude, das man den Stern der Dichter nannte, wo ihnen saubere Kleider ausgehändigt wurden. Mawn bekam ein rostrotes Hemd und eine Hose aus gebleichtem Leinen. Seine eigenen Kleider – bis auf den dunkelgrünen Mantel, den seine Mutter für ihn genäht hatte – wurden ihm abgenommen. Sianan erhielt einen langen dunkelblauen Kittel, den sie um die Taille zusammenband, und einen neuen kirschroten Mantel aus feinster Wolle.

Nachdem man sie gewaschen, angezogen und gekämmt hatte, brachte Cathach sie in die Festhalle. Die beiden Kinder gingen vor ihm her.

Sobald die drei den Saal betraten, erhoben sich alle, die dort versammelt waren, und beugten ihre Köpfe vor ihnen. Mawn dachte zuerst, diese respektvolle Begrüßung wäre für Cathach bestimmt, doch dann bemerkte er, dass auch der alte Druide sich verbeugt hatte. Plötzlich, auf ein unsichtbares Signal, setzten sich alle geräuschvoll hin und schwatzten weiter, wie sie es getan hatten, bevor die Kinder hereingekommen waren, die Cathach nun zu ihren Plätzen neben sich an dem großen Tischkreis führte.

Sianan bediente sich von dem Met, der herumgereicht wurde, verdünnte ihn mit Wasser und löschte gierig ihren Durst damit. Als sie sah, dass Mawn sich nichts zu trinken nahm, schenkte sie auch ihm ein, wobei sie erklärte: »Mach es wie ich. Misch es mit Wasser, sonst macht es zu müde.«

Als Nächstes wurden große, runde Brote hereingebracht und unter den Festgästen verteilt, die sich handliche Brocken aus den flachen Fladen rissen und mit der frischen Butter aus den Schüsseln, die auf die Tische gestellt worden waren, hungrig verschlangen. Mawn fiel auf, dass dieses Brot ganz anders war als die Laibe, die seine Mutter in Dobharcu gebacken hatte. Es hatte nicht das üppige Aroma und war milchweiß, während das Brot in seinem Dorf stets die Farbe trockenen Heus gehabt hatte und voller ungemahlener Hafer- und Gerstenkörner gewesen war.

Nach der zweiten Runde Brot betrat schließlich auch Lorgan Sorn den Saal. Niemand erhob sich, doch alle verstummten nach und nach, während er hinter den Gästen vorbeischritt. Bald zwängte er sich durch eine Lücke zwischen zwei Tischen und trat in die Mitte, wo er abwartete, bis es vollkommen still war, und er brauchte nicht lange zu warten.

»Der Rat debattiert noch«, verkündete er. Ein ungeduldiges Stöhnen ging durch den Saal. »Dennoch dürft ihr nun mit dem Festmahl beginnen.« Die Erleichterung in den Gesichtern der dreißig oder vierzig Richter und Poeten war unübersehbar. Die meisten von ihnen hatten seit dem frühen Nachmittag darauf gewartet, etwas essen zu dürfen.

»Dies ist unser letztes Mahl vor Beltinne«, fuhr Lorgan fort, »und wir haben zwei Ehrengäste in unserer Mitte. Daher ist es nur recht und billig, dass wir uns die wahre Bedeutung dieser Feiertage ins Gedächtnis rufen, bevor wir die letzte Mahlzeit der dunklen Monate zu uns nehmen.«

Mawn hatte nun keinen Zweifel mehr, dass er und Sianan die Ehrengäste waren, von denen Lorgan sprach, und er wunderte sich über die Aufmerksamkeit, die ihnen zuteil wurde.

Wieder änderte sich die Atmosphäre im Saal ein wenig. Manche der Männer und Frauen, die sich versammelt hatten, waren offenbar sehr, sehr hungrig. Sie waren nicht direkt unhöflich zu Lorgan, machten jedoch keinen Hehl aus ihrer Ungeduld.

Lorgan lachte gutmütig und bat erneut um Ruhe, indem er beide Hände hob, so dass alle seine Handflächen sehen konnten. Bevor er weitersprach, setzte sich ein Harfner neben ihn und strich sanft über die Basssaiten seines Instruments.

»Die Zeit der Winterhexe neigt sich dem Ende zu«, sprach Lorgan. »Bald wird die Welt wieder in dem Licht baden, dessen Diener wir sind.«

Der Harfner fuhr mit den Fingerspitzen über die Saiten seines Instruments. Als Mawn den Mann spielen hörte, wurde ihm wieder klar, welch außerordentliches Talent Gobann besaß und warum seine Harfe so berühmt war. Dieser Harfner hier war nicht halb so gut.

»Die kalten Monate ziehen sich dahin, und die Sonne mag nur kurze Zeit für uns alle scheinen, bevor der Schnee wieder zu fallen beginnt. Nur die Gabe des Feuers hat uns über diesen Winter am Leben gehalten. Und, wie im letzten Jahr, sind alle Feuer im Land nun gelöscht und warten auf den Funken der heiligen Flamme, die hier, am Hof von Teamhair, entfacht werden wird. Auch dieses Jahr werden die Menschen darauf warten, dass wir ihnen eine glühende Kohle vom Herd des Hochkönigs bringen. Dies ist das Fest des Feuers. Dies ist das Fest des Lebens. Schon werden die Zweige gesammelt, mit denen wir das Feuer entfachen werden, welches die glühenden Kohlen hervorbringen wird.«

Lorgan hielt einen Moment inne und schaute zur Decke auf, wo sich der Rauch vom großen Herd in der Mitte des Saales sammelte. Dort sah er etwas Ungewöhnliches, das verriet sein Gesicht, und manche seiner Brüder und Schwester folgten seinem Blick und versuchten zu erkennen, was er dort zu sehen schien.

»Dieses Jahr werde ich dem Feuer näher sein als ihr alle, wenn es entzündet wird, denn dies ist das Jahr, in dem ich euch verlassen werde.«

Nun wusste jeder, was der alte Mann gesehen hatte.

»Und nun speist wohl, nehmt reichlich Nahrung zu euch, denn vor dem Festmahl des Bel werdet ihr drei Nächte fasten müssen. Ihr werdet im Schutz der Dunkelheit aufbrechen und mit niemandem reden, der nicht unseren Weg mit uns teilt, und kein Tropfen Met wird eure Lippen benetzen, bevor das neue Feuer in euren Herden brennt. Wenn ihr heute Nacht heimkehrt, vergesst nicht, eurem alten Feuer für seine Dienste zu danken.«

Lorgan begab sich schnell an seinen Platz, und das Essen wurde hereingebracht. Es gab kein Fleisch, keinen Fisch und kein Wild, sondern nur Gemüse, Nüsse, Beeren, Körner und Brot zu einer Suppe aus gemahlenen Eicheln, Kastanien und wilden Wurzeln. Mawn fand die Mahlzeit schmackhaft und sättigend. Fleisch hatte er noch nie gemocht, weshalb ihm das Menü sehr gelegen kam.

Trotz der Vielfalt und Fülle der Speisen war es von nun an kein wirkliches Festessen mehr. Mawn wusste nicht, ob es Lorgans Vorhersage seines eigenen Todes war oder irgendetwas anderes, doch die Unterhaltungen zwischen den Poeten waren gedämpft, und jeder stand auf und ging seiner Wege, sobald er mit seinem Essen fertig war.

An der Tür wurde jedem ein langer schwarzer Kapuzenumhang umgelegt, der die weißen Kutten und die Gesichter der Druiden vollkommen verhüllte, und jeder bekam einen langen Wanderstab überreicht.

Als es für Sianan und Mawn Zeit wurde, mit Cathach aufzubrechen, wurden auch sie mit Umhängen und Stäben entsprechend ihrer Größe ausgerüstet. Sie bekamen den Rat, sich gut einzuwickeln und vor dem Schnee zu schützen, was Mawn sehr wunderte, da das Wetter seit Monaten recht mild gewesen war.

Doch als sie nach draußen kamen, lag eine beißende Kälte in der Luft, ein sicheres Zeichen kommenden Schnees. Die frische Luft rötete ihre Wangen und spornte sie an, sich schnellstens auf den Weg zum wärmenden Feuer im Haus der Druiden zu machen.

# V

In jener Nacht, als das letzte Mahl des Winters zelebriert wurde, schneite es in Teamhair heftiger als überall sonst in Eirinn. Eisige Flocken wirbelten durch die Luft, und bald lag das Land unter einer dicken Schneedecke. Hügel und Täler wirkten so verändert, dass selbst jemand, der sein ganzes Leben in der Umgebung der Zitadelle verbracht hatte, sich in der verzauberten Landschaft leicht verirren konnte.

Gobann hatte sein Pferd inzwischen mit zahlreichen Mustern bedeckt, und bevor die Nacht hereinbrach und der Sturm seinen Höhepunkt erreichte, begann er damit, sich selbst zu bemalen. Er rasierte sich den Schädel in einem Streifen von Ohr zu Ohr – das Zeichen des eingeweihten Druiden – und färbte die langen schwarzen Strähnen, die übrig blieben, mit Kalk ein, bevor er sie im Nacken zusammenband und zu einem festen Zopf verflocht.

Dann nahm er die Paste, die er am Nachmittag vorbereitet hatte, und malte sich mit einem Zweig, den er an einem Ende zu einem gleichmäßigen, runden

Quast gekaut hatte, tiefblaue Spiralen und Punkte auf die Haut. Mit einem feineren Zweig fügte er kleine Zickzackmuster und andere geometrische Formen hinzu.

Seine Augen ummalte er vorsichtig mit dünnen dunkelblauen Linien, die das Weiß seiner Augen und seine Pupillen betonten. Auch seine Lippen hob er auf diese Weise hervor, wobei er sorgfältig darauf achtete, nichts von der Schminke in den Mund zu bekommen, denn diese war recht giftig und konnte schlimmes Bauchweh und Übelkeit verursachen.

Mit der restlichen blauen Farbe bemalte er sich die Fußspitzen, so dass die Fußnägel rosa hervorstachen. Dann nahm er wieder die Kalkpaste zur Hand und vollendete seine Bemalung mit kleinen weißen Tupfen auf blauem Grund.

Als er fertig war, sahen er und Drugal wie Geschwister aus; die Bemalung machte sie zu verwandten Wesen. Wer sie sah, konnte meinen, er hätte sich in die Anderwelt verirrt, so unwirklich wirkten die Geschöpfe, in die sich der Dichter und sein Pferd verwandelt zu haben schienen.

Gobann überprüfte sorgfältig, ob nichts verschmiert war, und als er mit dem Ergebnis zufrieden war, warf er sich seinen Mantel über die Schultern und legte mit der Kalkpaste letzte Hand an Drugals Bemalung.

Auf ihrer Stirn, auf der breiten Fläche zwischen den Augen des Pferdes, zeichnete er eine weiße Mondsichel, so wie man den Mond sah, wenn er größtenteils verhüllt war. Die Spitzen des Monds zeigten himmelwärts, so dass sie wie Hörner wirkten. Dieses Muster hatte er auf seinen Reisen im wilden Land der Cruitne gesehen. Er wusste instinktiv, dass es uralt sein musste. Während er es zeichnete, musste er wieder an die Zeit denken, die er bei jenem Volk verbracht hatte, und an all die Dinge, die geschehen waren, als er in Alba auf Reisen war.

Wie jedem anderen Druiden war es auch ihm auferlegt gewesen, seine Heimat für eine Weile zu verlassen, um das Leben und die Kultur einer anderen Rasse kennen zu lernen. Und nun, als er die verhärtete weiße Kalkfarbe in seinen Locken spürte, erinnerte er sich, wie er damals auf einen wandernden Stamm gestoßen war, der sich als das Volk des Blauen Nordens bezeichnete. *Garrum Tuhschkart* hieß es in ihrer Sprache, die ihm zuerst so hart vorgekommen war und die nun wie Musik in seinen Ohren klang, als er die Worte aussprach. Sein durstiges Herz labte sich an den Erinnerungen, und er sah das Gesicht ihrer höchsten Druidin vor sich, das Gesicht der Frau, die er seit jenen Tagen nicht zu lieben aufgehört hatte, Sila Subhach – Sila die Fröhliche. Mit ihrem Gesicht vor Augen fügte er ein weiteres Motiv zu Drugals Bemalung hinzu: Hoch über dem Mond, direkt unter der Stelle, wo ihr die Mähne in die Stirn fiel, setzte er einen winzigen weißen Punkt, und nur jemand, der den Dichter sehr gut kannte, jemand wie Origen, würde wissen, dass dieser Punkt den Abendstern symbolisierte.

Inzwischen war es so spät geworden, dass Gobann

annehmen musste, man würde ihn in dieser Nacht nicht mehr hereinrufen. So hüllte er Drugal in ihre Satteldecke und kroch in ein Loch in der Hecke, das er mit allem zustopfte, was ihn irgendwie warm halten konnte. Dort verharrte er, bis es vollkommen dunkel war, doch er schlief keine Sekunde. Er war hungrig, doch er aß nicht. Er wusste, er hatte das letzte Mahl des Winters verpasst, und nun war ihm Fasten auferlegt. Diese Prüfung verlangte ihm vollkommene Enthaltsamkeit ab.

Die Nacht war bitterkalt und erschien daher noch länger als sonst, und der Schneesturm wurde immer schlimmer. Das Heulen des Windes, das Rascheln der Zweige in der Hecke und das Ächzen des Eichentors, das ihm den Zugang zur Zitadelle verwehrte, waren bald die einzigen Geräusche, die in seinem Schädel hallten.

Drugal schnaubte von Zeit zu Zeit, um ihm zu zeigen, dass sie noch lebte, doch sonst hörte er nur eine Stimme in dieser finsteren, nassen Nacht: Dicht neben ihm, sicher, trocken und warm in ihrem Ottersack, lag seine Harfe, die ihm zuflüsterte, wie sehr sie sich danach sehnte, diesen Sturm mitzuerleben. Ihre Saiten sangen mit dem Wind, und ihr Holz knackte leise, wenn sie sich ein wenig bewegte, um es sich bequem zu machen.

Caitlins Harfe war mit der Sorgfalt, wenn auch nicht mit der Kunst gebaut worden, die eine große Harfe auszeichnet, doch Gobanns Instrument war eine der großartigsten Harfen jener Tage. Sie war von zwei Harfenbauern geschaffen worden, einem Mann und seiner Frau, die für ihre gemeinsame Liebe zu feinster Holzarbeit berühmt gewesen waren. In ihrem ganzen Leben fertigten diese beiden Meister des Meißels und des Hobels nur eine einzige Harfe. Dafür brauchten sie volle dreißig Jahre, und dies war nun Gobanns Harfe.

Von ihren Schöpfern war sie zunächst in den Besitz ihrer Tochter übergegangen, die sie in ihren fünfzig Lebensjahren die richtigen Intervalle und die Grundlagen der Musik lehrte. Dann kam sie in die Obhut von Malcolm Süßzahn, eines wandernden Barden aus dem Königreich Dal Araidhe. Der machte sie mit noch viel mehr Musik bekannt. Süßzahn war in der ganzen gälischen Welt als Meister seiner Kunst bekannt und besaß angeblich auch die Harfe, die tausend Jahre zuvor, als die ersten gälischen Stämme nach Eirinn kamen, dem Barden Amergin gehört hatte.

Amergin hatte mit seinem Harfenspiel die Magie der Tuatha-De-Danaan abgewehrt, wenn diese ihre Verwünschungen gegen die gälischen Neuankömmlinge aussprachen. So lernte Gobanns Instrument seine Kunst von einer Harfe, die mit ihren Klängen Stürme besänftigt hatte. Daher kam ihre Liebe zu rauem Wetter und ihr geheimer Name, den nur Gobann kannte: Banfa, die Sturmfrau.

Malcolm Süßzahn wurde mit Amergins Harfe auf der Brust beerdigt, die Hand auf den Saiten, und Banfa vererbte er an seinen einzigen Sohn, den blinden Harfner Kolm Dhall, derselbe, der Caitlins Instrument gestaltet hatte. Trotz seiner Blindheit hielt man ihn für einen weit besseren Musiker, als sein Vater es je gewesen war, und niemand, der ihn hörte, blieb unberührt von seinem Spiel. Kolm Dhall verfeinerte Banfas Talente, indem er täglich vier oder fünf Stunden mit ihr arbeitete. Er machte sie mit anderen Instrumenten und den verschiedenen Stimmungen der Musik bekannt. Und als es so weit war, dass er meinte, sie hätte alles in sich aufgenommen, was er ihr geben konnte, schenkte er sie Gobann, dem Dichter, für den sie fast zweihundert Jahre zuvor geschaffen worden war.

Seit Kolms Dahinscheiden lebte außer Gobann niemand mehr, der ihren geheimen Namen kannte oder ihr auch nur eine einfache Weise entlocken konnte. Gobann ließ sie selten von jemand anderem berühren, da sie die Eigenart hatte, sich unter der Berührung eines Fremden zu verstimmen und launisch zu werden. Zwischen Harfe und Harfner gab es eine unsichtbare Kette, die ihre Seelen verband, und Sila, die über solche Dinge Bescheid wusste, war immer klar gewesen, dass sie in Gobanns Leben immer nur an zweiter Stelle stehen würde. Nie würde sie ihm so nahe kommen wie Banfa, ganz gleich, wie oft er das Gegenteil beteuerte. So achtete sie darauf, nie ein Wort über die Stimmung oder den Klang des Instruments oder über Gobanns Interpretation einer Weise zu verlieren, denn sie wusste, wie eifersüchtig eine Harfe sein konnte, eifersüchtig bis in den Tod.

Und dann kam der Tag, als der Druidenrat Gobann nach Eirinn zurückrief, damit er sich darauf vorbereiten konnte, Mawns und Sianans Lehrer zu werden. Das Ersuchen war so dringlich gewesen, dass Gobann schlecht Nein sagen konnte. So kam es, dass er Sila und das Volk des Blauen Nordens schweren Herzens verlassen musste und in seine Heimat zurückkehrte.

Nun, da Mawn sein Schüler geworden war, fühlte sich Gobann nicht mehr recht wohl mit dem Gedanken, dass Banfa am Ende seines Lebens mit ihm begraben werden sollte. Er meinte nicht mehr, sie wäre einzig und allein dafür geschaffen, dass er sie spielte. *Sie ist ein rares Geschöpf. Mawn wird eine Begleiterin wie sie bitter nötig haben auf seiner Reise,* dachte er. *Vielleicht ist es falsch, wenn sie ihr Leben mit mir beendet. Vielleicht sollte Banfa mit auf seine Reise gehen, wenn sie einander lieb genug gewinnen.*

Es war bekannt, dass die besten Instrumente mit zunehmendem Alter immer stärker wurden und besser klangen, obwohl die Tradition verlangte, dass eine Harfe mit ihrem letzten Besitzer ins Grab ging, damit sie einen friedlichen Tod sterben konnte, unbeschwert vom Kummer und von den Gefahren dieser Welt. Die Feuchtigkeit in den Kavernen, wo Filiden gewöhnlich zur letzten Ruhe gebettet wurden, sorgte dafür, dass die Harfen und ihre Saiten langsam, aber unwiederbringlich verrotteten.

Harfen, die über viele Generationen weitergereicht wurden, liefen große Gefahr, ein gewaltsames Ende zu finden, sei es durch Unfall oder Krieg. Ein solcher Tod würde der Seele des Instruments schaden, und diese Seele wurde als ein sehr empfindsames Wesen betrachtet. Nach den Lehren des Druidentums durfte man keine Seele Leiden aussetzen, wenn es irgendwie vermeidbar war.

»Wir wollen abwarten, bis die Zeit kommt, meine Liebe«, versicherte er ihr leise. »Erst dann werden wir entscheiden«, flüsterte er seiner Harfe zu, bevor er die Augen schloss und sich zu der Ruhe zwang, die er dringend benötigte, wenn er die bevorstehenden Prüfungen überleben wollte.

Kurz vor der Morgendämmerung wurde Gobann von Cathach geweckt. Der alte Druide hatte zwei junge Novizen in schwarzen Roben bei sich. Er forderte den Dichter auf, sich zu erheben. Gobann gelang es, äußerlich ruhig zu bleiben, obwohl das Erscheinen der drei Druiden ihn aufgeschreckt hatte.

Der Dichter stand schnell auf, ohne ein Wort zu sagen, und entließ Drugal aus ihren Fußfesseln. Nachdem er die Riemen aufgerollt und in seinem Sattel verstaut hatte, griff er in einen Futterbeutel und nahm etwas Hafer von dem Vorrat, den man ihm in Dobharcu überlassen hatte. Drugal fraß ihm aus der Hand und bettelte um mehr, doch Gobann konnte sie nicht länger füttern. Er hatte es zu eilig, in die nächste Phase seines Lebens einzutreten, und er war sicher, dass man in den Ställen der Zitadelle gut für sie sorgen würde.

Er nahm seine Stute sanft bei den Zügeln und führte sie zu dem großen Eichentor hinauf, wo Cathach auf ihn wartete, und dann knarrte das große Eichentor und öffnete sich endlich für den Poeten. Cathach und die Novizen folgten ihm in einer Entfernung, die gerade groß genug war, dass sie kein Wort mit Gobann wechseln konnten.

Kurz nachdem sie den letzten Wachposten passiert hatten, tauchte ein Mann aus den Morgenschatten auf und nahm Drugal beim Zaum, um sie in die warmen, trockenen Ställe von Teamhair zu führen. Gobann ließ sie ziehen, doch als sie an ihm vorbeistrich, fuhr er ihr mit seinen langen, harten Fingernägeln über die Flanken, worauf sie dankbar wieherte und sich nach ihrem Herrn umschaute. Dann verschwand sie in dem Schneetreiben, das wieder begonnen hatte.

Cathach trat vor, ging an ihm vorbei und führte ihn zu einer runden, nicht ganz mannshohen Steinhütte, aus der Rauch und Dampf quollen. Am Eingang blieb er stehen und gab Gobann ein Zeichen, hineinzugehen. Der Dichter duckte sich, trat durch das enge Türloch und stieß sofort mit dem Kopf an den feuchten Torf, aus dem das Dach der Hütte bestand.

Die Hütte war so winzig, dass nur eine Person hineinpasste, und es war vollkommen dunkel darin. Gobann tastete sich vor, stieß dabei an einen Eisenkessel, der mitten in dem Bauwerk auf dem Boden stand, und fand schließlich einen Steinhocker, auf dem er sich niederlassen konnte. Im selben Augenblick brachte einer der Novizen einen Messingeimer voll rot glühender Steine herein, die den ganzen Raum erhellten.

Der junge Mann steckte einen Finger in das Wasser,

das seit langem in dem großen schwarzen Kessel gestanden hatte. Dann griff er in seine Tasche und streute Kräuter auf die Wasseroberfläche. Er wartete einige Sekunden, bis die Blätter versunken waren, bevor er den Messingeimer hob und die glühenden Steine in den Kessel schüttete. Das eisige Wasser zischte auf, als es mit den Steinen in Berührung kam, und innerhalb von Sekunden füllte sich die kleine Schwitzkammer mit dichtem Dampf. Der Novize zog sich zurück, und der Eingang wurde von außen mit Binsen und Stroh abgedichtet.

Bald spürte Gobann, wie die Nachtkälte aus seinen Knochen wich. Endlich fühlte er auch seine Füße und Zehen wieder. Sein Haar war mit Wassertröpfchen bedeckt und klebte an seinem Körper, als hätte er in Öl gebadet.

Nicht viel später musste er Hemd und Hose ablegen und seine schweren Reitstiefel ausziehen. Er streifte einen bronzenen Armreif von seinem Oberarm und war schließlich nackt bis auf das silberne Sonnenrad, das er an einer Lederschnur um den Hals trug und von dem er sich niemals trennte. Er lehnte sich an die Wand, schloss seine Augen und ließ den Schweiß fließen, den er auf Armen, Beinen und Brust spürte.

Der Duft der wilden Kräuter juckte in seiner Nase, als die Öle, die das heiße Wasser aus den Blättern löste, sich in der Luft ausbreiteten, und heißes Wasser und Schweiß rannen ihm übers Gesicht. Als er gerade die beruhigende und die Sinne schärfende Wirkung der Öle zu spüren begann, wurden die Binsen vor der

Tür weggezogen, und der zweite Novize kam mit einem weiteren Eimer voll glühender Steine. Hinter ihm wurde der Eingang sofort wieder verstopft, damit die wertvollen Dämpfe nicht in die Kälte von Teamhair entkamen.

Der Novize stolperte ein wenig in der finsteren Steinhütte umher und leerte dann den Eimer. Während der Kessel wieder laut zischte und aufdampfte, streifte der junge Novize Gobanns Oberarm – und er spürte die Form einer weiblichen Brust unter der Robe. Die Frau blieb einen Moment vor ihm stehen und streckte dann eine zarte Hand aus, um sich an seiner Schulter zu stützen. Der Druck ihrer Fingerspitzen in seinen Oberarmmuskeln wurde etwas fester, und dann schob sie ihren Körper dichter an ihn heran.

Er spürte ihren Atem an seinem Körper sowie ein Kribbeln, als er ihren Hüftknochen fühlte, der sich an seinen Unterarm drückte. Ein Finger berührte seine Stirn und fuhr ihm über das Gesicht. Er zitterte wohlig unter der unerwarteten Berührung, die so schnell endete, wie sie begonnen hatte, denn im nächsten Augenblick wurde der Eingang wieder geöffnet und die Frau huschte nach draußen.

Ganz kurz sah Gobann das erste Morgenlicht in die kleine Hütte strömen, doch sobald er allein war, wurde der Eingang wieder versiegelt. Er roch einen neuen, bittersüßen Duft in den Dämpfen.

Die Seherkräuter.

Für die nächsten Minuten drehte sich alles um ihn herum, und Spiralen, Diamanten und Kreise blitzten vor ihm auf, Symbole wie die, die er sich auf den Körper gemalt hatte.

Als Gobann wieder halbwegs bei Sinnen war, fand er sich vornübergebeugt auf seinem Hocker sitzend, die Ellbogen auf die Knie gestützt. Er entspannte sich, lehnte sich zurück und ließ die Öle ihre Wirkung tun, doch zugleich musste er immer wieder an diese Novizin denken. Sie hatte sich in große Gefahr begeben, als sie ihn berührte, und er konnte nicht verstehen, weshalb. Wie konnte sie ihre Zukunft als Druidin so in Frage stellen? Wer jemanden berührte, der auf dem Weg in die Anderwelt ist, läuft Gefahr, selbst auf die Reise gehen zu müssen, was sie wahrscheinlich nicht überleben würde, wenn sie nicht darauf vorbereitet war, und ihre Seele würde womöglich nie mehr zurückfinden.

Der Dampft perlte auf seinem Körper und mischte sich mit den Flüssigkeiten, die ihm aus den Poren strömten. Die blaue Paste und der Kalk wuschen sich von ihm ab und flossen in schmalen Rinnsalen über den Boden. Gerade, als er meinte, die Hitze würde unerträglich, öffnete sich der Eingang wieder. Die beiden Novizen erschienen und reichten ihm einen silbernen Becher mit Quellwasser, den der Dichter bis auf den Grund leerte. Dann griffen sie ihm unter die Arme und halfen ihm hinaus in den tiefen Schnee.

Gobann stolperte am Ausgang und wunderte sich zunächst, wie wenig Kontrolle er über seine Beine hatte. Es war nicht das erste Mal, dass er unter dem Einfluss der Seherkräuter stand. Er erinnerte sich, dass sie, je nach dem körperlichen und geistigen Zustand des Sehers, die verschiedensten Wirkungen zeigen konnten. Also hörte er auf, sich darüber Sorgen zu machen, was kommen würde, und entspannte sich wieder.

Während sie ihn über den Hof schleppten, versuchte Gobann einen Blick auf die Frau zu erhaschen, die ihn in der Schwitzhütte so zärtlich berührt hatte, doch die Novizen trugen Kapuzen und waren beide viel kleiner als er, so dass er nicht erkennen konnte, wer von ihnen das Mädchen war.

Sie führten ihn zu einem großen Steinbassin voll eisigen Wassers, tief genug, dass einem Zuchtstier das Wasser bis unters Kinn gereicht hätte. Sie setzten ihn auf den Rand und ließen ihn langsam ab. Gobann musste die Luft anhalten und schüttelte sich vor Kälte, wurde jedoch nicht wacher davon, sondern glitt eher noch tiefer in einen traumartigen Zustand. Um ihn herum versank alles in einem Nebel, und er wusste nicht mehr, ob die verschwommenen Umrisse Menschen oder Geister waren.

Die Novizen zogen ihn bald wieder aus dem Wasser, bevor er durch die Kälte Schaden nehmen konnte, und schrubbten die restliche blaue Farbe von seinem Körper. Dann tunkten sie ihn noch einmal kurz ein, um alles abzuspülen, bevor sie ihn in Felle wickelten und zu einer Lehmhütte schleppten. Dort legten sie ihn nackt vor ein Feuer und begannen, ihn von Kopf bis Fuß neu zu bemalen, und diesmal würden die rituellen Muster, Linien und Spiralen seinen ganzen

Körper bedecken, auch die Stellen, die Gobann selbst nicht erreichen konnte.

Er nahm einen Schluck von dem Tee, den man ihm servierte, und merkte bald, dass es ein Gebräu aus anderen, noch stärkeren Seherkräutern war. Er wusste, es gab nur noch eine weitere Stufe in dieser Prozedur: das Fest der Visionen. Er legte seinen Kopf auf die Tuchrolle, die ihm gegeben wurde, verbannte alle Gedanken aus seinem Kopf und entschwebte in einen strahlenden Tagtraum, während die Novizen geschickt ihre Aufgabe erledigten.

Cathach wartete indessen geduldig daneben und warnte die Novizen nur, wenn die jungen Zauberlehrlinge mit ihren Kreationen die traditionellen Grenzen des Erlaubten zu überschreiten drohten. Neue Motive wurden zwar gern gesehen, doch nur, solange sie sich an die strengen Regeln hielten, die zu beachten waren, wenn die Körperbemalung ihren Zauber voll entfalten sollte. Auf seiner Reise musste Gobann gut getarnt sein, um ganz mit der Welt der Geister zu verschmelzen und von manchen der Bewohner dort nicht entdeckt zu werden.

Vielleicht aus Zufall, vielleicht wegen des besonderen Einfühlungsvermögens der Novizen, oder weil es der Hohe Rat seit langem so vorgesehen hatte, trug Gobann nun dasselbe Zeichen auf der Stirn wie sein Pferd Drugal. Der Sichelmond reichte ihm von Schläfe zu Schläfe, tiefblau mit weißen Punkten vor weißem Hintergrund. Von weitem musste es so aussehen, als würde seine Stirn silbrig schimmern.

Der Glanz seines blauschwarzen Haars wurde durch einen einfachen, aber wirksamen Trick hervorgehoben: Die Novizen banden es zu Strängen von jeweils etwa fünfzig Haaren zusammen und färbten diese mit weißen Strähnen ein. Der Effekt war eigenartig und vollkommen unwirklich. Sein Haar sah aus wie ein Büschel von Dachsschwänzen. Auch die Spitzen der Stoppeln über seiner Stirn und seinen Ohren waren mit weißen Kalkspritzern gesprenkelt.

Als die Novizen fertig waren, sah Gobann nicht mehr wie ein Mensch aus, sondern wie einer der wilden Tuatha-De-Danaan, wie sie in den ältesten Sagen beschrieben waren. Es war eine langwierige Prozedur, und Gobann musste die ganze Zeit stillhalten, bis auf die Momente, wenn die Maler ihn auf die Seite rollen oder ein Arm oder ein Bein anheben mussten, um den letzten Fleck seiner Haut zu erreichen.

Der Vormittag war schon halb vorüber, als die Novizen den benommenen Dichter nach draußen führten, von wo er die nächste Phase seiner Geistreise antreten sollte. Die Welt erschien ihm nun in einem eigentümlichen blauen Licht, in dem die Menschen eine seltsame Stromlinienform annahmen und um ihn herumzuschwimmen schienen wie Lachse, die über weite Strecken stromauf zu ihren Laichplätzen schwärmen.

Es schneite noch stärker als zuvor, und es war sehr kalt, doch man gab ihm keinerlei Kleider, und trotz der bitteren Kälte und dem tiefen Schnee erwachte Gobann nicht aus seinem Halbschlaf. Auch Drugal, zu der man ihn nun führte, war neu bemalt, gefüttert und getränkt worden.

Man hatte sie mit einem weißen Sattel und weißem Geschirr versehen. Die Harfe des Poeten hing vom Sattel. Die dunkle Otterhülle war ebenfalls mit weißem Pigment gepunktet, was die Muster, mit denen sie verziert war, noch hervorhob.

Am Kopf trug Drugal silberne Glöckchen, die an einem dünnen, ebenfalls silbern bemalten Apfelzweig über ihrer Stirnmähne hingen, so dass bei jeder Bewegung des Pferdes ein süßes Läuten erklang.

Der silberne Zweig war ein uraltes Symbol der Huldigung, die das Volk von Eirinn seinen Filiden entgegenbrachte. Nur die größten Poeten hatten das Recht, ihn zu tragen oder zu halten. Nach der Tradition hatten die Glöckchen eine ähnliche Funktion wie der Rednerstab, den Cathach stets bei sich trug. Alle Menschen mussten verstummen, sobald sie erklangen, und waren zum Schweigen verpflichtet, bis der Poet ausgeredet hatte. Der Zweig war jedoch noch mächtiger als der Rednerstab, denn selbst der Hochkönig durfte nicht reden, wenn die Glocken klingelten. Er war die höchste Ehre, die einem Druiden zuerkannt werden konnte, und wies ihn für alle sichtbar als einen weisen, gelehrten Meister aus.

Manche dieser höchst angesehenen Poeten hatten versucht, Vorteil aus dem Recht zu ziehen, den Silberzweig zu tragen. In den uralten Geschichtensammlungen wurde vor Druiden gewarnt, die den Zweig aus Habgier oder Ehrgeiz für ihre eigenen Zwecke einsetzten. Sie mochten Reichtum oder weltliche Macht anstreben, doch kein Poet hatte je damit Erfolg, denn an jenen, die ihre Privilegien so missbrauchten, konnte der Silberzweig furchtbare Rache üben.

Im berühmtesten Fall dieser Art ging es um einen Dichter namens Breaga, der unter der Herrschaft König Nialls gelebt hatte. Breaga war ein hoch angesehener Geschichtenerzähler und hatte sich beizeiten den Zweig verdient. Er war jedoch auch verdorben durch die Gier nach Gold und seinen politischen Ehrgeiz. Es hatte nie ein Gesetz gegeben, das es einem Druiden verbat, ein königliches Amt oder eine Häuptlingsschaft zu übernehmen, doch Breaga benutzte den Silberzweig, um eine wichtige Abstimmung zu seinen Gunsten zu beeinflussen. So wurde er zum Häuptling gewählt, doch sein Stamm zweifelte bald an seiner Urteilskraft. Innerhalb eines Jahres nach seiner Wahl hatte er mit Hilfe des Silberzweigs alle Kritik und jede Opposition gegen seine Herrschaft zum Schweigen gebracht. Nach achtzehn Monaten erklärte er, dass sein Mund die einzige Quelle der Wahrheit war, und nach zwei Jahren war er fest überzeugt, er wäre dazu bestimmt, ein Hochkönig von Eirinn zu werden und über das ganze Land zu herrschen. Den Rat der Prinzen würde er dabei missachten, und auch der Druidenrat, der inzwischen mit Missbilligung auf ihn schaute, würde keine Macht mehr haben.

Um diesem Vormarsch der Despotie Einhalt zu

gebieten, bevor er Teamhair erreichen konnte, setzten die Leute seines Stammes sehr geschickt die Kräfte des Silberzweigs gegen Breaga ein: Sie hörten einfach auf, mit ihm zu reden. Da er stets den Zweig bei sich trug, konnten seine Untertanen ihr Schweigen ohne weiteres als die respektvolle Beachtung einer alten Tradition darstellen. Doch in wenigen kurzen Wochen zwangen sie den Tyrannen auf diese Weise in die Knie, denn weder von seinen Dienern und Beamten noch von seinem Volk wurden ihm irgendwelche Informationen oder Anerkennung zuteil. So trat er von seinem Amt zurück und führte fortan das Leben eines Einsiedlers, ziellos an der sturmgepeitschten Westküste umherwandernd.

Der Silberzweig hatte solche Macht über ihn, dass er ihn auch noch in seinen letzten Jahren, obwohl seine Kleider nur noch aus Lumpen bestanden, immer vor sich hertrug, wo immer er hinging. Man sagte, man hätte ihn oft gehört, wie er den Vögeln und dem Wind in den Bäumen befehlen wollte, endlich zu schweigen, indem er mit lauter Stimme auf seine Autorität als großer Poet und Seher pochte.

Gobann hatte nicht die Schwächen, an denen Breaga gescheitert war. Der Druidenrat war sicher, dass er die Glöckchen nur selten tragen würde. Gobann war ein bescheidener Mann und würde die Privilegien, die der Silberzweig mit sich brachte, gewiss nicht missbrauchen.

Der Dichter sah den Zweig mit den Glöckchen, als er im Begriff war, auf sein Pferd zu steigen, doch er verstand nicht, was er bedeutete, denn seine Traumreise hatte schon begonnen.

Die Novizen halfen ihm in den Sattel und schoben seine Füße in die Steigbügel. Dann führten sie Drugal und ihre kostbare Last über ein Feld zu einem mit Erde und Gras bedeckten künstlichen Steinhügel. Der Poet war nun schon in tiefer Trance und saß steif und still auf seiner treuen Stute.

Vor dem Eingang des Hügels hatten sich zahlreiche Menschen in den dunklen Gewändern des Winterausklangs versammelt. Jeder und jede von ihnen hielt einen Stab aus Schwarzdorn oder Eibenholz, aus Eiche, Esche oder Birkenholz, je nach Beruf. Brehonrichter, Harfner, Geschichtsforscher und Wahrsager waren jeweils einer bestimmten Baumart verbunden, unter deren Schutz sie sich stellten, indem sie einen Stab aus dem Holz ihres Baumes trugen.

Die Tage vor Beltinne bargen nämlich große Gefahren für jemanden, der in der Kunst der Musik, der Gesetze oder der Zukunftsforschung gebildet war. Wenn er sich ohne jeden Schutz, ohne einen Anker in der wirklichen Welt in die Natur hinauswagte, konnte das sein Ende bedeuten. Die meisten Druiden waren sehr empfindlich für die vielen Veränderungen, die sich am Ende des Winters vollziehen, nicht nur für das allmähliche Wiedererwachen der Natur, sondern auch für alles andere, was mit dem immer währenden Wandel der Jahreszeiten einherging, von Winter zu Frühling, von Sommer zu Herbst – Erde, Wasser, Feuer und Luft.

An Beltinne stand das verborgene Tor zwischen der Welt der Lebenden und der Welt der Geister weit offen. Ein argloser Wanderer konnte diese magische Schwelle leicht überschreiten, ohne die Gefahr zu bemerken. Befand sich der unglückliche Reisende noch in der Anderwelt, wenn das Tor wieder zufiel, am Ende der Festtage, dann musste er bis zum nächsten Feuerfest warten, bis er zurückkehren konnte, und selbst dann war der Rückweg noch voller Hindernisse und verborgener Fallen.

Daher trug ein Druide in diesen Tagen stets einen Stab aus dem Holz seines Baumes, auf dass er niemals und nirgendwo vergessen würde, wer und wo er war.

Mawn und Sianan standen inmitten der Menge, die sich versammelt hatte, Gobanns ritueller Reise beizuwohnen, und warteten geduldig auf ihren Freund und Lehrer. Endlich sahen sie ihn kommen, hoch zu Ross, umringt von vielen jüngeren Druiden mit Trommeln aus Ziegenhaut und hölzernen Klöppeln, mit denen sie einen kargen Takt schlugen, während ihr wortloses Lied, ein tiefes, vibrierendes Summen, über das Feld hallte. Als die Prozession mit Cathach an der Spitze vor dem Eingang des Hügels ankam, traten sieben Druiden mit silberverzierten Trompeten vor. Die Hörner waren aus Messing und so lang wie zwei ausgewachsene Männer, doch die Druiden schienen sie mühelos heben zu können, als wären sie aus einem viel leichteren Material.

Die Trompeter stellten sich vor dem Steinhügel auf und bereiteten sich auf die Rolle vor, die sie in der

Zeremonie spielen sollten. Gobann wurde aus dem Sattel geholfen und zu einem kleinen Feuer geführt, wo er sich in den Schnee setzen musste. Dann wurde ihm eine Schale mit einer dampfenden Flüssigkeit an die Lippen gehalten. Cathach hob seinen Stab, und es wurde so still, dass Mawn für einen Augenblick dachte, auf Kommando des greisen Druiden hätten selbst der Schneefall innegehalten und der Wind aufgehört.

Gobann füllte seinen Mund, schluckte jedoch nur wenige Tropfen, bevor er den Rest des bitteren Gebräus prustend ausspuckte. Dies schien das Signal für die Trompeter zu sein. Der Klang ihrer Hörner war Mawn vollkommen neu, ganz anders als die Musik der Kriegstrompeten, die er vor Rathowen gehört hatte. Jedes der Instrumente spielte nur einen einzigen, ihm eigenen Ton. Vielleicht durch eine verborgene Eigenart in der Konstruktion der Hörner klangen sie alle verschieden, obwohl sie in Größe und Form vollkommen identisch waren. Das widersprach allem, was Mawn über Hörner zu wissen glaubte, denn eigentlich waren solche, die höhere Töne spielten, kleiner als ihre Gegenstücke für tiefere Töne. Die Harmonie, die diese Hörner erzeugten, war jedoch rein wie Kristall, und keiner der Trompeter wich auch nur für einen Augenblick von seiner Note ab.

Und noch etwas kam Mawn seltsam vor. Die Trompeter auf dem Schlachtfeld hatten viele Pausen in ihrer Musik, die ihnen erlaubten, Luft zu holen. Die Melodien waren dahingehend komponiert, den Luftbedarf der Musiker zu berücksichtigen. Doch diese Bläser hier in Teamhair schienen überhaupt nicht atmen zu müssen. Die Töne, die sie hervorbrachten, waren vollkommen stetig, ohne die geringste Unterbrechung.

Das verblüffte Mawn so, dass er sich vornahm, den Musiker, der ihm am Nächsten stand, genau zu beobachten und herauszufinden, wie er darauf seinen Ton blasen konnte, ohne von Zeit zu Zeit seine Lungen zu füllen. Er brauchte nicht lange, um zu erkennen, dass der Trompeter seine Wangen aufgeplustert hielt und die Luft aus diesem natürlichen Blasebalg geschickt in das Horn strömen ließ, während er gleichzeitig durch die Nase einatmete. Es funktionierte ähnlich wie ein Dudelsack, bei dem der Bläser den Luftvorrat kontinuierlich auffüllte, während er zugleich mit Hilfe von Ventilen Luft in die Pfeifen abließ.

Mawn war so fasziniert von diesem Trick und zufrieden mit sich selbst, dass er ihn verstanden hatte, dass er den Augenblick verpasste, als Gobann mit seinem Harfensack in den Steinhügel geführt wurde. Das Nächste, was er sah, war, dass die Novizen den Eingang der kleinen Kammer mit Steinen zubauten, so dass der Poet darin gefangen war.

Die Hornbläser fuhren in ihrer Weise fort, und die Druiden begannen Worte zu singen, die Mawn nicht verstehen konnte. Der Gesang und die Musik, die ihn begleiteten, schwollen zu immer größerer Lautstärke an, während Cathach vor den versiegelten Eingang des Hügels trat. Dort hob er seinen Stab, und sein schwarzer Wintermantel öffnete sich, so dass alle das prächtige dunkelblaue Gewand darunter sehen konnten, bestickt mit Mondsicheln und Sternen aus Silberfaden. Die Kapuze fiel ihm vom Kopf, und der Schnee rieselte auf sein Haar. Auf dieses Signal traten viele der Druiden vor und bauten Zweige und abgefallene Äste um die Steinkammer auf, Schicht für Schicht, die schwereren Holzstücke zu unterst, die leichten darüber. Als sie damit fertig waren, marschierten alle, wiederum unter Cathachs Führung, zu dem Druidenhaus zurück, das man den Stern der Dichter nannte. Die Trompeter blieben draußen, bis der Abend hereinbrach, wobei sie sich in Schichten ablösten, so dass der Klang ihrer Hörner ohne Unterbrechung die eisigen Lüfte um Teamhair erfüllte.

Während die anderen Druiden in ihrem warmen Haus Zuflucht nahmen, blieb Gobann in dem eisigen Hügel eingemauert. Dort saß er in vollkommener Finsternis, die Beine über Kreuz und die Hände im Schoß. Banfa lag vor ihm, und zu seiner Rechten stand eine große Schale mit frischem Quellwasser. Links neben ihm lag ein Messer mit schwarzem Knauf und gehärteter Stahlklinge, halb sichtbar in seiner fein verzierten Lederscheide – das Scian-Dubh.

So ließ er die Stunden verstreichen und die Träume an sich vorüberziehen. Die Klänge der Trompeten hallten noch in seinem Kopf und vibrierten in seinem Körper, lange nachdem sich die Musiker zu Bett begeben hatten.

In jener Nacht sah er viele Träume vor seinem geschärften geistigen Auge, viele kleine, scheinbar unbedeutende Informationen, die ihm in den kommenden Jahren von großem Wert sein würden. Und gegen Morgen trennten die Kräuter der Seher seinen Geist sanft von der engen, sterblichen Hülle, die sein Körper war, und er flog hoch über der Zitadelle von Teamhair.

Ein Wind, der keinen Ast bewegte und keines der Banner des Hochkönigs flattern ließ, ein Wind aus der Geisterwelt, umschmeichelte seine befreite Seele und trug sie empor, über die Schneewolken, und dann in den Süden Eirinns. Nie hatte sich Gobann so frei gefühlt, so lebendig wie jetzt, euphorisch in seiner Schwerelosigkeit.

Er schaute an sich hinab. Wo seine Arme und Beine gewesen waren, sah er nun tiefblaue Flammen. Das verstörte ihn zunächst, doch bald akzeptierte er, dass nichts mehr so sein würde, wie es einmal war. Wo seine Hand sein sollte, war nun das Messer mit dem schwarzen Knauf. Der Anblick verstörte ihn zunächst. Nachdem er sich an diese neue Erfahrung gewöhnt hatte, bemerkte er, dass er in einer Hand etwas Schweres trug. Erst verschwommen, dann immer klarer sah er, dass es ein Messer war – ein Messer mit schwarzem Knauf.

# VI

Der Geisterwind trug Gobann über das Königreich Laigin nach Süden auf Munster zu. Er wusste nicht, was sein Ziel war. Er wusste nur, er musste Vertrauen haben, dass der Wind ihn an einem sicheren Platz absetzen und ihn später – vielleicht – nach Teamhair zurückbringen würde.

Die Hügel und Täler rauschten unter ihm hinweg wie ein Bach in der Schneeschmelze, und bald wusste er nicht mehr, wo er war. Doch etwas war noch seltsamer: Je weiter er reiste, desto weniger dachte er an sich als Gobann, den Dichter. Immer bewusster wurde ihm, dass er noch eine andere Identität besaß, dass er nicht nur Gobann war, der Sohn des Caillte. Gobann wich nach und nach einem anderen, einem viel älteren, weiseren Wesen, das schon immer in ihm gewohnt hatte und nun in den Vordergrund trat und sein Bewusstsein zu beherrschen begann.

Während Gobann noch mit dieser beängstigenden neuen Erfahrung rang, ließ der Wind ihn plötzlich vom Himmel fallen, taumelnd, doch wie ein Stein zur

Erde stürzend. Er hatte keine Angst, er zuckte mit keiner Wimper, er war nur sehr verwirrt.

Im nächsten Augenblick saß er auf einem Ast in einem mächtigen Baum. Er schaute sich um und sah die Welt wieder mit ganz anderen Augen. Alles, was er erblickte, erschien in grellem Kontrast, die Farben entweder strahlend hell oder sehr dunkel. Zunächst fiel es ihm auch schwer, seine Augen auf Dinge in großer Ferne einzustellen, doch bald entdeckte er zu seiner unbändigen Freude, dass er bis in viele Meilen Entfernung jede Einzelheit vollkommen scharf sah.

Plötzlich bemerkte er, dass sich in dem Gras auf dem Feld, das sich um den Baum erstreckte, etwas sacht bewegte. Eine Kraft, die er nicht beherrschte, zwang ihn lange und angestrengt auf die Stelle zu starren, wo es soeben geraschelt hatte, und dann spürte er den überwältigenden Drang, auf das Feld hinabzuschweben, um herauszufinden, was die Bewegung verursachte. Doch gerade, als er im Begriff war, diesem Drang nachzugeben, geschah wieder etwas vollkommen Unerwartetes.

Aus einem anderen Baum in der Nähe flog ein großer Rabe genau zu der Stelle, auf die Gobann sich konzentriert hatte. Dort verschwand er für einen Augenblick im Gras, bevor er mit seiner Beute, einer kleinen braunen Maus, im Schnabel zu Gobanns Ast geflogen kam und sich neben den Dichter setzte, wo er dem strampelnden Nager in seinem Schnabel die Knochen brach und ihn laut gurgelnd verschlang.

Als Nächstes bemerkte Gobann, dass er und dieser

andere Rabe nicht allein waren. Der hohe, alte, weit ausladende Baum schien eine große Zusammenkunft, eine wahre Stammesversammlung der Raben zu beherbergen, Hunderte der schwarzen Vögel, manche noch klein und jung, vielleicht erst drei Jahre auf dieser Erde, andere unermesslich alt, arg zerzaust, vielleicht schon ein volles Jahrhundert am Leben.

Es war eine der Konferenzen, welche die Raben nur alle zwölf Jahre abhielten, und offenbar hatten sie nicht mit einem solchen Andrang gerechnet, denn so mächtig der Baum auch sein mochte, so boten seine Äste und Zweige doch nicht für alle Platz. Auf dem Feld um den Fuß des großen Baumes und in anderen Bäumen in der Nähe hockten noch viel mehr der schwarzen Vögel.

Auf den Winden, die von den Bergen im Westen her wehten, segelten immer mehr Vögel über die Felder herbei. An einem nahen Brunnen zankten und bissen sie sich um die besten Trinkplätze. Allmählich fühlte sich der Dichter sehr unbehaglich unter all diesen Vögeln, für die er, so offensichtlich anders als die Kreaturen um ihn herum, ein wahrlich seltsamer Anblick sein musste auf seinem Ast.

Und dann spürte er wieder das Jucken auf seinem Kopf, das ihn immer stärker geplagt hatte, seitdem er auf dem Baum gelandet war. Es wurde nun fast unerträglich. Er hatte das Gefühl, eine Laus versuchte sich durch seine Kopfhaut zu beißen. Instinktiv beugte er den Kopf vor und hob ein Bein, um die Stelle mit seinen langen Krallen zu kratzen.

Als das Jucken nachgelassen hatte, dauerte es immer noch eine Weile, bis Gobann begriff, dass er tatsächlich Krallen hatte, und Flügel, einen Schnabel und Federn. Er hatte eine Gestalt angenommen, die sich in nichts von den schwarzen Aasvögeln unterschied, in deren Mitte er sich nun befand.

Sein Herz schlug laut und in einem ungewohnten Rhythmus. Er schaute sich um und kreischte vor Angst, doch seine Stimme ging unter in den lärmenden Gesprächen, die um ihn herum im Gange waren, und nicht einer der Raben schien ihn zu bemerken.

Der Dichter wurde von Panik gepackt. Was war mit ihm geschehen? Was, wenn er für immer in diesem Körper gefangen bliebe?

Der Rabe, der soeben die Feldmaus verspeist hatte, drehte sich zu ihm um und sagte in perfektem, akzentfreiem Gälisch: »Bring endlich deine Gedanken zum Schweigen, kleiner Bruder. Die meisten hier haben nicht viel übrig für solche wie dich. Wenn sie Verdacht schöpfen, dass du nicht bist, was du zu sein scheinst, könnten sie dich in Stücke reißen. Sitz still und hör zu. Die Konferenz wird gleich beginnen.«

Gobann wollte seinem Nachbarn hundert Fragen stellen, doch der alte Vogel krächzte laut, um die Gedanken und die Stimme des Eindringlings zu übertönen, damit ihn niemand bemerkte. »Halt *bitte* den Schnabel«, wiederholte der greise Rabe eindringlich. »Wir haben uns hier versammelt, um zu beschließen, wie wir dein Volk für das furchtbare Verbrechen bestrafen werden, das bald hier geschehen könnte. Wir werden alles tun, um zu verhindern, dass im Namen der Habgier ein großes Unrecht verübt wird, doch viele von uns sehen keine andere Möglichkeit, als dein ganzes Volk anzugreifen und aus dem Land zu jagen. Sie sprechen sich offen für Krieg zwischen uns aus. Du darfst ihnen keine Entschuldigung liefern. Von einem solchen sinnlosen Gemetzel würde keine Seite profitieren.«

Der Rabe brach seine Erklärungen ab und zeigte mit einem Flügel zu den Hügeln im Norden. Mit seinem neuen, scharfen Rabenblick konnte Gobann deutlich erkennen, wie ein einzelner schwarzer Vogel über die Ebene einschwebte.

»Die Königin«, sagte der alte Rabe ohne große Zeremonie.

Überall brach großes Geschrei aus. Das Rabenvolk begrüßte seine Führerin. Die große Rabenfrau zog einen weiten Kreis um den Baum, so dass sie ausgiebig die Huldigung ihres Volkes entgegennehmen konnte, bevor sie noch einmal hoch in die Lüfte stieg und graziös auf dem höchsten Ast landete.

Die unzähligen Vögel schabten ihre Schnäbel an den Ästen und Zweigen, auf denen sie saßen. Die auf dem Feld suchten sich Steine oder harten Boden, und die Raben am Brunnen benutzten die Einfassungssteine für ihr Schnabelwetzen. Gobann spürte den unwiderstehlichen Drang, bei dem ungewohnten Begrüßungsritual mitzumachen, und als er seinen Schnabel an der weichen Rinde rieb, musste er unwillkürlich an die junge Novizin denken, deren Brüste ihn in der Schwitzhütte gestreift hatten. Er wusste nicht, warum.

Das Schnabelwetzen endete so abrupt wie es begonnen hatte, und die Rabenkönigin erhob ihre Stimme zu einem langen, gedehnten Lied. Es war kein Lied, wie es Gobann kannte. Es schien ein Gedicht zu sein, das ausschließlich darauf angelegt war, alle musikalischen Facetten ihrer Stimme zur Geltung zu bringen, jede für sich und ohne jede Harmonie. Als Poet bewunderte Gobann die Form des Gedichts, obwohl ihm das Zuhören keine besondere Freude bereitete, denn jedes Wort war von der Härte geprägt, die der Stimme der Königin zu Eigen war.

Und doch klangen die Worte dem Dichter so vertraut, als wären sie seine eigene, alltägliche Sprache. Dabei wusste er, dass sie in der förmlichen Hochsprache des Rabenvolkes sang, denn ihre Rede war zweifellos von größter Bedeutung.

»Wie werden wir also ohne die großen Bäume leben, die uns als Rastplätze dienen?«, rief sie aus. Die Antwort war vollkommene Stille. »Dieses Land Eirinn ist um uns im Wandel, und wir müssen uns mit ihm wandeln.«

Ein männlicher Rabe mit glänzend schwarzem Gefieder, in dem alle Farben des Regenbogens funkelten, erhob seine Stimme. Er war, wie Gobann schätzte, mittleren Alters und hatte offenbar viele Anhänger in seinem Volk. »Wie lange sollen wir noch mit dieser Bedrohung leben?«, krächste er heiser. »Das ist doch die wirkliche Frage.«

Gobann spürte die Spannung, die nach diesem Einwurf in der Luft lag. Er war sich jedoch nicht sicher, ob die Raben den Sprecher als respektlos erachteten und deshalb schockiert waren, oder weil er für radikales und nie da gewesenes Handeln sprach.

»Wir haben gesehen, welchen nicht wieder gutzumachenden Schaden das Volk der Gälen unserem Land in unserer Lebenszeit schon zugefügt hat«, fuhr der Rabe fort. »Wie lange sollen wir noch tatenlos zusehen, wie sie es weiter schänden?«

Die Menge wurde immer unruhiger, und der Dichter hatte immer mehr den Eindruck, dass er einen begabten Redner vor sich hatte, der einer weit verbreiteten Meinung Ausdruck gab.

»Jahrhundertelang haben wir tatenlos zugesehen, wie die Gälen unserem Land das Herz herausgerissen haben. Das letzte Mal, als wir uns dazu bewegt fühlten, Widerstand zu leisten, haben unsere Armeen die Tuatha-De-Danaan zu Hilfe gerufen. Sollen wir nun einfach zuschauen, wie der Lebensbaum niedergehackt wird, nur weil die Gälen sich zu nichtigen Streitereien hinreißen lassen?«

Die Raben antworteten wie mit einer einzigen tosenden Stimme. Das ohrenbetäubende Kreischen ließ Gobann vor Angst erstarren.

»Lasst uns also aufstehen und kämpfen, so wie unsere Vorfahren an der Seite der Sidhe gekämpft haben. Lasst uns die Gälen für immer aus dem Land jagen, auf dass wir wieder in Frieden leben und unsere Heiligtümer nicht weiter entweiht werden können.«

Endlich erhob der alte Rabe, der bisher schweigend neben Gobann gesessen hatte, seine Stimme, und alle wurden still, um ihn anzuhören.

»Wir hatten viele Meinungsverschiedenheiten mit den Gälen, seit sie nach Eirinn gekommen sind. Doch es sind nicht die Gälen, die den Lebensbaum zerstören wollen.«

Der jüngere Redner und seine Anhänger kreischten auf und widersprachen wütend.

»Mein Klan hat die Ereignisse sehr genau verfolgt«, rief der alte Vogel, ohne sich um das Geschrei des Mobs zu kümmern.

»Wie immer hat Lom-Dubh nur seine eigenen Interessen im Sinn«, fiel ihm der junge Redner ins Wort.

»Aber wie kann es in Sciathan-Cogs oder in irgend eines anderen Interesse sein, einen Krieg gegen ein Volk zu beginnen, das nicht unser wirklicher Feind ist?«, konterte Lom-Dubh sofort, was die Menge wieder verstummen ließ. Offenbar hatte der alte Rabe etwas angesprochen, dessen die anderen nicht gewahr waren.

»Es sind nicht die Gälen, die den Lebensbaum zerstören wollen«, wiederholte er. »Es sind die Sachsen von jenseits des Meeres.«

»Unsinn«, spottete Sciathan-Cog. »In ihrem Land verehren uns die Sachsen wie Götter. Wie könnten sie ein solches Verbrechen gegen uns begehen?«

»Weil sie unter dem Einfluss eines Christen stehen«, enthüllte Lom-Dubh.

Wieder erhob sich aufgeregtes Gekrähe. Sciathan-

Cog erkannte, dass er rapide an Gunst verlor, und nahm Zuflucht zu seiner letzten Waffe: Verleumdung.

»Wollt ihr etwa Lom-Dubh, dem Druidenknecht, Glauben schenken?«, schnappte er. »Ein Rabe, der seine Tage in den Eichenwäldern verbringt und sich von den Poeten in ihren Heiligtümern umhegen und streicheln lässt, wird natürlich wiederholen, was sie ihm einflüstern, ganz gleich was die Wahrheit ist.« Dieser Angriff verschaffte ihm wieder das Gehör der Versammelten. »Wir wollen Beweise hören für deine Behauptungen!«, schrie er unter dem wütenden Gekrächze der Meute.

»Sicher kann ich beweisen, was ich gesagt habe«, erwiderte Lom-Dubh ruhig. »Ich kann auch beweisen, dass der Druidenrat alles getan hat, was in seiner Macht steht, den Lebensbaum zu retten. Er hat eine Streitmacht entsandt, die den Baum beschützen soll ...«

»Wo sind deine Beweise?«, unterbrach ihn Sciathan-Cog abschätzig.

»Ich habe einen Zeugen.«

Gobann spürte, wie ihm unter seinem Federkleid der kalte Schweiß ausbrach. Er zuckte mit den Krallen, schüttelte seine Flügel und versuchte so schockiert und verblüfft auszusehen wie alle anderen Vögel in der Versammlung.

»Doch bevor ich ihn aufrufe, vor uns zu sprechen, müssen wir ihm Immunität gewähren«, fuhr Lom-Dubh fort.

Mit dieser Forderung erntete er nur Protest und Spott, bis die Königin ihre Stimme erhob.

»Niemand von uns wird diesen Zeugen in irgendeiner Weise anschuldigen«, sang sie. »Ich garantiere für seine Sicherheit und freies Geleit nach seiner Aussage.«

Sciathan-Cog sah sich gezwungen, sich der Autorität der Rabenkönigin zu fügen. »So soll es sein«, krächzte er. »Möge der Zeuge vortreten.«

Lom-Dubh spreizte seine struppigen Flügel, kreuzte den linken über der Brust und stellte Gobann vor: »Eure Majestät, dies ist Gobann, der Sohn des Cailte vom Volk der Feni. Er ist als Gesandter des Rats der Druiden in Teamhair zu uns gekommen.«

Aberhunderte unergründlicher dunkler Augenpaare richteten sich auf den Dichter. Seit vielen Generationen hatten sie keinen solchen Botschafter mehr empfangen, und so mancher unter ihnen hatte gedacht, die Geschichten über derartige Begegnungen wären bloße Märchen, die man seiner Brut erzählte.

»Sprich, Gobann, Sohn des Caillte«, befahl die Königin. »Sag uns, was du weißt.«

Der Dichter wartete kurz, bis alle ruhig waren und er hoffen konnte, dass seine Angst nicht zu offenkundig war. Dann nahm er all seine Erzählkunst zusammen und berichtete alles, was sich seit Palladius' Ankunft zugetragen hatte. Er erzählte von Dichus Verrat, dem Einfall der Sachsen und der Schlacht von Rathowen, die viele der Vögel miterlebt hatten.

Er sprach von den Plänen des Druidenrats, so viel wie möglich von der alten Lebensweise zu bewahren, und von der Entschlossenheit der Gälen, alles zu tun, was in ihrer Macht stand, um den uralten Vertrag mit den Tuatha-De-Danaan einzuhalten. Er versicherte der Königin, dass Leoghaire eine Streitmacht zum Schutz des Baumes entsandt hatte, der dann gut bewacht sein würde, und dass die Sachsen der wirkliche Feind waren, nicht die Gälen.

Die Königin hörte sich alles an und saß zunächst nachdenklich auf ihrem Ast, doch als sie schließlich das Wort ergriff, spürte Gobann schon, dass sich die Stimmung in der Versammlung dramatisch gewandelt hatte.

»Ich glaube deinen Worten«, erklärte die Königin. »Nur eines verstehe ich nicht: Wenn deine Leute eine Streitmacht entsandt haben, warum ist sie dann noch nicht hier und bewacht den Baum, auf dem wir sitzen?«

Gobann kam die Erkenntnis. Deshalb hatten die zahllosen orangeroten Schnäbel nicht eine einzige Beere angepickt, während sie zugleich dem Baum so nah wie möglich sein wollten. Die Äste, auf denen sie saßen, waren die Äste des Lebensbaums.

Er suchte verzweifelt den Horizont ab. Murrough und Caitlin musste irgendein Unglück widerfahren sein, sonst wären sie längst da gewesen.

»Die gälischen Krieger sind alle gefangen oder tot«, sagte Lom-Dubh, »doch schon jetzt macht sich eine neue Streitmacht bereit, vom Felsen von Cashel aus herzumarschieren.«

*Gefangen!*, wiederholte Gobann im Stillen. *Tot!*, Doch bevor er sich vollkommener Hoffnungslosigkeit hingeben konnte, erschienen zwei von Lom-Dubhs Kundschaftern über den Feldern und kamen mit kräftigen Flügelschwüngen auf den Baum zugeflogen, wo sie sich in der Nähe der Königin niederließen. Alle konnten hören, was sie zu berichten hatten:

»Der Feind ist im Anzug! Sie sind gleich hinter den Hügeln.«

Die Rabenkönigin hatte die schmerzliche Gewissheit, dass sich ihr Volk in zwei Parteien gespalten hatte. Lom-Dubh, der für den Frieden eintrat, kannte sie als ehrlichen, weisen Vogel, doch Sciathan-Cog, der den Gälen den Krieg erklären wollte, traute sie nicht. Es hätte sie nicht überrascht, wenn er schon mit den Sachsen verhandelt hätte.

Nach kurzer Überlegung kam sie zu dem Schluss, dass es wenigstens im Moment das Beste war, nichts zu unternehmen. »Fliegt davon!«, rief sie. »Verteilt euch auf die vier Ecken des Tales und wartet ab, was die Sachsen vorhaben. Wir werden erst angreifen, wenn wir ganz sicher sind, dass die Situation hoffnungslos ist. Wartet auf meinen Befehl. Nun fliegt!«

Gobann machte es sich auf seinem Ast bequem. Bald war er froh, dass er nicht der Sehnsucht gefolgt war, mit den anderen zu fliegen, denn plötzlich hatte er wieder die Geistgestalt angenommen, die der eines Menschen ähnlicher war. So konnte er nur zwischen den dunklen Blättern und den leuchtend roten Beeren des Lebensbaums sitzen bleiben und der Ereignisse harren, die der Tag bringen würde.

Lange Zeit war Murrough überzeugt, dass die Sachsen, deren Gefangene sie waren, Caitlin und ihn töten würden, doch dann fielen ihm zwei Dinge auf.

Wenn sie sie umbringen wollten, warum hatten sie sich dann die Mühe gemacht, sie so zusammenzuschnüren? Er hatte zugesehen, wie die Sachsen drei seiner verwundeten Krieger kurz vor Verlassen des Passes kaltblütig getötet hatten, was ihm, so grausam es auch gewesen war, nun Mut machte. Nein. Sie wollten sie bestimmt für ein Lösegeld an den Hochkönig oder seinen Vater verkaufen. Das musste ihr Plan sein. Sie hatten also noch eine Chance. Es war bestimmt in ihrem Interesse, sie am Leben zu halten.

Er fasste wieder Mut und begann die Möglichkeit einer Flucht zu erwägen. Wenn nur einer seiner Männer nach Cashel durchkam oder zu einem der Wachposten auf dem Weg, dann würden sie am Lebensbaum gälische Krieger erwarten.

Bald war die Kreuzung von Cashel in Sicht, und die beiden Kundschafter, die Hannarr vorausgeschickt hatte, kamen zurückgeprescht und berichteten, dass weit und breit keine Menschenseele zu sehen war. Hannarr befahl seiner Bande anzuhalten und schloss zu Seginus auf.

»Die Kreuzung, von der du geredet hast, ist unbewacht. In welche Richtung geht es nun weiter? Wo ist der Baum? Ich will so schnell wie möglich daran vorbei oder, was noch besser wäre, sie in weitem Bogen umgehen.«

»Das werde ich dir erst sagen, sobald ich sicher bin, dass du dein Versprechen hältst und mich aus dem Land bringst«, antwortete Seginus nach kurzem Zögern.

»Ich gebe dir mein Wort«, schwor Hannarr leichthin.

»Außerdem verlange ich die Garantie, dass ihr den Baum zerstören werdet, sobald du den Schatz hast, auf den du aus bist.«

»Einverstanden«, sagte der Thegn.

»Und dass du mir die Frau überlässt, damit sie die gerechte Strafe erhält für die Beleidigungen, die ich durch sie erlitten habe«, fügte Seginus hinzu.

Hannarr verlor allmählich die Geduld. Er umklammerte das Heft seiner Streitaxt Frarod, die er seinem früheren Herrn entrissen hatte, und wünschte sich für einen Augenblick nichts sehnlicher als herauszufinden, ob Römerblut wohl dieselbe Farbe hatte wie das Blut eines Sachsen. Er schaffte es jedoch, sich zurückzuhalten. Bald, so sagte er sich, würden sie im Besitz der magischen Beeren sein, und dann würde er sich des unverschämten Christen immer noch entledigen können.

»Alles, was du willst«, sagte er schließlich.

»Wir müssen natürlich für eine Weile an der Kreuzung bleiben, sobald wir dort angekommen sind«, bemerkte der Römer kalt.

»Was?«, schrie der Thegn fassungslos. »Bist du verrückt? Wenn wir da Halt machen, werden wir bestimmt gesehen! Es ist die einzige Niederung weit und breit. Vielleicht liegen die Iren schon auf der Lauer. Willst du uns zu Zielscheiben für die irischen Bogenschützen machen?«

»Wir haben keine andere Wahl«, entgegnete Seginus. »Du musst mir vertrauen. Ich weiß, was ich tue.«

»Wie weit ist es noch von der Kreuzung aus?«, fragte der Thegn.

»Das werden wir erst sehen, wenn wir dort sind.«

»Beim großen Odin!«, brüllte Hannarr. »Ich hoffe für dich, du weißt wirklich, was du tust, Römer; sonst werde ich dich in so viele Stücke hacken, dass jeder Ire seinen Happen abbekommt!«

Seginus bewahrte seine kühle Fassade und antwortete nichts, was Hannarr noch wütender machte.

»Weiter!«, rief er seinen Truppen zu. »Galopp! An der Kreuzung gehen wir sofort in Deckung, so gut wir können.«

Einer der Kundschafter rief ihm etwas zu, und Hannarr konnte ihn gerade noch hören, als er losritt: »Es gibt keine Deckung da unten – nur einen großen Baum.«

Hannarr war schon eine Weile geritten, bevor er begriff, dass dies der Baum sein musste, den sie gesucht hatten. Er ließ einen Freudenschrei los und trat seinem Pferd in die Flanken. Als er an der Kreuzung ankam, lachte und jubelte er, als hätte er einen großen Sieg errungen. Er wusste, sie waren am Ziel.

Streng blieb zurück, während die anderen davonstoben. Er hatte viel Blut verloren, und seine Wunde hatte nicht einmal begonnen zu heilen. Außerdem wollte er seine Gefangene nicht verlieren, die ihm mehr wert war als alle Zauberbeeren. Er hielt also sein Pferd im Zaum.

Niemand hielt jedoch das Pferd im Zaum, auf dem Murrough lag. Es raste hinter seinen Artgenossen her, und Murrough konnte nichts weiter tun, als versuchen still zu liegen und sich nicht zu verkrampfen, denn sonst würde es ihm auf dem rauen Gelände böse ergehen. In seiner Lage bäuchlings auf dem Pferderücken war er sehr verletzlich. *Mögen die Götter meine unwürdigen Rippen beschützen*, betete er im Stillen.

Zum Glück war es jedoch nicht weit, bis die Pferde stehen blieben und sich zusammenscharten. Hannarr sprang aus dem Sattel und lief zu dem Baum, der kaum anders aussah als all die anderen Ebereschen, die er schon gesehen hatte. Er schien nur sehr alt zu sein und entsprechend groß. Die untersten Äste berührten fast den Boden. Sonst fand er nichts Auffälliges, und er begann zu zweifeln, ob dies wirklich der magische Baum war, den Seginus ihnen versprochen hatte, und ob es diesen Baum wirklich gab.

»Römer!«, rief er, doch Seginus war noch damit beschäftigt, sein Pferd unter Kontrolle zu bringen, und er erhielt keine Antwort. »Römer!«, schrie Hannarr noch einmal. »Ist das der Baum?«

Als Seginus sein Pferd wendete, den Baum betrachtete und immer noch keinen Ton sagte, verlor Hannarr endgültig die Geduld. Er rannte zu ihm, packte ihn bei der Tunika, riss ihn zu Boden, und zog ihn mühelos zu einer Stelle, wo eine dicke Schicht Beeren das Gras bedeckte.

»Ist das der Baum?«, schrie Hannarr dem Römer ins Ohr.

Seginus nahm eine Hand voll der kleinen roten Kugeln und schaute dem Sachsen frech ins Gesicht. »Was glaubst du? Oder hast du schon mal einen Baum gesehen, der schon vor Beeren strotzt, obwohl die Luft noch voller Schnee ist?«

Endlich erkannte Hannarr, was er vor sich hatte: einen Baum, der ständig in Blüte stand.

# VII

Gobann war nicht ganz sicher, was mit ihm geschah. Oft hatte er verzückt Lorgan Sorn gelauscht, wenn dieser von seinen Erfahrungen erzählte, als er den Weg der Druiden eingeschlagen hatte, und nun wünschte er, er hätte mehr davon behalten, was der alte Mann gesagt hatte.

Gobann saß auf dem höchsten Ast des Lebensbaums, schaute über die Grasebene, die sich zu den fernen Hügeln erstreckte, und ließ seinen Gedanken freien Lauf. Die Raben waren längst nur mehr schwarze Punkte in fernen Bäumen oder am Himmel über dem Horizont, doch Gobann hatte immer noch nicht all das verarbeitet, was sich ereignet hatte.

Während er seine Gedanken schweifen ließ, hatte er immer stärker das Gefühl, dass er nicht allein war. Er schaute nach rechts, dann nach links, konnte jedoch niemanden entdecken. Schließlich schaute er hinter sich – und fiel vor Schreck fast von seinem Ast. Saß dort wirklich sein alter Lehrer Lorgan und lächelte ihm freundlich zu, die Hände vor dem Bauch gefaltet?

»Sei gegrüßt, Bruder Rabe«, sagte Lorgan. »Wie gefällt es dir in unserem Schwarm?«

Gobann war so verblüfft, dass ihm die Stimme versagte. Er saß da, mit offenem Mund, und starrte den Alten an, der, wie er jetzt bemerkte, von Kopf bis Fuß in einen Mantel aus Rabenfedern gehüllt war.

»Ich kann nicht lange bei dir verweilen«, erklärte Lorgan. »Ich bin endlich auf dem Weg zu dem großen Grabhügel jenseits des Westmeeres. Ich dachte, ich komme vorher noch mit und passe auf, dass dir nichts passiert, bevor ich mich einschiffe.«

Gobann war immer noch sprachlos vor Verwirrung. Die Welt schien unter ihm ins Schwanken zu geraten. Er klammerte sich an den Ast, auf dem er saß, und krallte seine Fingernägel in die Rinde, bis er sie sich fast ausgerissen hätte.

Zum ersten Mal, seit er sich auf dem Baum niedergelassen hatte, bemerkte er, dass es ringsum heftig schneite und er von Schneeflocken bedeckt war. Er fror jedoch nicht, obwohl es bitterkalt sein musste.

»Ich muss bald weiter«, wiederholte Lorgan, diesmal ein wenig ungeduldiger. »Hast du irgendwelche Fragen, bevor ich gehe?«

Gobann suchte nach Worten und konnte am Ende nur stammeln: »Wo, hast du gesagt, willst du hin?«

»Ich nehme das Schiff, das Schiff nach Westen, zu den Landen von Tir-Nan-Og.«

Gobann starrte ins Leere.

»Ich fahre ins Land der ewigen Jugend.« Der greise Druide hielt einen Augenblick inne. »Mein Körper liegt, wie der deine, in Teamhair, doch ich werde nicht mehr in meinen zurückkehren.«

»Und ich? Wie komme ich zurück?« Gobann forschte verzweifelt in den Lichtflecken, in die sich die Augen seines alten Lehrers verwandelt hatten.

»Hat dir das niemand erklärt?«, fragte Lorgan verblüfft.

»Nein. Niemand hat mir gesagt, was geschehen würde, als ich die Höhle betrat.«

»Dann ist es vielleicht besser, wenn auch ich schweige. Ich will dir nur einen Rat geben: Halte dich stets an die Spirale zu deiner Linken. Folge deinem forschenden Herzen, mein Sohn, dann wird sich der Weg schon vor dir auftun.«

Gobann lauschte aufmerksam und verstaute die Worte des Alten nach Art eines Dichters sicher in seinem Gedächtnis, aus dem er sie zum passenden Zeitpunkt hervorholen würde.

»Lorgan, das Feuer der Weisheit, nannte man mich, als ich der Berater des Hochkönigs war. Nun wird Cathach an meine Stelle treten, und wenn du diese Prüfung bestehst, wirst du der Ratgeber des Königreichs Munster sein. Lerne von den Raben, doch traue keinem von ihnen außer dem greisen Lom-Dubh. Er war mir vor langer Zeit einmal ein großer Lehrer.«

Plötzlich erhob sich eine Brise, wie es sie eigentlich nur auf dem Meer gab, und Gobann meinte, Salz in der Luft zu schmecken. In der Ferne hörte er ein

Horn – das Signal, wie es die Fischer gaben, wenn ein Boot den Hafen verlässt.

»Ich muss jetzt fort«, rief Lorgan. »Ich hoffe, wir sehen uns einmal wieder. Vergiss mich nicht.«

Während der alte Mann sich erhob, kam ein anderer Greis dazu und nahm ihn bei der Hand. So gingen sie zum Ende des Astes, wobei sie miteinander sprachen wie zwei Männer, die seit langem befreundet waren und viele Prüfungen zusammen durchlebt hatten. Am Himmel, mitten im Schneetreiben, erschien ein Curragh und wartete auf die beiden Greise. Es waren keine Ruderer oder Matrosen zu sehen, doch das winzige Boot schien zu wissen, wohin die Reise ging.

Die alten Männer setzten sich in das Boot und machten es sich bequem. Dann schauten sie beide zu Gobann zurück, während das Boot im verschwommenen Weiß verschwand.

In nicht allzu großer Ferne hinter den Schneeflocken erkannte der Dichter nun einen großen, dunklen Umriss, auf den das Curragh zusteuerte. Der Schatten schien sich auszudehnen, und Gobann sah, dass es Segel waren, die sich im Wind blähten, die Segel des Seelenschiffs, das für die große Reise bereit stand. In der nächsten Sekunde hörte das Schneetreiben mit einem Schlag auf, und mit ihm verschwanden das Schiff und Gobanns geliebter Lehrer.

Unter dem Baum herrschte inzwischen einige Unruhe: Männerrufe in einer fremden Sprache und lautes Gewieher. Der Dichter nahm zunächst kaum Notiz davon. Seine Gedanken waren noch bei Lorgan und dem anderen Mann, der ihn begleitet hatte, und plötzlich wusste er, dass dieser Mann König Eoghan Eoghanacht gewesen war.

Schließlich wurde er doch neugierig, wer die Fremden unter dem Lebensbaum sein könnten, und als er hinabschaute, erkannte er Murrough und Caitlin. Fast hätte er sich bemerkbar gemacht, ihnen etwas zugerufen, doch da spürte er eine Hand auf seinem Arm.

Er drehte sich um. Wer könnte diesmal neben ihm aufgetaucht sein? Er fand sich von lauter kleinen Männern und Frauen mit funkelnden blauen Augen und glänzendem Goldhaar umgeben, alle in lebhaftes Grün und Blau gekleidet, das sich vor dem weißen Schnee abhob, der die Äste bedeckte.

Das Weiblein, das neben ihm kniete, zupfte noch einmal an seinem Ärmel und ermahnte ihn zum Schweigen, indem sie einen Finger auf ihre Lippen legte. Dann brach sie ein kleines Stück Brot von einem Laib, den sie unter ihrem Gewand hervorzog, und bot es Gobann an. Der Dichter griff gierig zu und verschlang es, als hätte er seit Tagen nichts mehr gegessen. Das Brot schmeckte süß und frisch wie der erste Frühlingshonig.

Noch während er das Brot herunterschluckte, spürte Gobann, wie eine neue, zauberhafte Veränderung über ihn kam, so unvermittelt und vollkommen, dass er sich später nur bruchstückhaft an das erinnern konnte, was danach geschah. Er würde nur noch wissen, dass er die Gestalt einer dieser winzigen Kreaturen angenommen und sich so frei und lebendig gefühlt hatte wie nie zuvor.

Auf Befehl des Hochkönigs begab sich Prinz Morann nicht auf direktem Weg zur Cashel-Kreuzung, sondern zog durch das östliche Hügelland. Dort hob er neue Soldaten aus und alarmierte die Bevölkerung, um den Sachsen die Flucht zum Meer zu erschweren.

Sobald er die Hügelkette erklommen hatte, ritt er auf schmalen Wegen weiter auf den Felsen von Cashel zu. Die frischen Rekruten schickte er als Verstärkung zum Lebensbaum voraus, von wo aus er später mit der ganzen Armee nach Norden ziehen wollte, um, wenn nötig, dem Hochkönig beizustehen.

Er begab sich zu dem Felsen, wo der König von Munster gewöhnlich residierte. So überholte er seinen Bruder, ohne es zu ahnen, denn er wusste nichts von dem Schicksal, das Murroughs Streitmacht ereilt hatte.

Er war noch dabei, die Truppen zu organisieren, welche die von Leoghaire befürchtete Rebellion niederschlagen sollten, als die Soldaten, die er zum Lebensbaum abkommandiert hatte, in vollem Galopp in die Burgsiedlung geritten kamen.

Sie berichteten aufgeregt von einer Kompanie berittener, bis an die Zähne bewaffneter Fremder, die auf dem Weg nach Süden waren, direkt auf Cashel zu.

»Und deshalb habt ihr euren Posten verlassen?«, schrie Morann den Hauptmann der Truppe an.

»Wir waren hoffnungslos unterlegen«, wand sich der Hauptmann, der kein regulärer Soldat war, sondern einer der wohlhabenden Grundbesitzer, die in Zeiten der Not zu Diensten standen. Seine Soldaten waren im Grunde einfache Bauern, schlecht bewaffnet, ohne Ausbildung und mit wenig Disziplin.

»Wie viele Fremde waren es?«, wollte Morann wissen.

»Ich weiß nicht genau ...«

»Wie viele Soldaten hast du unter deinem Kommando?«, fragte der Prinz immer wütender.

»Nur vierzig, Herr«, schätzte der Hauptmann.

»Und was ist mit dem Prinzen von Cashel und seinen Männern? Wo sind die?«

»Ich weiß nicht – jedenfalls nicht am Lebensbaum«, entgegnete der Mann.

»Und warum bist du mit deinen Truppen dann nicht an der Kreuzung geblieben?«, wollte Morann wissen.

»Wir haben den Baum von den Hügeln aus beobachtet. Er war voller Raben, und dann waren auf einmal so viele Feinde da ...«

»Wie viele?«, fragte Morann misstrauisch.

»Das kann ich nicht genau sagen.«

»Dann wirst du jetzt mit mir zurückreiten, und wir werden sie zählen!«, tobte der Prinz. Er glaubte kein Wort von dem, was er gehört hatte, doch vor allem fragte er sich, was Murrough passiert sein konnte, da er zwei Tage Verspätung zu haben schien.

Dann gewann wieder die Wut auf den Hauptmann

die Oberhand. Dieser verdammte Feigling könnte sie den Baum gekostet haben. Im Grunde wusste er jedoch, dass er selbst für den größten Fehler verantwortlich war, indem er nicht genügend vorausgeplant und den Schutz des Baumes unerfahrenen Soldaten anvertraut hatte.

Trotz größter Eile dauerte es volle drei Stunden, bis Morann mit allen Vorbereitungen fertig war und er mit sechzig Soldaten zum Aufbruch nach Norden bereit war. Als sie endlich unterwegs waren, hatte der Prinz sich schon damit abgefunden, dass sie den Baum nicht vor Einbruch der Dunkelheit erreichen würden.

Hannarr war äußerst unwohl dabei, seine Männer auf offenem Feld lagern zu lassen. Er wusste instinktiv, dass er ein großes Risiko einging, doch die Tausende und Abertausende von Zauberbeeren, die auf dem weichen Gras unter dem Baum verstreut lagen, und die vielen mehr, die noch an den Zweigen hingen, waren einfach zu verlockend.

Außer der Gefahr, von Einheiten der Armee von Munster entdeckt und angegriffen zu werden, machte ihm Sorgen, dass er kaum noch genug Männer hatte, die Beeren einzusammeln. Von Guthwins ursprünglicher Streitmacht von dreihundertundfünfzig waren gerade noch zehn einsatzfähige Männer übrig. Wie sollten sie die wertvolle Fracht abtransportieren?

Er beschloss kurzerhand, so viele Beeren aufsammeln zu lassen, wie sie tragen konnten, und dann –

aber nur, wenn die Zeit es erlaubte – den Baum zu fällen und zu verbrennen. Der erfahrene Krieger in ihm ging das ganze Unternehmen an, als hätte er eine Schlacht zu planen. In Anbetracht der Mannschaftsstärke, die er zur Verfügung hatte, schätzte er, dass sie mindestens drei Stunden harte Arbeit vor sich hatten. Die Stimme der Vernunft warnte ihn immer noch, dass das Risiko zu groß war, doch er war noch nie einer Herausforderung aus dem Weg gegangen, schon gar nicht, wenn sie solchen Gewinn versprach.

Er befahl seinen Leuten, alle Säcke, Decken, Kleider und alles andere zusammenzusuchen, worin man die Beeren tragen könnte, während er selbst die Satteltaschen von den Pferden nahm. Dann ließ er acht seiner Männer die Beeren auflesen, die im Gras rund um den Fuß des Baumes herum lagen.

Hannarr ging um den zähen alten Baum herum und suchte nach der Stelle am Stamm, die am verletzlichsten erschien und wo sie ihn mit ihren Äxten attackieren konnten. Dabei bemerkte er, dass die oberen Äste noch reifere und frischere Früchte trugen, und dies entschied schließlich, wie er vorgehen würde. Statt jemanden den Baum hinaufzujagen, würde er ihn erst fällen und dann die frischesten Beeren einsammeln lassen. Das wäre viel einfacher.

Er fand schließlich auch die Stelle, wo man den Baum am leichtesten anschlagen konnte, und befahl zweien seiner stärksten Krieger, ihre Klingen zu schärfen und sich an die Arbeit zu machen. Er selbst machte sich auf die Suche nach trockenen Zweigen, mit denen er später das Feuer entfachen würde, das den Baum verschlingen sollte.

Die Arbeit war schon in vollem Gange, als Streng in gemächlichem Tempo die Straße herunterkam und zu den anderen stieß. Er nahm Caitlin auf den Arm, stieg mit ihr ab und legte sie ins Gras. Dann stolzierte er zwischen den betriebsamen Kriegern einher, wobei er kaum etwas sagte. Dass er von jeder Schwerarbeit befreit war, sah er als selbstverständlich an.

*Fauler Hund*, dachte Hannarr, als er Streng bemerkte, aber er ließ ihn in Ruhe und sagte nichts. Er schaute nur kurz von seiner Arbeit auf und sah seinen alten Rivalen stirnrunzelnd an.

Nachdem er das zweite Mal um den Baum herumgegangen war, wurde es Streng langweilig. Er ging zu seinem Thegn und beugte sich zu ihm hinunter, damit der ihn hören konnte, da seine Stimme immer noch kaum zu verstehen war.

»Du bist verrückt.«

Hannarr schaute von dem Feuerholz auf, das er gesammelt hatte. »Mach, dass du wegkommst.«

Streng lächelte. Für ihn war die Gewissheit, im Recht zu sein, schon immer das schönste aller Gefühle gewesen. »Siehst du die Falle nicht, in der du sitzt?«

»Wovon redest du?«, brummte Hannarr.

»Jede blinde, halb besoffene Milchmagd könnte dir sagen, dass diese Hügel voller Augen sind, die uns beobachten und nur auf den richtigen Zeitpunkt warten. Jeden Augenblick könnte eine irische Armee die Straße heruntergestürmt kommen und uns massakrieren. Und was machst du?« Er kicherte. »Du lässt deine Leute Beeren sammeln!«

»Halts Maul«, entgegnete der Thegn.

Doch Streng hörte nicht auf zu sticheln: »An der Festtafel in Walhalla findet man bestimmt nicht viele, die es beim Beerenpflücken erwischt hat!«

Endlich ging er weiter, lachend so gut er konnte mit seinem Loch im Hals.

Obwohl Hannarr schon lange genug hatte von Streng, ließen ihm die Worte des verwundeten Recken keine Ruhe.

»Römer!«, brüllte der Thegn. »Komm her!«

Streng schlenderte immer noch kichernd davon und trug Caitlin zum Fuß des Baumes, wo man auch Murrough abgelegt hatte. Dann machte er sich auf die Suche nach Wasser für seine brennende Kehle.

»Bist du sicher, dass wir hier nicht unsere Zeit verschwenden?«, fragte Hannarr Seginus.

»Es ist genau der Baum, den wir gesucht haben«, erklärte Seginus bestimmt.

»Dann beweise es mir. Zeig mir seine Zauberkraft, oder wir werden in fünf Minuten von hier verschwinden«, drohte der Sachse. »Ich spüre, dass wir beobachtet werden, und ich habe nicht vor, mich an einem Ort dem Kampf zu stellen, wo wir uns nicht wirksam verteidigen können.«

Seginus zermarterte sich das Hirn. Was konnte er darauf antworten? Nach dem, was er gehört hatte, besaßen die Beeren alle möglichen Kräfte, wenn man sie richtig zubereitete, doch wie man das machte, wusste er natürlich nicht. Außerdem war auch er überzeugt, dass die Iren sie über kurz oder lang entdecken würden. Von den Hügeln aus war die Kreuzung von allen Seiten einzusehen.

Er nahm eine Hand voll Beeren aus der Satteltasche, in der er sie verstaut hatte, und schaute sie sich näher an. Warum hatte er sich von Palladius nicht mehr über den Baum erzählen lassen? Die Früchte waren nicht zu unterscheiden von gewöhnlichen Elsbeeren, die in allen nördlichen Provinzen des Römischen Reiches zu finden waren. Manche waren hellrot, andere dunkel blutrot, und wieder andere fast schwarz, doch nichts deutete auf die Eigenschaften hin, die sie angeblich haben sollten.

»Ich will einen Beweis, Römer, oder wir brechen sofort auf«, wiederholte Hannarr. »Und zwar ohne dich.«

»Aber zuerst müssen wir den Baum fällen!«, protestierte Seginus.

Hannarr streckte blitzschnell den Arm aus und packte den Römer bei der Kehle. »Du hast uns in eine verdammte Falle geführt!«, brüllte er. »Wenn du mich über die Beeren angelogen hast, werde ich dir die Haut abziehen und sie als Satteldecke benutzen!«

Seginus war ein kräftiger junger Mann und kannte einige Methoden, sich aus einem solchen Griff zu befreien, doch Hannarr war einfach zu stark für ihn. Nach wenigen Sekunden bekam er keine Luft mehr, und an Gegenwehr war nicht mehr zu denken. Hannarr hob ihn hoch, so dass seine Fußspitzen gerade noch die Erde berührten, und erst nach einer Zeit, die dem Römer wie eine Ewigkeit vorkam, lockerte er seinen Griff und ließ ihn auf den Haufen Brennholz fallen.

Murrough betrachtete die Szene mit wachsendem Interesse.

Der Prinz war erleichtert, dass er für eine Weile keinen Sattel mehr unter sich spürte, der seine Bauchmuskeln malträtierte. Noch glücklicher war er jedoch darüber, dass Caitlin endlich wieder in seiner Nähe war. Murrough nahm all seine Kräfte zusammen und rollte sich zu ihr. Wie gern hätte er seine Fesseln zerfetzt und sie berührt, doch er konnte nur neben ihr liegen und sie anschauen.

Ob sie sie wohl am Leben ließen?

Wie als Antwort auf seine stumme Frage flatterten ihre Augenlider, und sie sah ihn an, offenbar ohne ihn zu erkennen.

»Wasser!«, rief Murrough aus Leibeskräften. »Wasser! Sie ist aufgewacht!«

Seginus lag noch auf dem Rücken und versuchte, zu Atem zu kommen, doch als er Murrough hörte, ging ihm sofort ein Licht auf: *Sie* war die Lösung seines Problems! Die irische Hexe! Er hätte sich treten können für seine Dummheit. Hatte sie sich nicht damals in Rathowen, in der Nacht, als sie verwundet wurde, vor ihm gebrüstet, sie wäre nicht nur Stammesoberhaupt, sondern auch Druidin? Warum war er nicht früher darauf gekommen?

»Das Mädchen wird einen Trank brauen«, keuchte er. »Das wird dir zeigen, was die Beeren wert sind.«

Hannarr war im Begriff gewesen, dem Römer ins

Gesicht zu schlagen, doch nun hielt er inne und trat einen Schritt zurück. »Dann sieh lieber zu, dass sie sich an die Arbeit macht, wenn dir dein Leben lieb ist.«

Im selben Augenblick kam Streng mit einer Ziegenhaut voll Wasser vom nahen Brunnen. Seginus sah die tropfende Blase, stand eilig auf, rannte stolpernd auf den Krieger zu und nahm ihm das Wasser ab. Er ignorierte Strengs Proteste und eilte zu der Stelle, wo Murrough und Caitlin lagen. Dort zog er vorsichtig den Holzstopfen aus dem Wassersack und goss Caitlin das kalte, klare Wasser über die vertrockneten Lippen. Sie schluckte gierig, während der Römer sein Jagdmesser zog und die Lederbänder durchschnitt, mit denen ihre Hände und Füße gefesselt waren.

»Geht es dir besser?«, fragte er aufgeregt.

»Ich weiß nicht ... meine Wunde«, keuchte sie benommen.

»Weißt du, wie man die magischen Beeren zubereitet?«, drängte der Römer. Ihre Blicke umtanzten ihn für einen Moment, dann starrte sie ihn an, als hätte sie zu viel Met getrunken. »Du bist eine Druidin«, bedrängte Seginus sie weiter. »Du musst es wissen!«

Murrough war sofort klar, welche Gelegenheit sich hier bot. Er hatte nicht verstanden, worüber Seginus mit dem Sachsen gestritten hatte, doch offenbar ging es um Leben und Tod.

Seit seiner Kindheit war ihm auch bekannt, wie gefährlich es war, mit den Beeren zu experimentieren, wenn man nicht genau wusste, was man tat. Er beobachte den Sachsen aufmerksam und kam zu dem Schluss, dass es hier um mehr gehen musste als den Diebstahl der Beeren des Heiligen Baumes, obwohl er nicht sagen konnte, um was.

Der Römer musste irgendwie von den Heilkräften der Früchte gehört haben. Er kannte wahrscheinlich auch einige ihrer anderen Eigenschaften, doch offenbar konnte er ohne Hilfe nichts damit anfangen. Und hier sah Murrough seinen Vorteil.

»Selbstverständlich weiß sie, wie man den heiligen Trank braut«, erklärte der Prinz. »Sie ist eine Druidin, aber sie ist noch zu krank, um es selbst zu tun. Wenn es ein Heiltee ist, worauf du aus bist, dann kann sie mir Anweisungen geben, und ich kann ihn für dich zubereiten.«

Seginus war sofort misstrauisch. »Warum kann sie *mir* nicht die Anweisungen geben? Dann kann ich die Brühe selbst zusammenmischen.«

»Die Beeren allein genügen nicht. Es gehören noch andere Kräuter dazu«, log Murrough. »Die Zusammensetzung muss genau stimmen, oder das Gebräu wird giftig. Als Junge habe ich oft meiner Mutter geholfen, diesen Tee anzusetzen.«

Seginus spürte wieder, wie sich Hannarrs Finger um seine Kehle schlossen. Er traute dem Prinzen nicht, doch schließlich hatte er keine Wahl, sonst würde der Baum stehen bleiben und sein Leben wäre verwirkt.

»Und woher soll ich wissen, dass du uns nicht absichtlich vergiftest?«, fragte er noch.

»Wie mir scheint, musst du irgendwie beweisen, dass

die Beeren magische Kräfte besitzen«, riet Murrough. »Es gibt verschiedene Rezepte, die verschiedene Eigenschaften des Baumes zum Vorschein bringen. Wir könnten einen Tee zubereiten, der dem Sachsen mit der Halswunde helfen würde.«

»Wie schnell würde der wirken?«, fragte Seginus besorgt.

»Augenblicklich und für jeden sichtbar«, antwortete der Prinz zuversichtlicher, als er in Wirklichkeit war.

»Gut«, sagte Seginus zögernd. »Aber zuerst werden wir den Saft an dem Mädchen testen. So weiß ich wenigstens, dass er keinen Schaden anrichtet.«

Endlich nahm der Römer wieder sein Messer zur Hand und schnitt auch Murroughs Fesseln durch. Dann schaute er den Prinzen so bedrohlich an, wie er es fertig bringen konnte, und fragte düster: »Und welche Garantie kannst du mir geben, dass du diese Gelegenheit nicht zur Flucht nutzen wirst?«

»Welche Garantie würde dich zufrieden stellen?«, erwiderte Murrough.

Seginus' Blick fiel auf den Ring, den Murrough an der rechten Hand trug. Er war aus Gold und trug das Siegel des Prinzen von Cashel. »Ich nehme den Ring«, sagte er und zeigte auf das wertvolle Stück.

Murrough zögerte einen Augenblick, doch schließlich sah er ein, dass er sich von seinem Siegel trennen musste, wenn er eine Chance haben wollte. Er streifte ihn sich vom Finger und übergab ihn dem Römer.

»Dies ist das königliche Siegel von Munster«, warnte er. »Du musst versprechen, dass du es mir zurückgibst, wenn ich mit den Kräutern wiederkomme.«

»Versprochen«, sagte Seginus, obwohl er natürlich keinen Gedanken darauf verschwendete, was mit dem Ring oder dem Prinzen geschehen würde. Er war nur erleichtert, einen Weg gefunden zu haben, Hannarr bei Laune zu halten.

# VIII

Mawn litt weniger unter der Kälte als die meisten anderen im Stern der Dichter. Er hatte schon einige harte Winter hinter sich, und für den Sohn eines Dorfschmieds gehörten ein leerer Magen und kalte Füße zu den zahlreichen Prüfungen des Lebens, die man erwarten musste.

Dagegen war das Leben der einzigen Enkelin eines Hofdruiden wunderbar leicht gewesen. Sianan hatte allen Luxus und alle Bequemlichkeiten genossen, welche die Position ihres Großvaters mit sich brachte. Kälte kannte sie nur aus den seltenen Jahren, wenn zur Zeit des Feuerfestes noch echtes Winterwetter geherrscht hatte, und gehungert hatte sie nur, wenn sie es wollte oder wenn die Tradition es vorschrieb. Die Stunden des Fastens wurden ihr deshalb länger und länger. Sie saß, in Decken und Felle eingewickelt und dennoch zitternd, in einer Ecke des Saales und jammerte und klagte im Rhythmus ihres Magenknurrens – und zu Mawns Überraschung taten viele andere, die sich eigentlich längst an solche Fastenzeiten gewöhnt haben sollten, nun das Gleiche.

Mawn wusste noch nicht, dass das Jammern und Stöhnen ebenso zu den traditionellen Feierlichkeiten gehörte wie das Anzünden der Feuer. Auf diese Weise teilte man die Unpässlichkeiten, die mit dem zeitweiligen Nahrungs- und Wärmeentzug einhergingen, und machte sie für jeden erträglicher.

Lorgan Sorn kauerte auf einem niedrigen Hocker. Seine Beine waren zu krumm und zu alt, als dass er sie noch vor sich überkreuzen und auf dem Boden sitzen konnte, wie alle anderen es taten. Er war in ein weißes Wolfsfell eingewickelt, einem Geschenk aus der Zeit König Nialls, als Lorgan noch ein junger Novize war, der auf jede Frage eine schlaue Antwort parat hatte. Zu seinen Füßen ruhten seine drei treuen Hunde, Cailleach, Banatigh und Ainir, die drei Generationen einer alten und berühmten Rasse repräsentierten.

Cailleach, die Älteste von den dreien, war, wie man sich erzählte, eine Nachfahrin der Hunde, die an der Seite Fionn MacCumhals gedient hatten, des großen Kriegers, der zur Zeit König Cormac MacArts lebte und über den es so viele Geschichten gab. Als sechs Wochen alter Welpe war sie Lorgan zum Dank für eine Grabrede geschenkt worden, die er für einen Freund gehalten hatte. Er hatte einen Bettwärmer gebraucht, sie jemanden, der sie regelmäßig fütterte, und so waren sie bald zu unzertrennlichen Kameraden geworden. Cailleachs Treue zu ihrem Herrn war vollkommen, und er war selten ohne sie gereist, bis sie zu alt war, tagelang neben seinem Pferd herzulaufen.

In ihrem dritten Lebensjahr gebar Cailleach zehn gesunde Welpen, die Lorgan alle gegen Waren eintauschte, bis auf eine kränklich wirkende Hündin, die niemand haben wollte. Er gab ihr den Namen Banatigh, und bald war sie für ihre ungewöhnliche Intelligenz bekannt. Sie schien ständig zu beobachten, was vor sich ging, schien alles in sich aufzunehmen, um irgendwann einmal darauf zurückgreifen zu können. Und wie sie mit Menschen umzugehen wusste, konnte Lorgan nur bewundern. Banatigh hatte die Herrschaft im Haus des alten Poeten, und wenn sich ein Gast als Narr entpuppte, sorgte sie schnell dafür, dass er ihren Herrn nicht zu lange aufhielt. Deshalb schätzte Lorgan sie als Gefährtin: Sie war ein besserer Menschenkenner als er, bemerkte Dinge, die er übersehen würde, und bewahrte ihn so vor vielen peinlichen Situationen oder lästigen Störungen. Oft nannte er sie scherzhaft die »Dame des Hauses«.

Dies war Cailleachs erster und einziger Wurf. Offenbar hatte sie die Erfahrung nicht genossen und ging nach dem ersten Mal jedem Rüden geflissentlich aus dem Weg. Banatigh produzierte dagegen drei Würfe, und zu dem letzten gehörte eine seltene schwarze Hündin, die Lorgan ebenfalls im Haus behielt. Ainir erwies sich bald als eine gute Wahl, denn von Geburt an schien sie alle guten Eigenschaften ihrer Großmutter und ihrer Mutter in sich zu vereinigen.

Die drei Hunde waren Lorgan nicht nur Begleiter.

Sie waren seine einzigen echten Freunde auf der Welt. Seine menschlichen Gefährten waren lange tot. Selbst seine Söhne und Töchter lebten nicht mehr, und seine Enkelkinder waren mit den Siedlern zum Königreich der Dal Araidhe gesegelt. Er war allein.

Sianan hatte viel Zeit damit verbracht, mit Ainir zu spielen, und die Hündin hatte sie oft auf ihren ausgedehnten Expeditionen durch und um die Zitadelle begleitet, doch in dieser Nacht des Fastens, da die Luft voller Schnee war und selbst die Schoßhunde nichts zu essen bekamen, zog sie die Gesellschaft ihres Herrn und ihrer Familie vor.

Cathach saß mit Mawn an einem Brandubhtuch und schien sich nur um den Jungen zu kümmern, doch in Wirklichkeit dachte er an Lorgan, dessen Bewegungen er aus dem Augenwinkel beobachtete. Lorgans Tod würde bedeuten, dass er, Cathach, bald der höchste Druide und Ratgeber im Lande sein würde. Er würde nach Teamhair umziehen und stets an der Seite des Hochkönigs sein müssen. Und dann mussten sie jemanden auswählen, der seinen Platz in Cashel, am Hof des Eoghan, einnehmen würde.

Lorgan könnte ihm noch so viel beibringen, dachte er. Er musste von der Weisheit trinken, die dieser in sich trug, bevor er dahinschied. Den nächsten Tag würde er ganz im Gespräch mit dem alten Mann verbringen. Das gebot ihm seine Erfahrung als jemand, der sein Leben lang von alten Lehrern gelernt hatte. Wahrscheinlich war Lorgan der einzige Mensch in Eirinn, der noch die Herrschaft Nialls von den Neun

Geiseln erlebt hatte, und doch redete er kaum von jenen Zeiten. Cathach versuchte auszurechnen, wie alt Lorgan sein könnte, und das war nicht einfach, da er sich zugleich gegen Mawns Angriffe auf dem Brandubhtuch zu wehren hatte. Es mussten über neunzig Sommer sein, schloss er schließlich. Dabei hatte er ihn nie als alten Mann gesehen, sondern ihn immer als viel jünger empfunden.

Mawn nahm eine Figur in die Hand, und Cathach konzentrierte sich wieder auf das Spiel.

»Warum war Lorgan nicht bei Gobanns Ritual dabei?«, fragte der Junge plötzlich.

Cathach war sprachlos. Mawn schien tatsächlich die Begabung zu haben, sich in die Gedanken anderer einzufühlen. Gobann hatte davon gesprochen, doch bisher hatte er es noch nicht selbst erlebt. Als erfahrener Druide mit vielen Jahren des Studiums auf dem Rücken betrachtete er solche Dinge gewöhnlich mit Gelassenheit, doch in diesem Fall, da er die Bestimmung des Jungen kannte, fand er es äußerst beunruhigend. Fast meinte er, er müsse seine Gedanken vor dem Knaben abschirmen.

»Lorgan verträgt die Kälte nicht mehr«, antwortete er schließlich. »Seine Hände und Füße beginnen zu schmerzen, wenn es zu kalt wird.«

»Er wird nicht mehr lange auf dieser Welt sein«, meinte Mawn.

»Seine Gebrechlichkeit ist lediglich ein Zeichen seines hohen Alters. Wenn jemand so viele Sommer erlebt hat, dann nutzt sich der Körper allmählich ab wie ein Karrenrad, in dem eine Speiche nach der anderen bricht, bis es nicht mehr repariert werden kann.«

»Doch wie kann der Karren seine Reise fortsetzen, wenn er nur noch ein Rad hat?«, fragte Mawn.

Cathach wollte dem Jungen schon erklären, jemand würde den alten Mann ersetzen, wenn der Tag käme. Wieder war er verblüfft, welche Reife der Junge zeigte, indem er das Gleichnis des Wagenrads auf diese Weise weiterführte. Es kam ihm vor, als säße er einem weisen, weltläufigen Mann gegenüber, nicht einem Knaben von neun Lenzen.

Plötzlich spürte er den Drang, dem Knaben seine Seele zu offenbaren, all seine Ängste, allen Schmerz, den er in sich trug, alles, was er tief in seinem Inneren verborgen hielt. Der Drang wurde so stark, dass es fast aus ihm herausgesprudelt wäre, doch dann wurde ihm plötzlich klar, wo die Worte des Jungen hinführten, und er sagte nur: »Ich bin das zweite Rad, das Rad, das nun vielleicht für eine Weile allein alle Last tragen muss.«

Aber wer würde ihn ersetzen?

Er wünschte, er könnte durch die Mauer des Steinhügels schauen, in dem Gobann saß, und sehen, wie der Dichter mit der schweren Prüfung fertig wurde, die sie ihm auferlegt hatten.

Zuerst spürte Caitlin nichts als Schmerz, als sie unter dem dichten Astwerk des Lebensbaums langsam zu Bewusstsein kam. Ihr Bauch war grün und blau nach dem langen Ritt auf Strengs Sattel, und das Atmen bereitete ihr große Schwierigkeiten. Dann bemerkte sie, wie der mit Laub und Beeren bedeckte Boden sie umhegte, und sie entspannte sich. Sie breitete die Hände auf dem Gras aus und spürte, dass sie im Augenblick sicher war, wenn sie auch ihre Augen noch nicht öffnen oder sich um irgendetwas kümmern wollte, das sie nicht mit ihren Händen fühlen konnte.

Erst die leichte Vibration, die sie im Boden spürte, schärfte all ihre anderen Sinne. Sie wollte wissen, was vor sich ging. Nach einigen Minuten hörte sie auch das tiefe Summen, das, wie sie meinte, mit dem Zittern zusammenhing, das ihre Fingerspitzen registrierten.

Sie kannte diese Signale. In ihrer Jugend war sie oft zu Plätzen gegangen, wo sie diese Energie spüren konnte. In der Nähe von Rathowen gab es mehrere solcher Stellen, und noch mehr lagen um den Burghügel von Teamhair verstreut. Manche waren mit einem Brunnen, einem Steinrund, einem Baum oder einem einsamen Steinhaufen markiert, und alle waren schon heilige Stätten gewesen, lange bevor ihr Volk dieses Land betreten hatte.

Der Zauber der Tuatha-De-Danaan war in Eirinn noch so stark wie vor tausend Jahren, und Energieknoten wie diese waren die Tore zu ihrem verborgenen Reich. Nur ganz wenige Menschen hatten ein Gespür dafür, wo das Feenvolk in die Welt der Menschen schlüpfen konnte, und Caitlin, das wusste sie, war eine davon.

Als Nächstes bemerkte sie den starken Geruch von

Rauch in ihren Kleidern, als hätte sie lange Zeit vor einem Holzfeuer gesessen oder sich in der kalten Asche gewälzt. Sie fühlte sich, als hätte sie sich seit vielen Tagen nicht gewaschen, und war sicher, dass sie sich beschmutzt hatte, was ihr ein wenig Unbehagen bereitete.

So ertastete sie mit all ihren Sinnen die Umgebung und sammelte Beobachtungen und Empfindungen, bevor sie sich schließlich fragte, wo sie war. Nur ihre Augen wollte sie noch nicht öffnen, da sie fürchtete, dann würde das wohlige Summen unter ihr aufhören. Stattdessen durchforschte sie ihr Gedächtnis nach dem letzten Gedanken, den sie gehabt hatte, bevor sie eingeschlafen war.

Zunächst erinnerte sie sich, dass sie nicht einfach eingeschlafen war, sondern an den Folgen einer Pfeilwunde litt und bewusstlos geworden war. Sie tastete vorsichtig ihr Bein ab. Sie kam nicht ganz bis zum Knie, ohne ihren Rumpf zu drehen, doch sie war sicher, dass die Wunde nun gut heilte, da sie keine Schmerzen spürte. Sie würde die Verletzung überleben, dessen war sie sicher, und erst jetzt war sie bereit, die Augen aufzuschlagen und ihre Neugier zu stillen, was in der Zwischenzeit, während sie geschlafen hatte, alles passiert war.

Träge und mit unendlicher Geduld ließ sie das Licht in ihre Augen dringen. Als Erstes sah sie die tief hängenden Äste des großen Baumes, die fast den Boden berührten und sie vor dem Schnee beschützten, den sie leicht, aber stetig fallen sah. In ihren letzten Erinnerungen hatte sie noch unter furchtbarer Hitze gelitten, wahrscheinlich infolge des Wundbrands. Nun war sie verblüfft, dass es schneite, und schon begann sie zu frieren.

Neben ihr ausgestreckt lag ein Mann, dessen Arme gelähmt zu sein schienen, doch sie wollte nicht wissen, wer er war. Sie interessierte sich mehr für die Pferde, die sie in der Nähe hörte. Dort sah sie auch Krieger, die mit Händen voll Schnee und Blättern hin und her zu laufen schienen, aber sie fragte sich nicht, warum.

Dann hörte sie, wie jemand um Hilfe rief, obwohl sie nicht sicher war, ob er schrie oder flüsterte. Sie war ein wenig beunruhigt, denn seine Stimme klang gedämpft, als käme sie von unter der Erde.

Sie versuchte den Kopf zu drehen, doch ihre Nackenmuskeln waren so verkrampft, dass sie vor Schmerz fast aufgeschrien hätte. Sie musste sich sehr langsam bewegen, um die auf dem langen Ritt geschundenen Sehnen nicht noch mehr zu versteifen.

Und dann erlebte sie einen Schock, an den sie noch lange denken würde. Ein anderer Mann kam unter den Ästen herbeigekrochen, fast flach auf dem Gras in seiner Eile, zu ihr zu kommen. Er hockte sich neben sie, berührte ihre Wangen und zog ihr mit den Daumen die Augenlider hoch.

Sein Gesicht füllte ihr ganzes Blickfeld aus. Sie musste ihn anstarren, ob sie wollte oder nicht, und als sie ihn nach einigen Sekunden erkannte, stöhnte sie auf, als hätte ihr eine unsichtbare Faust einen Schlag in den Magen versetzt.

Sie öffnete den Mund und hauchte seinen Namen: »Seginus Gallus.« Dann hörte sie, wie der Römer mit jemandem redete. Sie konnte nicht verstehen, was er sagte, und versuchte, sich aufzurichten, um die Worte von seinen Lippen abzulesen.

Sobald sie es geschafft hatte, sich auf die Ellbogen zu stützen, bemerkte sie hinter Seginus einen anderen Mann, die seltsamste Kreatur, die sie je gesehen hatte. Er schillerte in den verschiedensten Blautönen und war von einem eigenartigen Licht umstrahlt, so intensiv, dass sie seine Form nicht erkennen konnte. Doch zuweilen ließ der Glanz etwas nach, und dann sah sie die blaugrünen Muster auf seiner Haut. Er stand aufrecht unter dem Baum, wo Menschen nur hocken oder kriechen konnten. Und er hinterließ keine Spuren im Schnee, noch schien er im Geringsten einzusinken.

Sie kniff die Augen zusammen und dachte nach. *Ein Männlein, das mir gerade bis an die Hüfte reicht, bemalt wie die wilden Cruitne, vollkommen nackt. Und er macht keine Fußabdrücke auf frischem Schnee. Ein Danaan?* Dies war die einzige Erklärung, an die sie denken konnte, obwohl es ihr schwer fiel, es zu glauben, denn nie zuvor war sie einem solchen Geschöpf begegnet.

Sie fragte sich für einen Augenblick, wie ein Angehöriger des Feenvolks dazu käme, sich mit einem Schurken wie Seginus Gallus abzugeben, doch bevor sie weiter darüber nachdenken konnte, hatte das Männlein ihre Gedanken gelesen und beruhigte sie: »Die anderen können mich nicht sehen.«

Seine Stimme klang so rein und klar wie Ziegenglöckchen auf einer Bergweide, was Caitlin ein wenig verblüffte, da der Römer sich immer noch anhörte, als würde sie ihn durch eine Wand hören.

»Fürchte dich nicht. Ich bin hier, um dafür zu sorgen, dass dir kein Unheil widerfährt«, sagte der Kobold, und Caitlin fühlte sich an alles erinnert, was ihr heilig war. In einem Augenblick des Schreckens sah sie wieder den Geist Fintans vor sich, doch dies hier war keine körperlose Seele. Nein, dies war etwas vollkommen anderes.

Plötzlich fühlte sie sich sehr erschöpft. Sie versuchte verzweifelt, die Augen offen zu halten, doch das Männlein kam zu ihr und streichelte ihr die Lider zu. Nun sträubte sie sich nicht länger und legte sich aufs Gras zurück. Sie nahm sich vor, nur ganz kurz zu ruhen, und dann schlief sie ein.

Es war tatsächlich ein kurzer Schlaf, doch voller Träume, manche von der lebendigen Art, die man kaum von der Wirklichkeit unterschieden konnte. In einem war sie ein weißer Schwan und kam aus den Ländern im Osten über die Irische See geflogen. Als sie auf Eirinn hinabschaute, sah sie Rauch von vielen Feuern. Wo einst Wälder gewesen waren, gab es nur noch steinige, öde Felder, und als sie sich dem Hügel von Teamhair näherte, brach ihr fast das Herz. Sie erkannte die vertraute Landschaft, doch die Zitadelle konnte sie nicht mehr finden.

Sie flog einen engen Halbkreis und entdeckte einen kleinen Hügel mit mehreren Erdhaufen darum herum, wo einmal die Residenz des Hochkönigs gewesen war. Als sie landete, nahm sie wieder ihre Menschengestalt an und ging über die Felder, bis sie zu einer kleinen Lehmhütte kam, dem einzigen Gebäude, das noch stand auf dem großen Areal, wo einst die Könige von Eirinn Hof gehalten hatten.

Ein Mann steckte seinen Kopf durch die Tür, als er ihre Schritte hörte, und sprach sie in einem fremden Dialekt an, den sie nur mit Mühe verstehen konnte. Dann sah sie das aus Weidenruten zusammengehauene Kreuz über der Tür, und der Mann kam auf sie zu, wobei er ein Kruzifix vor sich hielt wie einen Schild.

Sie erkannte, dass sie einen christlichen Priester vor sich hatte, und breitete, nun wieder ein Schwan, ihre Flügel aus, um mit dem Nordwind zu segeln. Ihre Seele sehnte sich nach Süden, und bald schlossen sich ihr mehrere andere Schwäne an, die so dicht neben ihr flogen, dass sie sie mit den Flügeln streifte. Beim Anblick des einen wäre ihr vor Freude fast das Herz zersprungen, obwohl er nicht von den anderen zu unterscheiden war, und sie rief seinen Namen, dessen Klang sie so glücklich machte.

»Murrough!«

»Ich bin bei dir«, sagte der Prinz. »Du wirst bald wieder gesund sein. Deine Wunde ist verheilt.«

Caitlin riss die Augen auf und starrte ihn ungläubig an. Sie versuchte ihren Geist aus dem Traumzustand zu schütteln, so ungeduldig war sie nun, ihre Umgebung in sich aufzunehmen. Sie schaute sich kurz nach dem bemalten Danaan um, doch der kleine Mann war verschwunden.

»Wie fühlst du dich?«, fragte Murrough.

»Ich glaube, ich habe zu lange geschlafen, aber ich fühle mich sehr erholt.« Caitlin war überrascht über die Zuversicht, mit der sie sprach.

»Schließ deine Augen und hör mir zu«, flüsterte Murrough aufgeregt. »Lass dir nicht anmerken, dass du bei Bewusstsein bist und es dir besser geht.«

Caitlin schloss die Augen und hörte Stimmen in der Nähe – sächsische Stimmen. Sie konnte nicht verstehen, was sie sagten, doch die kehligen Stimmen erkannte sie sofort wieder, nach der Schlacht um Rathowen.

»Was ist passiert?«, fragte sie leise, so dass sie niemand außer dem Prinzen hören konnte. »Wo sind wir?«

»Wir sind an der Kreuzung von Cashel, unter dem Baum, den wir eigentlich beschützen sollten«, erklärte Murrough, »stattdessen sind wir Gefangene des Römers Seginus und seiner Sachsenbande.«

»Seginus!«, zischte Caitlin

»Du kennst ihn?«, fragte Murrough verwundert.

»Ja. Am Abend, bevor Dichus Armee über uns herfiel, kam er nach Rathowen. Er behauptete, er wollte uns zum Kreuz bekehren, doch wahrscheinlich wollte er nur die Befestigungen ausspionieren. Wir hatten damit gerechnet, dass Palladius das versuchen würde, und konnten ihn in die Irre führen.«

Murrough legte ihr sanft die Hand auf den Mund, als zwei Sachsen in gefährlicher Nähe an ihnen vorbeigingen. Sobald sie außer Hörweite waren, erklärte er: »Im Augenblick geht es dem Römer hauptsächlich darum, aus den Beeren des Lebensbaums einen Heiltee zu machen.«

»Was?« Caitlin versuchte, ihre Stimme zu zügeln. »Er hat keine Ahnung, wie gefährlich das ist.«

»Er will, dass du den Trank für ihn zubereitest, und dann will er sehen, ob er so wirkt, wie man ihm erzählt hat. Der Sachsenführer scheint eine solche Probe verlangt zu haben. Sie wollen die Beeren stehlen und damit auf ihre Schiffe entkommen.«

»Wo haben sie von den Beeren gehört?«

»Das weiß ich nicht«, antwortete Murrough. »Weißt du, wie man einen Heiltee macht?«

»Ich kenne ein Rezept für einen Trank, der das Blut und die Nieren reinigt«, sagte Caitlin, »aber das habe ich bisher nur mit Beeren von einem normalen Eschenbaum ausprobiert, nicht mit denen des Lebensbaums.«

»Sie werden dich auffordern, zuerst selbst davon zu trinken ...«

»Aber ich kenne mich nicht aus mit diesen Früchten. Wahrscheinlich werde ich mich vergiften.«

»Wir müssen es trotzdem versuchen. Wir würden wertvolle Zeit gewinnen. In Cashel weiß man wahrscheinlich schon, dass wir gefangen sind. Bald wird Verstärkung vom Burgfelsen eintreffen, um den Baum zu schützen. Wenn wir die Sachsen so lange hinhalten können, sind sie verloren und wir können den Römer gefangen nehmen.«

»Was versprechen sie sich nur davon, diese Beeren

einzusammeln? Was hoffen sie dadurch zu gewinnen?«, fragte Caitlin eher sich selbst als Murrough.

»Der Römer hat ihnen erzählt, die Früchte würden unsterblich machen. Damit wären sie unendlich wertvoll, wenn sie den richtigen Käufer fänden. Das ist es, was sie besonders interessiert. Und als Beigabe könnten sie noch in hundert Jahren ihre Raubzüge genießen. Deshalb halten sie es wahrscheinlich für lohnend, es auszuprobieren.«

Caitlin hörte sich an, was Murrough zu sagen hatte, und beschloss, endlich offen zu ihm zu sein.

»Wir müssen unbedingt verhindern, dass sie das Geheimnis der Früchte erfahren. Wenn sie zufällig darauf stoßen, wäre das eine Katastrophe für die Pläne des Druidenrats.«

»Wovon redest du?«, fragte der Prinz verblüfft. »Welches Geheimnis?«

»Soweit ich weiß, verlängern die Beeren nur dann das Leben, wenn man sie so isst, wie sie vom Baum fallen, ganz frisch und ohne jede Zubereitung. Das weiß jeder Druide, aber öffentlich verbreiten wir die Geschichte, es gäbe ein besonderes Rezept, dem man genau folgen müsse, um den Früchten irgendwelche Heilkräfte zu entlocken. Dass selbst die kleinste Abweichung davon sie giftig machen würde, ist natürlich auch nur ein Gerücht, das man in die Welt gesetzt hat, um Missbrauch vorzubeugen.«

»Heißt das, es besteht keine Gefahr, wenn du einen solchen Tee trinkst?«

»Ganz sicher bin ich natürlich nicht«, antwortete

sie ehrlich. »Doch lass uns hoffen, dass es nicht dazu kommt. Inzwischen werde ich so tun, als wäre meine Krankheit viel schlimmer, als sie ist, damit sie zumindest glauben, dass das Gebräu wirkt, wenn ich es trinken muss.«

»Ich habe dem Römer erzählt, man bräuchte noch andere Kräuter für den Heiltee und du wärst zu krank, sie selbst zu sammeln«, berichtete Murrough weiter. »Ich habe ihn überzeugt, dass nur ich das übernehmen kann. Er muss mir also die Fesseln abnehmen.«

»Gut«, sagte Caitlin. »Das gibt uns einen weiteren Vorteil.«

»Ich werde den Römer jetzt zu uns rufen. Bist du bereit?«

»Ja«, versicherte Caitlin. Sie nahm seine Hand und drückte sie sanft. »Danke, Murrough.« Sie richtete sich so weit auf, dass sie ihm die Wange küssen konnte. Sie verharrte dicht vor seinem Gesicht und sagte noch einmal: »Danke.«

Der Prinz von Cashel hielt ihre Hand fest, zog sie an seine Lippen und küsste sie zärtlich. Als Caitlin jemanden näher kommen hörte, zog sie die Hand schnell zurück. Murrough errötete und ging weg, um den Römer zu holen, worauf Caitlin sich sofort sorgte, er könnte ihre Abruptheit missverstehen und sich zurückgestoßen fühlen.

Kurz darauf, als Murrough mit Seginus zurückkam, brachte der Römer einen Beutel Wasser und eine Tasche voll sattroter Beeren mit.

Nachdem Caitlin ihren Durst gestillt hatte, warf

Seginus ihr einen Brocken Brot hin, den er von einem der Sachsen gestohlen hatte.

»Kannst du den Heiltrank brauen?«, fragte er grob.

»Das kann ich«, antwortete Caitlin, »sobald ich die anderen Kräuter habe, die dazu nötig sind. Aber ich kann sie nicht selbst sammeln. Meine Wunde ist schwer vergiftet.«

»Sag mir, was du brauchst, und ich werde es besorgen«, forderte Seginus sie auf.

»Ich kenne die römischen Namen der Kräuter nicht. Wahrscheinlich gibt es sie in deinem Land gar nicht. Wie willst du sie also erkennen?«

Das hatte Seginus befürchtet. Er musste wohl oder übel einen der Gefangen vorübergehend freilassen, wenn er den Sachsenführer überzeugen wollte, dass die Beeren etwas wert waren. Er wog das Risiko gegen den Zorn des Sachsen ab, wenn er keinen Beweis produzierte, und sah ein, dass er keine andere Wahl hatte.

»Also gut«, gab er nach. »Der Prinz wird sich auf die Kräutersuche machen, aber mit einer bewaffneten Eskorte. Du wirst hier bleiben und alles andere vorbereiten. Und du, Bursche, wagst lieber nicht, mein Vertrauen zu missbrauchen. Sonst werden die Sachsen mit deiner Druidin machen, was sie schon lange vorhaben. Du weißt, was das bedeutet, und wenn sie mit ihr fertig sind, werde ich dafür sorgen, dass sie noch mehr leidet für deine Dummheit ...«

»Er wird tun, was du von ihm verlangst«, fiel ihm Caitlin ins Wort. »Das verspreche ich. Er wird nicht versuchen zu entkommen. Wir Druiden halten immer unser Wort.«

»Außerdem hast du meinen Siegelring, Römer«, fügte Murrough hinzu.

Seginus lachte und musste husten. Caitlin hörte, wie der Schleim in seiner Brust rasselte und musste wieder an den Abend auf Rathowen denken, als der Römer sie angespuckt hatte. *Wäre Fintan nur hier*, dachte sie, und dann hörte sie eine Stimme, die nur sie hören konnte: »Fintan ist mit dem Schiff nach Westen gesegelt«, flüsterte das blaue Männlein. »Du musst dich jetzt an Murrough halten.«

Der Römer bemerkte, wie ihr Blick glasig wurde, und führte es auf ihre Krankheit zurück. Er beugte sich zu ihr herunter und packte sie grob beim Kinn. »Du hättest das Kreuz annehmen sollen, als du die Chance hattest, dann wäre es nie so weit gekommen. Ihr Heiden bildet euch immer noch ein, ihr könntet die Hand Gottes zurückweisen. Ich hoffe, das war dir eine Lehre, Milchmagd. Und jetzt steht sogar euer Zauberbaum im Dienste Christi. Nichts auf der Welt kann Ihm widerstehen.«

Seginus ging weg, um dem Thegn zu berichten. Der hörte sich alles an, war jedoch immer noch nicht glücklich damit, noch länger im offenen Gelände zu bleiben, wo sie hervorstachen wie rote Stiere unter lauter weißen Kühen.

»In wenigen Stunden wird es dunkel sein«, versuchte Seginus Zeit zu gewinnen, »und dann sind wir sicher. Bei dieser Bewölkung werden wir eine sehr dunkle Nacht haben. Warum bleiben wir nicht bis morgen früh?«

Hannarr wusste, dass sie sich schon zu lange aufgehalten hatten. Vor Einbruch der Dunkelheit würden sie nicht viel weiter kommen, selbst wenn sie sofort aufbrachen, und ein Nachtmarsch war bei dem Wetter ausgeschlossen. »Na gut. Wir bleiben hier«, stimmte er schließlich zu. »Aber ich hoffe für dich, dass es sich lohnen wird.«

»Du wirst die Wirkung der Beeren mit eigenen Augen sehen, und wenn wir erst das Rezept für den Heiltee haben ...«, begann Seginus.

»Hast du nicht gehört? Wir warten die Nacht ab«, fuhr ihm Hannarr über den Mund. »Und jetzt geh deiner Wege und lass mich in Ruhe!«

Seginus stand auf und bewegte sich vorsichtig aus der Reichweite des Sachsen. Dann ging er nachsehen, ob das Feuer bereit war, über dem sie den Tee kochen wollten.

# IX

Im Stern der Dichter, wie überall in der königlichen Festung in Teamhair, wollte die erste volle Nacht des Fastens kein Ende nehmen. Nicht alle Edelmänner und Häuptlinge am Hof des Hochkönigs waren verpflichtet zu hungern – dieses Gelübde war ausschließlich Sache der Druiden –, und für viele änderte sich nichts am täglichen Menü, bestehend aus Met oder Bier und frischem Fleisch.

Doch niemand ging auf die Jagd. Das war viel zu gefährlich um diese Zeit, denn nicht nur Druiden mussten sich hüten, nicht in die Anderwelt gelockt zu werden. Auch die Uneingeweihten wussten, welch hohen Preis die Tuatha-De-Danaan für ihre Unsterblichkeit zu zahlen hatten: Sie konnten unter sich keinen Nachwuchs hervorbringen. Wenn sie sich fortpflanzen wollten, mussten sie Menschen aus ihren Häusern verschleppen und in ihre Festungen entführen, und die Kinder, die danach geboren wurden, waren halb Mensch, halb Kobold.

Dies war die Jahreszeit, wo die Danaan auf Menschenjagd gingen, und der Gäle, der nicht aufpasste, fand sich am Abend nicht in seinem Heim wieder, sondern in einem der unterirdischen Paläste der Feenwesen. Wenn er es bemerkte, hätten sich schon längst die Tore hinter ihm geschlossen. So war es angeblich schon vielen Menschen ergangen.

Wer um diese Zeit auf die Jagd ging, konnte einem Kobold in Gestalt eines Hirschs begegnen, der den Jäger in ein abgelegenes Tal locken würde. Dort würde ihm ein Festmahl beschert, doch sobald er von dem Met getrunken und von dem Wildbret gegessen hätte, würde er nie mehr das Tal verlassen können, es sei denn, dem König der Danaan stünde gerade der Sinn danach.

Fiel um die Zeit des Feuerfestes ein Mann vom Pferd, so konnte es geschehen, dass eine Fee ihn auffing, bevor er die Erde berührte. Dann musste er ihr für ein Jahr und einen Tag zu Willen sein. Und die Zeit verging anders im Zauberreich des Sidhevolks. Ein Jahr konnte hundert Menschenjahre währen. So war mancher Wanderer von einem scheinbar kurzen Besuch im Feenland zurückgekehrt und hatte die Welt nicht mehr wiedererkannt. Seine Freunde, seine Familie waren längst nicht mehr am Leben, und an ihn selbst würde man sich nur noch in Legenden erinnern, als Warnung vor den Gefahren, die dem Unvorsichtigen drohen.

Niemand ging also gern nach draußen in der Beltinnezeit, doch noch schlimmer war es um Samhain, denn dieses Fest fand in den dunkelsten Tagen des

Jahres statt, wo den Danaan der Sinn nicht nach Liebe, sondern nach Rache stand und sie Unheil brachten unter die Söhne des Mil. Um Samhain konnte es gar passieren, dass die Danaan den Vertrag brachen und Menschenseelen versklavten.

Der Friede zwischen den gälischen Stämmen und dem Volk der Danaan war zerbrechlich, besonders zu Zeiten, wenn die Tore zwischen den beiden Welten weit offen standen.

Mawn verbrachte eine unruhige Nacht. Manchmal war er sicher, dass er Stimmen hörte, draußen, wo der Wind um den Stern der Dichter heulte, die Stimmen vieler Menschen. Es war, als ob die Massen vor den Mauern klagten, doch die Tür blieb fest verschlossen. Niemand kam in die Burg.

Sianan hatte sich für die Nacht an Mawn gekuschelt, wie sie es sich angewöhnt hatten, um sich gegenseitig warm zu halten. Sie war eingeschlafen, doch nun zuckte sie plötzlich zusammen und wachte auf, wodurch auch Mawn aus seinem Dämmer gerissen wurde. Er kannte ihre lebhaften Albträume, fühlte sich jedoch immer noch verstört davon.

»Ich kann nicht schlafen«, murmelte sie. »Ich habe geträumt, meine Mutter wäre vom Brunnen der Brighid zurückgekehrt.«

Mawn spitzte die Ohren. Von diesem Brunnen hatte er nie gehört.

»Der Brunnen der Brighid?«

»Das ist der Ort, wohin die Frauen gehen, die niemanden haben, der sich um sie kümmert, oder wenn sie Druidinnen werden wollen«, klärte ihn Sianan auf. »Mein Vater schloss sich nach meiner Geburt den Danaan an, um deren Musik zu studieren, und meine Mutter legte ein Gelübde ab, kein Wort zu sprechen, bis er zurückkehrte. So lebt sie nun mit den anderen Druidenfrauen an Brighids Brunnen.«

»Erinnerst du dich an deine Eltern?«, fragte Mawn leise.

»Nein. Ich weiß nicht einmal mehr, wie sie aussehen oder wie ihre Stimmen klangen, wenn sie sprachen.« Ihre Augen füllten sich mit Tränen.

»Du hast großes Glück«, tröstete er sie.

»Glück?«, wunderte sie sich. »Wie kannst du das Glück nennen?«

»Ich erinnere mich an meinen Vater, meine Mutter und alle meine Verwandten, und doch werde ich sie nie mehr wieder sehen. Ich weiß es. Sie sind alle tot. Ich bin ganz allein auf der Welt.«

»Meinst du, sie sind alle umgekommen, seit Gobann dich aus deinem Dorf geholt hat? Wie soll das geschehen sein?«

»Der Römer, Seginus Gallus, hat etwas damit zu tun, obwohl ich nicht genau weiß, wie er in den Tod meiner Mutter und meines Vaters verwickelt ist. Das Dorf, in dem ich geboren bin, ist jedenfalls verlassen bis auf die verlorenen Seelen, die noch nicht wissen, wohin die Reise geht.«

»Wann hast du das erfahren?«

»Seit ich meinen Bruder gesehen habe, den Jungen,

den der Römer an den Totenbaum genagelt hat. Niemand hat etwas gesagt, aber seitdem weiß ich es einfach.«

»Das war dein Bruder? Warum hast du das nie erzählt?«, rief Sianan.

»Gobann sagt, ein Druide muss stark sein und seinen eigenen Kummer unterdrücken, wenn er dazu beitragen will, die großen Übel der Welt zu heilen.«

»Es tut mir so Leid, Mawn«, schniefte Sianan und kuschelte sich enger an ihn. »Du hast Recht. Ich vermisse meine Familie nicht. Eigentlich hatte ich nie eine. Aber für dich muss es furchtbar sein. Alle, die du geliebt hast, auf einen Schlag verloren zu ...«

»Ich werde deine Familie sein, Sianan«, versprach Mawn. »Und du die meine.«

Sianan dachte einen Augenblick darüber nach und entgegnete: »Ja, wir werden uns immer umeinander kümmern, auch noch, wenn wir einmal ganz alt sein werden. Und wenn uns etwas wehtut, dann werden wir mit keinem anderen darüber reden. So werden wir zu guten Druiden werden. Die Erwachsenen wollen sowieso nicht hören, was Kinder zu sagen haben.«

»Sie fühlen nicht wie wir«, stimmte Mawn zu. »Sie wissen nicht mehr, was es bedeutet, glücklich zu sein.«

Ainir, Lorgans jüngster Hund, kam herbeigetrottet und legte sich quer über Sianans und Mawns Lager. Der Junge wunderte sich, dass die Hündin ihren Herrn und die Wärme ihrer Familie verlassen hatte, um bei Sianan und ihm zu sein, doch dann näherte sich eine Gestalt vom anderen Ende des Saales, und Mawn erkannte, warum der Hund unruhig geworden war.

Lorgan kam langsam zum Schlafplatz der Kinder und küsste dem Mädchen auf die Stirn. Sie schloss ihre Augen, rollte sich herum und legte ihre Arme um Ainirs Hals, während der alte Mann seinen Arm ausstreckte und Mawns Stirn berührte.

»Seid gesegnet, Kinder«, flüsterte er, »und denkt daran: Ich warte, dass ihr mich eines Tages ruft und mich um Rat fragt.«

Ainir winselte traurig und kroch unter Sianans Decke.

Mawn konnte den alten Mann nicht mehr fragen, was er meinte, denn der Druide war schon auf dem Weg zur Tür. Im nächsten Augenblick schlugen die Türflügel gegen die Wand, und Schnee wehte in den Saal. Und während ein Novize sich abmühte, die Tür wieder zu schließen, schlief Mawn endlich ein und genoss einen traumlosen Schlaf, aus dem er erst am Morgen erwachte.

Kurz nach Sonnenaufgang ging Cathach zu Lorgan Sorn, um ihn für die Morgenandachten zu wecken. Der alte Mann saß auf seinem Hocker, das Kinn auf die Brust gesunken. Banatigh hatte ihren Kopf auf seinem Schoß und stupste seine Hand mit der Nase an. Cathach schaute in das alte Gesicht und wusste, dass diese Hand nie mehr den Hund streicheln würde.

Lorgan war tot.

Murrough nahm sich so viel Zeit wie möglich und sammelte so viele verschiedene Kräuter, wie er eben finden konnte. Er suchte nur nach solchen, von denen er genau wusste, dass sie keine merkliche Wirkung auf die Eigenschaften der Elsbeeren haben. Er wollte kein Risiko eingehen, falls es wirklich dazu kommen sollte, dass Caitlin von ihrem Gebräu probieren musste.

Zwei Sachsen waren bei ihm, und da sie kein Gälisch sprachen und keine Ahnung von Kräutern hatten, fiel es dem Prinzen nicht schwer, die Zeit zu vertun. Es blühten noch nicht viele Pflanzen in dem Schnee, und es war schwer, überhaupt etwas Grünes zu finden, doch das kam Murrough nur gelegen.

Erst als die Sonne sich schon dem Horizont näherte, wurden die Wachen ungeduldig. Sie hatten Befehl, den Gefangenen zum Baum zurückzubringen, bevor die Dunkelheit anbrach, ob er alle Zutaten für den Tee zusammenhatte oder nicht.

Der Prinz hatte einen kleinen Beutel mit einigen frischen Blättern, doch hauptsächlich Stängeln und Wurzeln verschiedener Pflanzen voll gepackt, und die Sachsen drängten immer mehr. Also gingen sie schließlich zur Kreuzung zurück. Am Brunnen, nicht weit vom Lebensbaum, machten sie noch kurz Halt, weil Murrough darauf bestand, dass sie mehr Wasser brauchten. Die Krieger füllten ihre Flaschen, und der Prinz beugte sich über den ledernen Brunneneimer und schöpfte sich mit den Händen Wasser in den Mund.

Plötzlich hörte er einen Schrei, der jede Faser seines Körpers erzittern ließ: der schrille, panische Schrei einer Frau, gleich drüben an der Wegkreuzung.

Caitlin!

Murrough wurde fast übel vor Furcht und Sorge. Er ließ Wasser und Kräuter fallen und rannte vor seinen verblüfften Wachen davon. Sie wollten ihm nachlaufen, rutschten jedoch im Schnee aus. Er kümmerte sich nicht darum, dass er sein Leben in Gefahr brachte. Er dachte nur noch an Caitlin. Alles andere war unwichtig.

Nach kurzer Zeit erstarb Caitlins Schreien, und er wusste, dass sie in keiner unmittelbaren Gefahr schwebte.

Doch dann hörte er ein anderes Geräusch, und wenn es etwas gab, das ihn noch mehr erschreckte als Caitlin in Not, dann war es dieser Klang: das stetige Klopfen schwerer Eisenklingen, die sich in das grüne Fleisch eines lebendigen Baumes fraßen.

Alle seine Gedanken galten nun dem Lebensbaum. Er rannte den flachen Hang zu der Kreuzung hinauf, aber mit jedem dumpfen Knall, den er hörte, sank ihm der Mut. Das Herz klopfte ihm in den Ohren, und die Hände wurden taub vor Verzweiflung. Schließlich stürzte er schwer in eine Schneewehe und schlug sich die Knie an dem Felsen auf, der darunter verborgen lag. Die Axthiebe hörten nicht auf, und er rappelte sich hoch und rannte weiter.

Während er sich die Anhöhe emporkämpfte, hörte

er Caitlins Beschwörung der Elemente, in der sich ihre ganze Verzweiflung ausdrückte:

*»Winde, Lüfte des Ostens,*
*Wellen, Wasser des Westens,*
*Flamme, Feuer des Südens,*
*Berge, Erde des Nordens,*
*Danaan, kommt zu uns,*
*kommt uns zu Hilfe,*
*kommt, ihr Bäume des Waldes,*
*kommt, euren Bruder zu retten, bevor er fällt*
*unter den Klingen der Fremden.«*

Die Äxte krachten in die Baumwunde, ohne von ihrem Flehen Notiz zu nehmen, doch der Schneefall wurde stärker, der Wind erhob sich, und in den Wolken begann es zu blitzen.

»Was kreischt die Frau da?«, rief Hannarr Seginus zu.

»Sie beschwört die Elemente, einzuschreiten«, erklärte der Römer.

Mehr brauchte der Sachse nicht zu hören. Er war ein Seemann, und Seeleute sind abergläubische Männer. Er lief zu Caitlin und schlug sie mit dem Handrücken zu Boden. Sie stand sofort wieder auf und setzte ihre Anrufung fort, noch lauter als zuvor. Der Sachse erhob seine Hand und schlug sie ein zweites Mal, so hart, dass es sie hätte umbringen können. Caitlin wurde zu Boden geschleudert und stand nicht mehr auf.

Als Murrough den ersten Schlag sah, blieb er stehen, unschlüssig, was wichtiger war, der Baum oder Caitlin. Doch als der Thegn Caitlin zum zweiten Mal niederschlug, achtete er nicht mehr auf die beiden Männer, die mit ihren Äxten die Säfte des uralten Eschenbaums verspritzten. Er stieß einen schrillen Kampfschrei aus und rannte auf Hannarr zu, doch sofort stellten sich ihm ein halbes Dutzend Krieger in den Weg und rissen ihn zu Boden.

So wurde Murrough, Prinz von Cashel, Sohn des Eoghan von Eoghanacht, zum Zeugen des Untergangs des Lebensbaums, der seit fast tausend Jahren unter dem Schutz seines Klans gestanden hatte. Zwei riesige Krieger drückten ihm den Kopf in den Schnee, so dass er zusehen musste, wie zwei andere mit ihren Äxten das Schandwerk fortsetzten. Sie hatten hart zu arbeiten, denn so scharf ihre Klingen auch waren, der alte Baum wehrte sich mit jedem Splitter seines Körpers. Bald waren die ersten beiden Männer erschöpft, und zwei andere traten vor, um sie abzulösen, und wieder zwei, als diesen die Arme lahm wurden.

Caitlin lag auf dem Boden und bewegte sich nicht, obwohl sie bei Bewusstsein war. Nach Hannarrs zweitem Hieb hatte wieder die Stimme, die sie beim Aufwachen gehört hatte, zu ihr gesprochen: »Rühre dich nicht«, mahnte der Kobold. »Der Wilde wird dich ganz sicher töten, wenn du dich noch einmal erhebst.« Sie konnte ihn nicht sehen, aber sie wusste, er hatte Recht. Sie folgte seinem Rat und wartete ab.

Caitlin und Murrough konnten nur hoffen, der Baum würde sich irgendwie verteidigen, ein Zauber würde ihn schützen oder eine Bande Danaan würde die Cashelstraße heruntergeritten kommen, um die Schändung ihres Heiligen Baumes zu verhindern. Ganz gleich, was geschehen würde, sie selbst konnten nur tatenlos darauf warten, dass endlich etwas geschah oder der Baum fiel.

Die Sachsen arbeiteten sich rund um den Stamm auf den innersten Kern zu, indem sie das äußere Fleisch Schicht um Schicht aushackten, doch das Holz war steinhart und ermüdete die Klingen und die Arme der Krieger schneller, als sie es je erlebt hatten. Jeder Hieb erschütterte sie bis ins Mark.

Sobald sein Herz bloß lag, ächzte der mächtige Baum, und das Knacken splitternden Holzes schnitt durch die kalte Luft. Die Baumfäller arbeiteten schwitzend weiter, bis die vierte Schicht Sachsen sie ablöste.

Kurz darauf, nachdem sie den Baum scheinbar kaum angekratzt hatten, lehnte dieser sich plötzlich zur Seite auf seine Peiniger zu, wie in einem letzten, verzweifelten Versuch, sie aufzuhalten. Und dann fiel er. Blätter und Beeren flogen auf. Die Erde erzitterte, und das Krachen des Aufpralls hallte über die Felder. Die Äste brachen unter ihrem eigenen Gewicht, und der Baum rollte langsam auf eine Seite. Irgendwo unter dem Gewirr zersplitterten Holzes lagen zwei tote Sachsen, zerschmettert von ihrem Opfer.

Murrough lag noch mit dem Ohr am Boden unter dem Stiefel eines Sachsen. Nun meinte er, ein vielstimmiges Klagen zu hören, tief unter der Erde, Trauer, Wut und Hass – und dann aus der Ferne das Kreischen von Dudelsäcken, das von Cashel aus die Straße herunterzuwehen schien. Und die Melodie, welche die Dudelsäcke spielten, war kein Klagelied. Es war ein Kriegsgesang, ein Aufruf zur Schlacht.

Er dachte, er hätte sich alles nur eingebildet. Wie konnte er hoffen, dass das Sidhevolk sich heute zeigen würde, um Rache zu nehmen an den Wilden, die ihren Baum zerstört hatten? Schließlich hatten sie seit zehn langen Jahrhunderten, seit der Zeit, als die Gälen die Insel besiedelt hatten, nicht mehr die Waffen erhoben. War diese Schandtat dennoch zu viel für sie?

Auch Caitlin hörte die Dudelsäcke. Sie dachte wieder an die Kämpfe auf den Wällen von Rathowen, als die Krieger des Hochkönigs plötzlich erschienen, um die Garnison zu retten, und als der Klang der Dudelsäcke nach Minuten noch nicht verstummen wollte, öffnete sie schließlich die Augen, um zu sehen, ob wirklich Krieger im Anmarsch waren.

Das Erste, was sie sah, war das blaue Männlein, mit dem sie zuvor gesprochen hatte. Es saß auf einem Ast, der vom Lebensbaum gefallen war. Sie wusste inzwischen, dass sie nicht den Mund zu öffnen brauchte, da er ihre Gedanken so gut hören konnte wie ihre Worte.

»Fürchte dich nicht«, tröstete er sie. »Alles auf dieser Welt muss eines Tages sterben.«

»Aber was wird aus dem Plan des Druidenrats, jetzt

wo der Baum dahin ist? War alles umsonst?«, fragte sie in Gedanken.

»Ach was«, entgegnete das Männlein leichthin. »Schau, ich habe ein Geschenk für dich.« Er zog ein breitklingiges Schwert in einer schwarze Lederscheide unter seinem Gürtel hervor. »Nimm das an dich, aber verberge es gut. Es hat eine magische Klinge, die einmal dein Leben retten könnte.«

Sie griff nach dem Schwert, doch kurz bevor sie es berührte, zog der Kobold es zurück. »Natürlich musst auch du mir ein Geschenk machen«, sagte er schelmisch.

»Was könnte ich dir schon geben?«, klagte sie. »Was habe ich schon, das irgendeinen Wert hätte?«

»Ich wüsste schon etwas.«

Caitlin hatte unzählige Geschichten über die bösen Streiche des Sidhevolks gehört, und wie schwierig die kleinen Kreaturen sein konnten, und nun erinnerte sie sich, dass sie nie etwas hergaben, ohne eine Gegenleistung zu verlangen.

»Was soll das sein? Was habe ich, das du von mir wollen könntest?«, fragte sie daher.

»Wie wäre es mit einem kleinen Beltinnegeschenk; vielleicht etwas aus Silber?«, meinte er grinsend.

»Ich habe nichts bei mir.« Sie erinnerte sich, dass es inzwischen schon Beltinne sein konnte. In ihrer Bewusstlosigkeit hatte sie jedes Zeitgefühl verloren. »Alles, was ich besitze, ist noch auf Rathowen.«

»Nicht einmal die kleinste Eichel? Oder ein kleines silbernes Hündchen? Oder ein Rabe? Kein weiser alter Lachs aus dem wertvollen Metall?«, fragte er.

Plötzlich erinnerte sich Caitlin an das Anhängsel, das Gobann ihr als Abschiedsgeschenk gegeben hatte. Sie suchte in den Falten ihres Kleides und zog es heraus. Die Sachsen hatten es nicht gefunden, und es hing noch an seinem Lederband um ihren Hals. Zum ersten Mal in den vielen Tagen, seit sie es hatte, schaute sie es genauer an und sah, wie schön es war mit seinen feinen, eingravierten Tierreliefs. Für einen Augenblick wollte sie es nicht hergeben, doch dann fielen ihr Gobanns Worte ein. *Ich weiß nicht, für wen es bestimmt ist, doch du wirst es wissen, sobald die Zeit kommt.*

Caitlin hielt das kleine Schmuckstück fest, als wollte sie sich nie davon trennen. »Das ist das Einzige, was ich habe«, sagte sie schließlich und bot es ihm zur Inspektion.

Die Augen des kleinen Kerls leuchteten auf, und er schnappte nach der Silbereichel, doch Caitlin zog sie zurück, bevor seine Finger sie auch nur streifen konnten.

»Du kannst sie haben«, sagte sie, »aber erst musst du mir das Schwert geben.«

Der Kobold schaute sich nervös um, bevor er seine Zustimmung nickte. Wie zwei Händler, die auf einem von Dieben wimmelnden Marktplatz ihre Waren austauschten, hielten sie einander ihre Geschenke hin, wobei sie sich gegenseitig genau im Auge behielten.

Schließlich blinzelte ihr der kleine Mann zu und lockerte den Griff um das Schwert, worauf Caitlin dasselbe mit der Eichel tat, und bald saßen sie sich gegenüber und drückten sich ihre neuen Errungenschaften an die Brust.

Der kleine Mann lachte wild, und Caitlin war sicher, dass er sie irgendwie übers Ohr gehauen hatte, und in gewisser Weise hatte er das auch. Sie hielt nämlich kein Schwert in Händen, wie sie erwartet hatte, sondern nur ein kurzes Scian-Dubh, die Art Messer mit schwarzem Heft, wie sie Musiker gewöhnlich bei sich hatten. Es war zwar ein wunderschönes Exemplar mit einem rostroten Stein im Griff und vielen Knotenmustern auf dem Heft, doch ein Schwert war es gewiss nicht.

Sie war bitter enttäuscht und wollte protestieren, doch als sie aufschaute, war der Kobold schon verschwunden.

»Wie konnte ich nur darauf hereinfallen«, schalt sie sich laut. »Auf einen Beltinne-Scherz der Sidhe!« Doch plötzlich erinnerte sie sich wieder, wo sie war, und ließ das Messer schnell in ihren Stiefelschaft gleiten.

Als sie sich umschaute, hatte sie alle Mühe, ihre Überraschung zu verbergen: Die Sachsen waren eilig dabei, Verteidigungsstellungen aufzubauen.

Von Süden, von Cashel her, galoppierte eine lange Kolonne von Reitern heran. Caitlin hatte längst alle Hoffnung aufgegeben und begriff nicht sofort, dass die Dudelsäcke und Reiter ihre baldige Rettung bedeuten mussten, doch als die Streitmacht näher kam, gab es keinen Zweifel mehr: Es war ein Heer unter dem Banner von Cashel, mit Morann an der Spitze, und endlich sah sie auch die Furcht in den Gesichtern der Sachsen. Es gab wieder Hoffnung. Vielleicht würden der Prinz und sie doch noch überleben.

*Es wird bald vorbei sein*, sprach sie sich Mut zu. *Den Baum haben wir verloren, doch wenigstens wird das Kämpfen bald ein Ende haben, und Murrough und ich werden leben und erzählen können, was sich hier zugetragen hat. Und wir werden genug von den Beeren retten können.*

Sie erkannte jedoch auch, dass die Sachsen bis in den Tod kämpfen würden. Sie trugen Holz zusammen und bauten eine Barrikade mit dem Baumstamm in der Mitte. Die Äste boten reichlich Deckung vor Pfeilen, und wegen der unzähligen Triebe des toten Baumes würden Reiter von ihren Pferden steigen müssen, wenn sie diese Abwehr durchbrechen wollten. Das würde unter den Kriegern von Munster viele Leben kosten.

Caitlin beobachtete, wie die Sachsen hin und her liefen und eilig Erdlöcher aushoben. Jeder suchte zusammen, was ihm als Beute von seinem Raubzug in Eirinn geblieben war, und machte sich daran, es zu vergraben. So wussten ihre Kameraden wenigstens, wo sie zu suchen hatten, wenn jemand fallen würde, so dass die Schätze nicht dem Feind in die Hände fallen würden.

Vier der Barbaren suchten das restliche Holz zusammen und verwandelten das kleine Feuer, das Hannarr gelegt hatte, in eine lodernde Feuersbrunst. Sobald es zu ihrer Zufriedenheit brannte, stapelten sie weiteres Holz in der Nähe, genug für die ganze Nacht. Sie wussten nicht, ob sie später dazu Gelegenheit haben würden, und ohne ein Feuer würden sie gewiss erfrieren.

Caitlin bemerkte, dass der Thegn sie anstarrte. Er schien mit seinen Gedanken in weiter Ferne zu sein. Vielleicht entschied er in diesem Augenblick, was er mit seinen Gefangenen machen würde. Er hatte sie nur am Leben gelassen, weil sie ihm als Geiseln nützlich sein könnten, doch nun – da war Caitlin sicher – würden die Krieger von Munster nichts anderes im Sinn haben als Rache für die gemeine Schändung des Baumes. Wenn Morann erst den toten Baum gesehen hätte, würde er nicht einmal zuhören, wenn ihm der Sachse einen Gefangenenaustausch anbot, selbst wenn es um seinen eigenen Bruder ging.

Caitlin versuchte, die Situation vom Standpunkt des Thegn aus zu betrachten, doch auch das konnte sie nicht beruhigen. Ganz gleich, wie sie es drehte und wendete, die beiden Geiseln waren für Hannarr nur noch eine Belastung.

Als die Befestigungen so weit standen und die Krieger sich in ihre Stellungen begaben, kam ein Sachse zu ihr, packte sie und trug sie vor den Stamm des Lebensbaums. Dort hielt sie ein Mann fest, während ein zweiter ihr die Ellbogen hinter dem Rücken zusammenband und ihre Beine an den Fußgelenken fesselte. Sie ließen sie zwischen den Blättern und Beeren des Baumes zurück, wo sie den Pfeilen und Lanzen der Angreifer ungeschützt ausgeliefert sein würde. Sie rollte sich durch den Schnee und stieß an Murrough, den man ebenfalls gefesselt und als menschlichen Schild vor die Barrikaden geworfen hatte.

Das war offenbar alles, was Hannarr im Moment mit ihnen zu tun gedachte. Hauptsächlich schien es ihm darum zu gehen, sie aus dem Weg zu haben.

Keiner der beiden Gefangenen sprach ein Wort. Murrough war damit beschäftigt, seine Fesseln locker zu rütteln, und Caitlin kroch sofort zu einer Stelle, von wo aus sie den Kampf beobachten konnte. Es schneite wieder heftig, weshalb sie nicht weit sehen konnte, doch immerhin war klar, von welcher Seite die Sachsen den Angriff erwarteten, denn alle schauten zur Straße.

Die Gälen waren immer noch ein gutes Stück entfernt, und durch das schlechte Licht und das Wetter konnte Caitlin keines der Gesichter der berittenen Krieger erkennen. Die Dudelsäcke erklangen wieder; diesmal spielten sie eine uralte, langsame Melodie, was für Caitlin ein sicheres Zeichen war, dass der Angriff kurz bevorstand. Nur dann würden solche Klänge zu hören sein, denn nichts, kein Marsch und keine Rede, hatte stärkere Macht, die Krieger zur Schlacht anzuspornen.

Auch Murrough hörte die traurigen Klänge und wusste sofort, dass sein Bruder den Angriff führen würde. Es war eine von Moranns Lieblingsweisen, um die er seine Musiker zuweilen selbst im unpassendsten Augenblick bat, so gern hörte er sie. Außerdem konnte nur Morann auf die Idee kommen, die wenigen Schlachtrösser, die er hatte, seinen Musikern zu überlassen, um sie ins Feld zu führen. Morann glaubte fest an die Wirkung der Schlachtbläser, während Murrough jedes verfügbare Pferd einem Krieger gegeben hätte. Erst dann hätte er über eine Route nachgedacht, welche die Dudelsackpfeifer nehmen konnten – und zwar zu Fuß.

Doch hier, so musste selbst Murrough eingestehen, waren die Musikinstrumente genau das Richtige. Ihr schriller Klang versetzte die Sachsen in Angst und Schrecken und rief ihnen ihre blutige Niederlage in der Schlacht von Rathowen in Erinnerung. Auch dort hatten sich die Munster-Soldaten auf diese Weise eingeführt. Es war ihnen nicht entgangen, wie die Armee von Laigin unter dem Klang der Pfeifen zerbröckelt war, und seitdem glaubten sie, der irische Dudelsack bliese jedem Feind Verwünschungen in die Ohren, die ihn auf der Stelle kampfunfähig machten.

Caitlin schaute über das Feld und schätzte, dass eine Streitmacht von etwa zweihundertfünfzig Munster-Soldaten auf die kleine Sachsenbande zumarschierte. Den Fremden musste klar sein, dass sie einer Übermacht von mehr als zwanzig zu eins gegenüberstanden, doch niemand unter ihnen schien sich verstecken zu wollen. Niemand zeigte Furcht. Sie lagen in ihren Stellungen und sahen ruhig ihrem Untergang ins Auge. Caitlin hatte den Eindruck, sie gingen ihre wahrscheinlich letzte Schlacht mit einem Gleichmut an, als wären sie auf einer Jagd. Manche von ihnen scherzten gar miteinander, und obwohl weder Caitlin noch Murrough verstehen konnten, was sie sagten, meinten beide, ein Gefühl der Erleichterung unter den Sachsen zu spüren.

Murrough beobachtete, wie Hannarr langsam von einem Krieger zum anderen ging und ihnen Lebewohl wünschte. Der Sachse schien beschlossen zu haben, bis zum Tod zu kämpfen. Murrough wusste ein wenig über die Sitten der Fremden Bescheid. Die Christen glaubten, im Augenblick des Todes würde sich die Seele eines Menschen zu einem Ort aufschwingen, wo Gericht gehalten würde über die Taten, gute und schlechte, für die er in seinem Leben verantwortlich war.

Als Lohn für ein Leben voller guter Taten würde die Seele dann in den Himmel gelassen, wo sie ewige Freuden genießen konnte. Hatte die Seele jedoch ein böses Dasein geführt, dann würde sie in das Reich der Hölle verstoßen. Für einen Christen gab es nur zwei Zustände, in der eine Seele sich am Ende eines Lebens befinden konnte: ewige Freuden oder ewige Qual. Für diese beiden Extreme stand das christliche Symbol des Kreuzes, das entweder als Werkzeug der Folter dienen konnte oder als Wegweiser zum Himmel. So hatte es jedenfalls Origen erklärt, als Murrough ihn über das Denken der Christen befragt hatte.

Aus den Lehren der Druiden, die er als Kind vermittelt bekommen hatte, wusste der Prinz, dass der Geist vielerlei Gestalt annehmen konnte, wenn er zwischen zwei Existenzen schwebte. Dieses Wissen gab ihm die Sicherheit, dass seine Seele stets im Wandel wäre und sich entwickeln und wachsen würde. So wie die Erde im endlosen Kreislauf der Jahreszeiten, so ging auch jedes Lebewesen durch viele verschiedene Erscheinungsformen.

Die Sachsen hingen dagegen einem Glauben an, der Teile sowohl der christlichen als auch der druidischen Philosophie zusammenbrachte. Ihre Mythologie lehrte sie, dass es einen Himmel gab, den sie Walhalla nannten, doch nur Krieger, die in der Schlacht gefallen waren, fänden dort Eintritt. Sie sahen ihren Himmel als ein ewiges Fest mit Bergen von Essen, Seen von Met und Heerscharen williger Frauen. Wer jedoch nicht in offener Schlacht, sondern als ein Opfer von Verrat gestorben war, oder wer den recht flexiblen sächsischen Ehrenkodex gebrochen hatte, wurde ins Reich der Hel verbannt. Dies war ein ähnlicher Ort wie die christliche Hölle, ein Land voller Feuer und Schmerz. Jeder, der es in der sächsischen Gesellschaft nicht zum Kriegerstatus brachte, würde wieder und wieder geboren, bis er eines Tages die Chance hatte, in einer Schlacht zu fallen und auf diese Weise nach Walhalla zu gelangen.

Je länger Murrough nun über die möglichen Konsequenzen nachdachte, die Hannarrs Pläne für Caitlin und ihn haben könnten, desto größer wurde seine

Sorge. Schließlich lenkte er sich ab, indem er sich wieder vorbeugte und weiter an seinen Fesseln arbeitete.

»Danke«, brach Caitlin das Schweigen zwischen ihnen.

»Du hast mir schon gedankt«, sagte Murrough leise.

Caitlin entgegnete nichts. Sie verfluchte ihre Fesseln, die sie daran hinderten, ihre Arme auszustrecken und Murrough zu berühren.

# X

Für Himmel und Hölle hatte Seginus Gallus nach dem Sturz des Lebensbaums keinen Gedanken übrig. Er hatte nur eines im Sinn: Überleben. Er wusste, die Sachsen hatten, nachdem sie ihre wertvollen Beeren im Sack hatten und der Lebensbaum zerstört war, keinen Nutzen mehr für ihn, und Hannarr traute er nicht über den Weg. Der Thegn würde ihn erschlagen, sobald er die Zeit dafür fand. Folglich beschloss der Römer, sich so schnell wie möglich außer Reichweite des sächsischen Kriegers zu begeben.

Als es dunkel wurde und die Gälen in der Ferne auftauchten, sah Seginus den Zeitpunkt gekommen, sich eines der Pferde zu stehlen und unbemerkt das Weite zu suchen, in der Hoffnung, niemand würde ihn bemerken. Es war ein primitiver Plan, doch er hatte keine Wahl mehr: Er musste fliehen. Dann bemerkte er, wie die Sachsen plötzlich fluchend durcheinander zu laufen begannen. Der Römer schaute über die Felder und sah die Umrisse der Streitkräfte von

Munster, die sich zum Angriff auf die Kreuzung sammelten.

Das war genau, was Seginus gebraucht hatte. Eine bessere Ablenkung hätte er sich nicht denken können. Solange die Sachsen damit beschäftigt waren, ihre Barrikaden zu bauen, würde niemand bemerken, wenn er sich davonstahl. Er opferte eine Minute, um im Schnee niederzuknien und ein kurzes Dankgebet zu sprechen, doch dann, sobald er sich vergewissert hatte, dass niemand auf ihn achtete, verlor er keine Zeit mehr und war auf dem Weg zu den Pferden.

»Römer!«, brüllte plötzlich jemand hinter ihm. »Komm her! Ich habe Arbeit für dich.«

Es war Hannarr. Seginus blieb stehen, verfluchte sein Pech und trottete zum Thegn zurück.

»Ich habe vor, die Iren aufzuhalten, bis es dunkel wird«, rief Hannarr ihm entgegen. »Es geht nur um eine oder zwei Stunden.«

»Gut«, sagte Seginus, mehr um dem Sachsen zu zeigen, dass er zuhörte, als um seine Zustimmung kundzutun.

»Ich will, dass du dich um die Pferde kümmerst«, fuhr Hannarr fort. Er war zu dem Schluss gekommen, dass er den Römer im Kampf nicht neben sich haben wollte. »Bring sie zum Brunnen und leg die Sättel auf. Mach sie bereit für unsere Flucht und beschütze sie mit deinem Leben. Wenn wir die Pferde verlieren, sitzen wir in der Falle, und die Iren werden uns mit Sicherheit fertig machen.«

»Ein sehr guter Plan«, sagte Seginus unschuldig. »Ich bin schon unterwegs.«

»Beim geringsten Zeichen, dass die Pferde bedroht sind, musst du mich sofort informieren«, befahl der Thegn. »Hast du verstanden?«

Seginus nickte und sprach ein stilles *Ave*. Welches Glück! Er konnte kaum fassen, dass der Thegn persönlich ihn nun zu den Pferden schickte.

Er nahm sich vor, den größtmöglichen Vorteil aus der Situation zu ziehen, und packte rasch seine Besitztümer zusammen, bevor er sich zum Weideplatz aufmachte. Dort suchte er sich ein Pferd aus, von dem er wusste, dass es ihn sicher durch die dunklen Stunden tragen würde, ohne viel Rast zu brauchen, und band es an einem jungen Baum fest. Dann führte er die Rösser zum Brunnen, seines zuletzt. Als er zurückkam, begann sich schon der Himmel zu verdunkeln. Die Nacht brach herein. Er wusste, er musste schnell handeln.

Er schnallte Sattel und Zaumzeug auf und machte die anderen Sättel unbrauchbar, indem er die Riemen durchschnitt. Sättel und Decken fielen nutzlos zu Boden.

Als er damit fertig und immer noch nicht entdeckt worden war, beschloss er, ganze Arbeit zu leisten, damit Hannarr und seine Männer nicht entkommen oder ihn einholen konnten. Er löste den Pferden die Fußfesseln, so dass sie frei herumlaufen konnten.

Da es immer noch schneite und schnell dunkler

wurde, stand keinem der Pferde der Sinn danach, von seiner Freiheit Gebrauch zu machen. Sie drängten sich zusammen, um sich gegenseitig zu wärmen, und Seginus machte keine Anstalten, sie davonzujagen. Viel lieber stellte er sich das Gesicht des Thegn vor, wenn sie im Augenblick der höchsten Not einfach vor ihm davongaloppierten, und hatte seine Freude an dem Schrecken, der Hannarr dann befallen würde.

Als er alles getan hatte, was Palladius in dieser Situation von ihm erwartet hätte, bestieg er sein Pferd und trat ihm fest in die Flanken. Er trieb die Mähre nicht direkt nach Süden, sondern hinter den anrückenden Gälen vorbei, so dass er in wenigen Stunden im Herzen des Königreichs Munster sein würde. Er hatte noch eine letzte Pflicht zu erfüllen, bevor er Eirinn für immer verlassen konnte.

Während Seginus den Sachsen die letzte Überlebenschance raubte, sahen Caitlin und Murrough zu, wie sich Moranns Truppen zum Angriff auf die sächsischen Stellungen an der Kreuzung formierten.

Morann teilte seine Armee in drei Kompanien auf, mit jeweils vier Pferdebreiten dazwischen. Murrough hatte nun nicht mehr den geringsten Zweifel, dass sein Bruder den Angriff selbst führen würde, denn dies war eine seiner gewohnten Schlachtordnungen.

Das verblassende Sonnenlicht wurde plötzlich von einer Wolke verdunkelt, die über der Armee vorbeizog. Alles wurde still, bis auf gelegentliches Wiehern und Schnauben und das Rasseln der Messinggeschirre. Die Sachsen hielten ernst und stolz ihre Stellung, manche mit Pfeilen auf ihren Bögen, andere ihre Äxte in den Fäusten, bereit für die letzte Schlacht.

Das Tageslicht verlosch immer mehr, und wieder zog eine Wolke über das Feld. Das Lagerfeuer der Sachsen tauchte den riesigen Leichnam des Lebensbaums in gespenstisches, orangefarbenes Glühen, das flackernde Schatten warf. Caitlin schaute zum Himmel auf und bemerkte ungefähr zehn schwarze Punkte, die in immer tieferen Spiralen über Moranns Truppen kreisten. Erst als sie in Baumwipfelhöhe über ihr waren, erkannte sie, was sie dort sah.

Raben.

Sie rieb sich die Augen, so unglaublich war, was sich nun abspielte: Der größte der Vögel stieß einen krächzenden Kampfschrei aus und ließ sich wie ein Stein auf den Kopf eines Gälenkriegers fallen. Sofort brach Panik aus in den Reihen der Kelten. In dem Chaos und der zunehmenden Dunkelheit konnte Caitlin nicht genau erkennen, was als Nächstes geschah, doch sie hörte furchtbare Schreie und nahm an, dass der Rabe sich auf die Augen seines Opfers gestürzt hatte.

Nachdem der Rabenführer den Angriff auf Moranns Truppen eröffnet hatte, stürzten sich auch die anderen Tiere des kleinen Schwarms auf einzelne, sorgfältig ausgewählte Opfer, und bald waren die

Männer von Munster so damit beschäftigt, sich die Vögel vom Leib zu halten und ihren Kameraden zu Hilfe zu kommen, dass sie die bevorstehende Schlacht vollkommen vergaßen.

Hannarr stand vor Ehrfurcht und Verblüffung der Mund offen, als er die Raben kommen sah. «Das kann nur ein Omen sein«, frohlockte er. »Die Rabengöttin ist gekommen, um uns zu retten. Wir müssen nicht wegrennen. Die Königin des Todes wird uns dabei helfen, die Iren zu besiegen und in die Flucht zu schlagen.«

Hannarr ahmte das Krähen der Vögel nach, indem er einen wilden Schrei ausstieß, und stürmte allein auf die Reihen der Feinde zu, an der Stelle, wo die Raben das größte Durcheinander hervorgerufen hatten. Seine Krieger zögerten noch einen Moment und schauten sich unschlüssig an, doch dann folgten sie geschlossen ihrem Thegn.

Der Angriff der Raben wurde immer wütender, und die Sachsen waren überzeugt, dass ihnen mit diesen Hilfstruppen nichts geschehen konnte. Sie waren unbesiegbar.

Nur einer in Hannarrs Bande fühlte nicht die Begeisterung oder den Drang, sich in die Schlacht zu stürzen, als er die Vögel sah: Streng. Er war nicht überzeugt davon, dass Hannarr und seine Gesetzlosen doch noch siegen würden, und blieb zurück. Er war durch seine Wunde noch zu geschwächt, aber auch zu stolz, Hannarr zu folgen. Außerdem war die Stimme seines Instinkts lauter als jeder Schlachtruf, und diese

Stimme warnte ihn, abzuwarten und zu sehen, was passieren würde.

Hoch über dem Feld, wo Morann seine Kompanien in Schlachtordnung gebracht hatte, wurden die Wolken plötzlich pechschwarz. Streng bemerkte die Finsternis sofort. Sie faszinierte ihn. Es war keine einheitliche, natürliche Schwärze, was da über ihm wirbelte, sondern eine unruhige, wimmelnde Punktschar, eher wie ein Insektenschwarm. Und dann erkannte Streng, dass er keine gewöhnliche Wolke und auch keine Insekten vor Augen hatte.

Hoch über den Iren hatte sich eine riesige Rabenstreitmacht versammelt, Hunderte und Aberhunderte der großen Vögel. Schließlich verspürte sogar er das Verlangen, sich Hannarr anzuschließen, denn dies konnte nur der Beweis sein, dass die Große Rabengöttin sie nicht verlassen hatte. Wie in den alten Göttersagen würde dieses Abenteuer mit dem Erscheinen der Königin des Todes enden, die gekommen war, ihre treuen Untertanen zu retten und zum Sieg zu führen.

»Sieg!«, schrie er trotz des Schmerzes in seiner Kehle. Er war fast überzeugt, dass sein Instinkt ihn diesmal getäuscht haben musste, und wollte sich schon in die Schlacht stürzen, doch dann hallte wieder die andere Stimme durch seinen Schädel, die ihm eine verzweifelte Warnung zurief. Sie sagte in aller Klarheit, dass er in den weit aufgesperrten Rachen des Todes laufen würde, wenn er Hannarr folgte. Er blieb trotz allem, was er vor sich sah, trotz aller Zeichen, stehen, wo er war.

Auch Caitlin hatte das Rabenheer bemerkt. Sie verlor alle Hoffnung. Nicht einmal auf den Wällen von Rathowen, nicht als sie Fintan am Todesbaum hängen sah, nicht einmal als sie hilflos zusehen musste, wie der Lebensbaum vernichtet wurde, hatte sie sich so ohnmächtig, unnütz und geschlagen gefühlt wie jetzt.

Als sie das mächtige Bataillon der Vögel erblickte, hoffte sie nur noch auf einen schnellen, leichten Tod für sich und Murrough. Irgendwie war es den Sachsen gelungen, Verstärkung aus dem Reich der Tiere heraufzubeschwören, und niemand würde eine Chance haben gegen die schiere Übermacht der schwarzen, gefiederten Heerscharen.

Die riesigen, hässlichen Aasvögel fielen in Gruppen von etwa zehn vom Himmel. Caitlin konnte nicht anders, sie musste einfach hinschauen, wie die Vögel ihre Größe und die Kraft ihrer Flügel einsetzten, um ihre Opfer zu überwältigen, so sehr sie der Anblick auch mit Grauen erfüllte. Hannarrs Krieger hatten fast schon Moranns vorderste Linie erreicht, und alles schien verloren. Die Sachsen brauchten nur von einem Soldaten zum anderen zu spazieren und alle niederzumachen, während die Raben sie beschäftigt hielten und sie sich nicht wehren konnten.

Doch dann geschah etwas, womit sie nie gerechnet hätte: Anstatt sich mit aller Macht auf Morann und seine hilflosen Soldaten zu stürzen, schien sich das Rabenheer plötzlich in zwei Parteien zu teilen. Das eine Regiment, vielleicht siebenhundert Vögel, griff die zehn Raben an, die die Attacke auf die Gälen begonnen hatten, und Augenblicke später flogen schwarze Federn, als die zehn Abtrünnigen, die sich auf Moranns Männer gestürzt hatten, von den messerscharfen Krallen und Schnäbeln der Übermacht in Stücke gehackt wurden.

Das zweite Regiment, etwa ebenso viele Raben, wirbelte direkt auf Hannarr und seine Männer zu, die plötzlich in eine Wand wütend kreischender Vögel liefen. Die Sachsen wussten nicht, wie ihnen geschah, bis es zu spät war. Innerhalb von Sekunden verwandelte sich das Schlachtfeld in ein Meer schwarzer Federn und blutiger Schnäbel. Das Gekreische war markerschütternd.

Hannarr war nur noch dreißig Schritt von Moranns Soldaten entfernt, als er erkannte, welches Grauen sich vor ihm entfaltete. Dreißig Raben, jeder halb so groß wie ein Jagdhund, landeten auf dem Mann neben ihm und hackten ihm die Augen aus, bevor er einen Laut von sich geben konnte.

Nachdem der erste der Sachsen gefallen war, dauerte es nur Sekunden, bis jeder von ihnen von einer wirbelnden Masse aus schwarzen Federn und hackenden Schnäbeln umgeben war.

Hannarr rollte sich instinktiv zusammen, bedeckte seinen Kopf mit Händen und Armen und vergrub das Gesicht im Schnee. Augenblicke später, als er sich zu bewegen versuchte, spürte er das Gewicht vieler Vögel auf seinem Körper, das ihm fast den Atem raubte. Die scharfen Schnäbel zerrten wie

Kneifzangen an seinem Kettenpanzer, zogen die Eisenringe auseinander und durchbohrten das Leder darunter. Er spürte, wie ihm die Stiefel in Fetzen gerissen wurden, und zog die Beine weiter ein, damit sein Körper so wenig Angriffsfläche wie möglich bot.

Das unablässige Kreischen der Raben drohte ihm die Trommelfelle zu zerreißen und klang in seinen Ohren wie das Donnern des Ozeans. Die mächtigen Flügel hämmerten auf seinen Rücken ein wie Knüppel. Er lag unter einer Lawine wilder Vögel, die nur eines im Sinn zu haben schienen: Sachsen zu zerreißen und zu ihrem blutigen Festmahl zu machen. Hannarr war sicher: er war ein toter Mann.

Er vergrub seine Arme und Beine noch tiefer unter sich, doch seine Hosen waren schon in Fetzen, und die Vögel arbeiteten sich zielstrebig durch das schwere Leder, das seinen Nacken schützte. Als er sich etwas bewegte, gelang es einem der Raben, unter ihn zu gelangen und nach seinem Bauch zu schnappen. Hannarr reagierte sofort, indem er die Lücke schloss, doch gleichzeitig spürte er, wie die Raben seinen Helm zerbeulten, der schon seinen Schädel einzuquetschen begann.

Dann hörte der Angriff auf, so plötzlich wie er begonnen hatte. Die Vögel zogen sich zurück, und die Stille war nicht weniger betäubend als der grässliche Rabenchor. Hannarr lag zitternd am Boden. Seine Beine versagten ihm vor Angst den Dienst. Er blieb lange Zeit liegen, ohne seine Deckung zu öffnen, denn wie konnte er sicher sein, dass der Rückzug der Raben nicht eine Falle war?

Nach Minuten vollkommener Stille holte er tief Luft und fasste endlich den Mut, sich umzuschauen, selbst wenn es das letzte Mal sein sollte.

Was er sah, ließ ihn hochschießen wie vom Donner gerührt. Einige der Vögel schrien erschrocken auf, als er sich bewegte, und sprangen aus seiner Reichweite. Die Unruhe breitete sich über die ganze geflügelte Heerschar aus. Hannarr schaute sich vorsichtig um. Die Raben hatten zwar ihren Angriff eingestellt, doch sie hielten ihn umstellt, ein Meer bedrohlicher schwarzer Gestalten, abwartend. Alle Augen waren auf ihn gerichtet, und in jedem Augenpaar spiegelte sich sein Gesicht, als schaute er in die zahllosen Splitter eines großen Spiegels, der zerbrochen im Schnee lag.

Von seinen Kameraden lebte niemand mehr. Von den meisten waren nur noch blutige Fleischklumpen übrig, Schmutzflecken im Schnee. Manche hatten noch etwas Menschliches an sich; ein in hilflosem Entsetzen erhobener Arm; oder ein kahl gefressenes Brustgerippe mit einem Kopf daran, der auf bizarre Weise unberührt geblieben war.

Während er das Grauen in sich aufnahm, hüpften die Vögel auseinander und öffneten einen Korridor in ihren Reihen, wie ein Heer in Erwartung seines Königs.

Hannarr lehnte sich zurück, presste seine Hände in den kühlen weißen Schnee und schaute auf. Eine Gestalt in einem langen schwarzen Mantel kam mitten durch das Rabenmeer direkt auf ihn zu.

Der Thegn betrachtete den Fremden genau und fragte sich, wer so viel Macht über die Raben haben konnte, wer sie so plötzlich gegen seine Sachsen ins Feld geführt hatte. Irgendwie war ihm die Gestalt vertraut. Er meinte den schnellen Schritt zu erkennen, und für einen Augenblick hatte er die Hoffnung, der Mann, wer immer es war, wäre irgendwie eingeschritten und hätte seine Rettung ausgehandelt. Hannarr rappelte sich auf, um ihm zu danken und nach seinem Namen fragen.

Doch plötzlich schien die Gestalt über den Schnee zu gleiten, ohne jede Spur auf dem unberührten Weiß zu hinterlassen, unfassbar schnell, bis sie vor Hannarr stehen blieb und eine knochige Hand nach ihm ausstreckte.

»Thegn Hannarr Ettenson«, flüsterte der Fremde halb spöttisch, halb bitter.

Hannarr erzitterte. Sein Mund wurde trocken und seine Finger taub. Das Nackenhaar stand ihm zu Berge, und er spürte, wie es in seinen Eingeweiden zu brodeln begann. Die Gestalt kam noch näher. Hannarr klopfte das Herz bis zum Hals. Der Fremde öffnete unendlich langsam seinen langen Mantel und nahm die Kapuze ab, um sein Gesicht zu zeigen.

Im selben Augenblick schnellten drei Pfeile durch die Nacht, abgeschossen von den besten gälischen Bogenschützen. Zwei fanden ihr Ziel und bohrten sich tief in den Leib des Sachsen, Muskeln zerfleischend und Knochen zertrümmernd. Hannarr spürte nicht mehr, wie die eisernen Pfeilspitzen ihm die

Rippen durchschlugen. Er fand auch keine Zeit mehr, seinen Verrat zu erklären oder Reue zu zeigen. Er war schon tot, als er Guthwin erkannte, der nun verächtlich auf ihn herablächelte.

# XI

Gobann hatte aus nächster Nähe gesehen, wie der Baum zu Boden krachte. Auch er war vollkommen machtlos gegen den Anschlag der Sachsenäxte gewesen. Er hatte das Beben gespürt, das danach durch die Erde rollte, und die zornigen Schreie der Geister gehört, die sich zur Verteidigung ihres Heiligtums eingefunden hatten, ihre Hörner und Trommeln, mit denen sie Verstärkung herbeiriefen aus dem ganzen Land, doch selbst sie hatten die Barbaren nicht daran hindern können, ihren uralten Gefährten umzubringen, trotz all ihrer magischen Kräfte.

Der Lebensbaum schien sich in sein Schicksal ergeben zu haben. Er wehrte sich nicht, bis zum letzten Augenblick, und selbst dann war es nur ein symbolischer Akt: zwei Sachsenleben gegen sein eigenes. In seinem Sturz hatte er sein ganzes Wurzelwerk mitgenommen, so dass nun ein Krater gähnte, wo einst der Baum gestanden hatte.

Etwas zog Gobann nun auf diesen Krater zu. Er wollte dem Lebenskern des mächtigen Holzgeschöpfs ein letztes Mal seinen Respekt erweisen. Er schwebte über dem Loch und entdeckte auf dessen Grund, schon von frischem Schnee bedeckt, ein uraltes Werkzeug, das dort vergraben worden sein musste, als der Baum noch ein Sprössling war. Gobann wusste nicht, zu welchem Zweck es dort deponiert worden war. Er wusste nur, dass die Danaan nicht ohne guten Grund eine Axt unter den Wurzeln eines solchen Baumes versteckten.

Als die ersten Raben erschienen waren, hatten sich viele der Geister, die sich um Gobann versammelt hatten, aus dem Staub gemacht, entweder aus Furcht oder weil sie andere Pläne hatten. Das würde der Dichter nie genau wissen, doch er vermutete, dass Sciathan-Cog hinter dem Angriff auf Moranns Truppen steckte. Vielleicht wussten das auch die Geistwesen und hatten sich deshalb auf den Weg gemacht, Lom-Dubh und die Rabenkönigin herbeizurufen. Er war sich jedoch nicht sicher.

Während er diesen Gedanken nachhing, wehte von Süden her ein kalter Wind über die Ebene, und zum ersten Mal, seit er seine neue Gestalt angenommen hatte, fror Gobann nun. Dann spürte er, wie ihn der Wind sanft in die Lüfte hob, so wie er ihn zu Beginn seiner Reise aus dem Steinhügel getragen hatte. Mehr im Reflex als aus dem Wunsch, an der Kreuzung auszuharren, wollte Gobann sich an einem Zweig des Baumes festhalten, doch er hatte etwas in seiner rechten Hand, etwas, das er nicht loslassen konnte, und er fand keinen Griff.

Im nächsten Augenblick war er schon über Wolken

und Schnee unter sternklarem Himmel. Er schaute auf seine rechte Hand und erblickte darin ein silbernes Amulett, eine Eichel, doch in einer Weise geschmiedet, dass sie einen Hund, einen Raben und einen Lachs in bizarrer Umarmung darzustellen schien.

Er erinnerte sich, dieses Schmuckstück an Caitlin weitergegeben zu haben, als sie Rathowen verließ. Er sah auch noch verschwommen vor sich, wie er unter dem Baum mit ihr gesprochen hatte, doch seine Erinnerung an den Nachmittag wurde immer blasser. Es sollten noch viele Jahre vergehen, bis er seine Zeit unter den Geistwesen, die am Lebensbaum wohnten, wieder klar im Gedächtnis haben würde, und selbst dann würde es ihm schwer fallen zu verstehen, wie er angesichts der Lebensgefahr, in der seine Freunde schwebten, ein solcher Schalk sein konnte.

Caitlins Fesseln waren sehr fest, doch mit viel Geduld hatte sie es geschafft, sie so weit zu lösen, dass sie die Riemen von den Ellbogen zu ihren Handgelenken schieben konnte, und bald würde sie in der Lage sein, sie ganz abzustreifen. Wenn ihr die Arme lahm wurden, arbeitete sie an den Fesseln um ihre Fußgelenke, die sich ebenfalls langsam lösten, als das Leder an den Knoten nachzugeben begann.

Murrough verfolgte die gleiche Strategie. Er rieb seine Fesseln an einer scharfen Steinkante in der Hoffnung, sie auf diese Weise zu durchtrennen.

»Alles in Ordnung, Cait?«, fragte er in einer Atempause.

»Ja«, antwortete sie erschöpft. Sie hatte wieder Schmerzen in ihrem Bein, doch daran wollte sie nicht denken. »Konntest du sehen, ob von den Sachsen jemand überlebt hat?«

Bevor Murrough antworten konnte, traf ihn ein Stiefel am Kinn, und er wurde rücklings in den Schnee geworfen. Bis er sich von dem Tritt erholte, vergingen eine oder zwei Minuten, und als er dann aufschaute, war Caitlin schon verschwunden. Ihre Schreie hallten noch durch die Nacht.

Streng hatte einige Zeit damit verbracht, sich ein Pferd einzufangen, und als er endlich Glück hatte, fluchte er laut auf den Kerl, der die Sattelriemen durchgeschnitten hatte. Er war jedoch entschlossen, sich weder gefangen nehmen noch umbringen zu lassen wie seine Kameraden. Er sammelte so viele der kostbaren Elsbeeren, wie er eben tragen konnte, durchwühlte das Gepäck der anderen Sachsen und behielt alles, was ihm irgendwie von Wert erschien.

Er hatte keinen besonderen Plan, außer dass er mit seiner Beute verschwinden und irgendwie zu den Märkten in Gallien durchkommen wollte. Wie er ohne Mannschaft auf einem von Guthwins Schiffen die Irische See überqueren oder wie er der Gefangenschaft entkommen sollte, obwohl wahrscheinlich ganz Irland hinter ihm her sein würde, wusste er nicht. Doch wenn er mit seinem Gold und der anderen Beute nach Gallien käme, wäre er reich. Er hätte Geld, viel Geld, und das bedeutete Bier und Frauen, so viel er wollte. Als er alles zusammengeklaubt hatte, musste er wieder an den Schatz denken, der ihn von allem, was sie in Irland erbeutet hatten, am meisten reizte: Caitlin. Die Vernunft sagte ihm, sie würde ihm auf seiner Flucht nur hinderlich sein. Er würde durch sie Gefangenschaft und Tod riskieren. Doch seine Begierde war schließlich stärker.

Wenn er mit ihr fertig war, würde er auf den Sklavenmärkten des Südens noch gutes Geld für sie bekommen. Eine irische Prinzessin. Sie würde ein verdammtes Vermögen bringen. Allein davon, was er für sie bekam, konnte er ein Jahr wie ein König leben.

Nachdem er sich entschieden hatte, suchte er sich Stricke zusammen, mit denen er sie auf dem Pferd festbinden konnte, bevor er seine anderen Besitztümer auf das Pferd packte. Am Ende dachte er sogar an den Beutel Kräuter, den Murrough gesammelt hatte. Sie sollte ihm einen Heiltrank brauen, nahm er sich vor. Was hatte er von dem ganzen Geld, wenn er kein Bier saufen konnte mit dem verfluchten Loch im Hals?

Mit einem hatte er jedoch nicht gerechnet, als er sich der, wie er dachte, schwer verwundeten Frau näherte: dass sie sich wehren würde. Und das tat sie mit aller Kraft, obwohl in ihrem Bein der Schmerz pochte und sie ihre Kräfte schnell schwinden sah.

Caitlin hatte es fast geschafft, sich aus ihren Armfesseln zu befreien, und er musste wertvolle Minuten damit verbringen, sie neu zu verschnüren, und diesmal so fest, dass es wirklich schmerzte.

Während er sie auf der Schulter zu seinem Pferd trug, zappelte sie so, dass die Fußfesseln rissen, und als er sie in den Schnee legte, um Luft zu schnappen, zögerte Caitlin keine Sekunde, die Gelegenheit wahrzunehmen und ihm ihre Stiefelspitze in den Unterleib zu rammen. Es gab einen dumpfen Schlag, und Streng krümmte sich vor Schmerzen, doch Caitlin war noch zu schwach, aus der Situation vollen Nutzen zu ziehen. Irgendwie schaffte es Streng, sie festzuhalten, während er sich von dem Tritt erholte, was etliche Minuten dauerte. Sie hörte nicht auf, um sich zu treten, zu schreien und Kampfgriffe zu versuchen, doch Streng war einfach zu stark. Das hatten schon viele seiner Kameraden gemerkt, wenn sie einmal die Dummheit gewagt hatten, sich auf einen Ringkampf mit ihm einzulassen.

Nach diesem Zwischenfall hatte Streng einen gesunden Respekt vor der Druidin. Er fand es immer bedauerlicher, dass er sie eines Tages würde verkaufen müssen. Einmal eingeritten, würde sie für den glücklichen Besitzer ein gutes Weib abgeben.

Er rappelte sich hoch und zog sie durch den Schnee. Doch nun stand er vor dem Problem, wie er sie aufs Pferd bekommen sollte, denn sie trat immer noch um sich. Die Antwort lag auf der Hand, und er spürte eine Welle von Wollust, als er sich überlegte, wie er sie ins Reich der Träume befördern würde.

Er ließ sie los, und sie stand sofort auf. Sobald sie auf den Füßen war, landete er einen Fausthieb auf ihrem Wangenknochen, der sie wieder zu Boden warf, und als sie sich nicht mehr rührte, legte er sie über das Pferd und band ihr die Beine zusammen.

Das Ganze hätte keinen Augenblick länger dauern dürfen, denn als er sich endlich auf den Weg machen konnte, hörte er berittene Krieger näher kommen. Er galoppierte zuerst Richtung Norden, einen ausgetrockneten Flusslauf entlang, bis er sicher war, dass ihn niemand verfolgte. Erst dann schlug er einen Pfad Richtung Osten ein, wo er irgendwann auf die Küste stoßen würde. Weiter plante er nicht.

Er war noch nicht lange geritten, als er ganz in der Nähe Flügel schlagen hörte. Es klang nach einem großen Vogel. Wahrscheinlich eine Eule, dachte Streng, denn kein anderer Vogel wäre bei Nacht unterwegs. Oder war es ein Rabe? Es roch nach Aas und flog bisweilen in großer Höhe. Er kam zu dem Schluss, dass er es hier mit mehr zu tun hatte, als er begreifen konnte. Er musste an den großen schwarzen Vogel denken, der sich ihnen in Dobharcu in den Weg gestellt hatte.

Im geheimsten Winkel seines Hirns überlegte er sich, wie er mit dem gefiederten Spion fertig werden würde. Doch dann spürte er plötzlich nagende Zweifel. War der Vogel vielleicht gar kein Feind, sondern ein Freund, der ihm bei der Flucht helfen wollte?

Gobann erhob sich auf dem Seelenwind hoch über die Welt. Er dachte an Teamhair, und schon fand er sich über der geheiligten Zitadelle wieder, dem Herzen Eirinns.

Doch noch war er nicht bereit, seine neu erworbene

Freiheit wieder aufzugeben. In der kurzen Zeit, die er in Geistform verbracht hatte, hatte er sich seine Gedanken gemacht über die Art, wie er sich von Ort zu Ort bewegen konnte. Er hatte bestimmte Vermutungen darüber, was vor sich ging, und war neugierig, ob er Recht damit hatte. Hier über Teamhair, so entschied der Poet, war nun der Augenblick gekommen, wo er seine Ideen auf die Probe stellen konnte.

Gobann schaltete all seine Sinne ab und konzentrierte sich auf einen einzigen Gedanken. Er stellte sich das Tal von Dobharcu vor, wie er es von seinem letzten Besuch in Erinnerung hatte, und als er wieder aufschaute, war er schon dort.

*Es stimmt also*, erkannte er. *Ich kann mich an jeden Platz begeben, den mein Herz begehrt, sofern ich mir genau vorstellen kann, wie es dort aussieht.*

Seltsam war nur, dass von den Zerstörungen, die Cathach beschrieben hatte, nichts zu sehen war.

Vielleicht war der alte Druide falsch informiert.

Plötzlich spürte er einen Luftzug. Mächtige Flügel strichen dicht an ihm vorbei, und etwas Schwarzes schwebte zum Dorf hinab: Sciathan-Cog.

Dann wurde Gobann zum erschütterten Zeugen einer Katastrophe, die er sein Leben lang nicht vergessen würde. Während er hilflos in den Lüften trieb, erschien eine Kompanie Sachsen an der Furt. Sie marschierten durchs Wasser und weiter das Tal hinunter auf die Siedlung zu. Wie wünschte sich der Dichter, er könnte Midhna vor der nahenden Gefahr warnen, doch er wusste, dass das nicht möglich war.

Der Rabe landete auf der Dorfwiese und sprach zu den Fremden. Da Gobann die Sprache der Raben verstand, hörte er, wie Sciathan-Cog die Sachsen aufforderte, sich ihm bei der Eroberung Eirinns anzuschließen. Dies war der Vogel, der davon gesprochen hatte, die Sachsen wären Verbündete ihrer Art.

Alles Weitere spielte sich viel schneller ab, als es in der wirklichen Welt möglich wäre, als ob alles in einem unwiderstehlichen Wirbel auf ein Ende zu drängen würde. Die Sachsen plünderten die Siedlung, setzten sie in Brand und zogen weiter. Das Letzte, was Gobann sah, war Dobharcu in Trümmern, die verkohlten Leichname auf einem Haufen auf dem Dorfplatz – ein Festmahl für Sciathan-Cog und die anderen Raben, die er herbeigerufen hatte.

Der Dichter schaltete wieder all seine Sinne ab. Nur Trauer erlaubte er sich noch. Er erkannte zu seinem Schrecken, dass er nur durch ein Wunder so kurz vor dem Angriff aus dem Dorf entkommen sein konnte. Er dachte daran, wie oft ihm sein Glück schon das Leben gerettet hatte, und fragte sich nicht zum ersten Mal, ob nicht eine Kraft im Spiel war, die ihm und allen, die er kannte, durch die Gefahren half, die sie bedrohten; und diesmal hatte diese Hilfe sich als entscheidend erwiesen. Trotz all seines Lernens und seiner langen Hingabe an die Geheimnisse des Druidentums war es ihm nie gelungen herauszufinden, ob sein Volk einen Namen hatte für diese Kraft.

*Vielleicht ist die Kraft so etwas wie der Gott, von dem Origen redet*, dachte er.

Er erinnerte sich wieder, dass er noch auf Geistreise war, und als er sich diesmal umschaute, war er verblüfft, wohin ihn seine Gedanken getragen hatten. Unter sich sah er Berge und Täler und grüne Hochweiden. Dies war nicht mehr Eirinn, sondern die Insel Britannien. Das wusste er so genau, weil er auf eine Siedlung hinabschaute, die er sehr gut kannte. Es war das Dorf, wo er Sila getroffen hatte und wo sie weiterhin lebte.

Während er noch zu verstehen versuchte, warum er hier angekommen war, trat ein bärtiger alter Mann aus einer der Langhütten, in denen die Menschen in diesem Teil der Welt zu hausen pflegten. Er trug eine römische Silberbrosche auf der Brust, doch er war ein Angehöriger der Cruitne-Stämme. Er schaute zu Gobann auf und zeigte mit seinem Dichterstab auf ihn.

»Du kommst zu spät«, rief der Alte.

Gobann spürte, wie ihm der Mut sank.

»Zu spät«, wiederholte der alte Mann.

»Zu spät für was? Was ist mit ihr geschehen?«, wollte der Poet fragen, doch es gelang ihm nicht, die Worte zu formen.

»Sila hat uns verlassen«, beantwortete der Mann Gobanns ängstliche, stumme Frage. »Sie wird nie mehr zurückkehren.«

Gobann war verzweifelt. Er befürchtete das Schlimmste, dass Sila aus irgendeinem Grund für immer die Welt verlassen hatte. Krankheit, Unfall, Kindbett – unzählige Möglichkeiten kamen ihm in den Sinn.

»Sie ist über das Westmeer gesegelt«, rief der Alte. »Nach Eirinn.«

Die letzten Worte hörte der Dichter kaum noch, denn sobald der Name seiner Heimat genannt wurde, fand er sich wieder über Teamhair, nicht weit von dem Steinhaufen, in dem sein Körper begraben lag und auf ihn wartete.

Um die Steinhöhle hatten sich die Druiden zu den Beltinne-Ritualen versammelt. Es war Nacht, und in der ganzen Zitadelle brannte kein einziges Feuer.

*Ist das möglich? Sollte ich etwa drei Tage lang fort gewesen sein?*, wunderte sich der Dichter, dem es vorkam, als hätte er höchstens einen Nachmittag an der Kreuzung von Cashel verbracht.

Cathach sang die Feuerbeschwörung. Ein Funke sprang aus seinen Händen und zischte in ein Häufchen trockenen Farns. Andere Druiden traten vor und hielten Fackeln in die Flammen. Und dann machte sich ohne weitere Worte jeder für sich auf den Weg, um das heilige Feuer zu jedem Herd in jedem Winkel Eirinns zu tragen.

Sobald die Feuerboten die Zitadelle verlassen hatten, kam eine Gruppe schwarz gekleideter Männer und Frauen mit den Überresten der Druiden, die im vergangenen Jahr verstorben waren. Zwei der Leichname waren noch in Leinenbänder eingewickelt, was bedeutete, dass sie erst vor kurzem gestorben waren. Alles andere waren Kästen voller Knochen.

Nur Harfner wurden in Steingräbern beigesetzt. Wenn ein Druide eines anderen Ordens aus dem

Erdenleben schied, wurde der Leichnam an einer geheimen Grabstelle im Freien belassen, wo er verrottete und von den Tieren des Waldes verzehrt wurde. Jedes Jahr zum Fest des Beltinne wurden dann die Knochen eingesammelt, die noch übrig waren, und zu Asche verbrannt. So teilten die toten Druiden während des Festes, das die Wiedergeburt der Welt nach dem Wintertod symbolisierte, ein letztes Ritual mit den Brüdern und Schwestern ihres Ordens.

Nach einer Weile begriff Gobann, dass es sich bei den beiden frischen Leichen um Lorgan und König Eoghan handelte. Es war äußerst selten, dass einem Krieger wie dem König von Munster das Abschiedsritual eines Poeten zuteil wurde, doch in Eoghans Fall gab es, wie Gobann wusste, gute Gründe dafür, dass der Druidenrat ihm diese Ehre zuteil werden ließ.

Zunächst hatte man wahrscheinlich von seinem nächsten Erben, dem Prinzen von Cashel, seit vielen Tagen nichts gehört, und es wäre unziemlich gewesen, wenn ein anderes Mitglied seines Klans ein Begräbnis arrangiert hätte. Deshalb hatte man die Druiden gebeten, sich des Leichnams anzunehmen. Außerdem waren Lorgan und Eoghan Zeitgenossen gewesen, der eine der letzte Krieger und der andere der letzte Druide, der die heldenhaften Zeiten König Nialls von den Neun Geiseln erlebt hatte. Sie stellten zusammen ein wichtiges Bindeglied zur Vergangenheit dar. Und schließlich waren die beiden gute Freunde gewesen.

Novizen waren dabei um den Steinhügel, in dem Gobanns Körper lag, Farn und Holzscheite aufzustapeln. Dann wurden die gesammelten Knochen und die beiden Leichname ehrfürchtig auf eine eigens dafür gebaute Plattform auf dem Dach des Kultgrabes gelegt. Als Nächstes streuten die Novizen feinen Sand über die Steine und zwischen das Brennholz. Dieser Sand würde in der Hitze des Feuers schmelzen und den Steinhügel mit einer frischen Glasur bedecken. So kamen die Mauern des Hügels zu ihrem dunklen Schimmer, durch den man den Hügel nach einem Regen noch aus vielen Meilen Entfernung im Sonnenschein funkeln sehen konnte.

Der Augenblick kam näher, wo Cathach eine Fackel nehmen und Feuer legen würde um Gobanns symbolische Grabstätte – das Feuer, in dem der Dichter sein neues Leben beginnen würde. Die vier Elemente waren beschworen worden, ihn für die Aufgaben zu stählen, die vor ihm lagen. Als Erstes hatte man ihm der Prüfung des Wassers unterzogen, im Dampf der Schwitzhütte und durch die Waschung in der Steinwanne. Danach war er dem Element der Erde ausgesetzt worden, indem man ihn für drei Tage lebendig begraben hatte. Dann kam die Prüfung der Luft, in der er die Seelenreise angetreten und sich in einen Raben verwandelt hatte. Und dies war nun die letzte und gefährlichste Prüfung: die Feuerprobe.

Gobann spürte plötzlich, wie sein Geist in das Feuer hinabgesaugt wurde, durch den Fels ins Innere des Steinhügels. Für einen Augenblick wartete er, noch außerhalb seines Körpers, und sah zu, wie seine fleischliche Gestalt ruhig atmete. So lange er konnte, klammerte er sich an seine Existenz als Geistwesen, genoss ein letztes Mal diese Freiheit und schaute auf die Welt dort draußen. Dann konzentrierte er sich und dachte an Mawn.

Doch nichts geschah. Er war immer noch in der Steinkammer gefangen. Draußen brüllte das Farnfeuer, und er hörte den Schnee zischen, der um den Hügel in Dampf aufging. Er hörte, wie die Druiden immer mehr Holz und Gestrüpp an den Grabhügel legten, und erkannte mit Schrecken, dass er keine Wahl hatte: Er musste in seinen Körper zurückkehren.

Er wartete auf den nächsten Atemzug, denn sein Instinkt sagte ihm, dass er nur mit dem Atem in seinen Körper eintreten konnte. Doch der Augenblick kam und ging. Er beobachtete, wie sein Körper wieder ausatmete, und machte sich für die nächste Gelegenheit bereit, aber auch diese verpasste er, und er blieb ausgesperrt aus seinem Körper. Er konzentrierte sich mit aller Kraft auf die sitzende Gestalt, die er selbst war. Dann entdeckte er die große, dreifache Spirale, die hinter ihm in die Steinwand geritzt war, und erinnerte sich an Lorgans Rat: *Folge der Spirale zur Linken*, und als er genau hinschaute, konnte er in dem Spiralmuster tatsächlich eine Richtung ausmachen.

Sein Geist folgte dem Labyrinth bis zu dem Punkt in der Mitte, wo die drei Spiralen sich trafen. Im selben Augenblick füllte sein Körper die Lungen, und endlich war er entspannt genug, dass er sanft in seine fleischliche Hülle tauchen konnte.

Es wurde dunkel um ihn und er verlor das Bewusstsein.

Es dauerte einige Zeit, bis er von seinen Prüfungen erwachte, und als es geschah, war die Hitze in seinem Grabhügel fast unerträglich. Er trank etwas Wasser aus der Messingschüssel, die vor ihm stand. Nun begann die lange Zeit der Erholung.

Seine Arme waren schwer wie Gold, und seine Beine versagten ihm für viele Stunden jeden Dienst. Ob ihm sein Augenlicht geblieben war, konnte er nicht sagen, da kein Lichtstrahl in den vollkommen dichten Kulthügel drang. Sein Gehör war dumpf, und seine Stimmbänder brachten nicht einmal ein Summen hervor, geschweige denn Worte, doch am Schlimmsten waren das Kopfweh und der steife Hals. Er fand keinen Knochen in seinem Körper, der nicht schmerzte von der tagelangen Kälte und Feuchtigkeit.

# XII

Murrough saß an der Kreuzung, wo für über tausend Jahre der Lebensbaum Wache gestanden hatte, und verfluchte sein Schicksal. Als Morann und seine Leute ihn nicht weit von dem Baumleichnam im Schnee fanden, hatte Streng schon über eine Stunde Vorsprung.

Die Männer von Munster hatten lange gezögert, bevor sie das Feld überquerten, wo die Sachsen von den Raben zerfleischt worden waren. Sie wussten nicht, dass Murrough und Caitlin in Gefangenschaft geraten waren. Das Land lag zudem in vollkommener Dunkelheit. Sie nahmen sich deshalb reichlich Zeit für ihren Ritt zu der Stelle, wo der Feind den Nachmittag verbracht hatte.

Als Morann seinen jüngeren Bruder fand, schloss er ihn in die Arme und dankte den Göttern, dass er am Leben war. Während ein Krieger ihn aus den Fesseln befreite, erzählte Murrough in wenigen Worten, was sich in den Tagen vor dem Sturz des Baumes und der Entführung Caitlins ereignet hatte. Niemand erwähnte jedoch den Angriff der Raben. Dafür war er noch zu frisch in ihrer Erinnerung, und die Nacht war zu finster für solch eine Geschichte.

Als Murrough mit seinem Bericht fertig war, erkannte Morann, wie knapp sein Bruder dem Tod entronnen war, doch ob Caitlin in den Händen des sächsischen Verräters überleben würde, erschien ihm mehr als zweifelhaft.

»Der Sachse hat sie als Geisel genommen, um ungehindert das Land verlassen zu können«, meinte er. »Sobald er sie nicht mehr braucht, wird er ihr wahrscheinlich die Kehle durchschneiden und sie in den Straßengraben werfen. Vielleicht werden wir nie erfahren, was mit ihr geschehen ist.«

Murrough war alles andere als bereit, sich damit abzufinden, dass Caitlin tot sein könnte. Solange noch die geringste Chance bestand, sie zu finden, würde er sein Leben für sie riskieren.

»Gib mir ein gutes Pferd«, flehte er seinen Bruder an, der bis zum Morgen warten wollte. »Ich werde mich auf die Suche machen, und zwar sofort.«

»Wir wären verrückt, wenn wir in diesem Sturm losritten«, meinte Morann.

»Wer hat gesagt, dass du mitkommen sollst?«, schnappte Murrough. »Ich will nur, dass du mir ein Pferd gibst.«

»Ich kann dich in diesem Wetter und dieser Dunkelheit unmöglich allein reiten lassen«, sträubte sich Morann weiter.

»Wenn du mir kein Pferd gibst, dann werde ich mir

eins nehmen«, erklärte Murrough unbeirrt, während er sich in den Mantel hüllte, den ihm einer der Krieger gebracht hatte.

»Du wirst sie niemals finden«, wiederholte Morann. »Nutze die Nacht lieber zum Schlafen. Morgen früh, wenn wir alle frisch sind, können wir aufbrechen – mit dem ersten Tageslicht.«

»Aber bis dahin werden sie über alle Berge sein!«, rief Murrough, am Ende seiner Geduld. »Wenn du hier sitzen bleiben willst wie eine verängstigte Feldmaus, dann kannst du das tun, aber erwarte nicht, dass ich mich mit dir im Stroh verkrieche!«

»Ich werde nicht zulassen, dass du für die Frau dein Leben riskierst.«

»Sie ist die Führerin ihres Klans! Sie ist eine Druidin!«, schrie Murrough. »Es ist unsere Pflicht, sie aus der Gewalt dieses Wilden zu befreien!«

»Aber ihr Vorsprung ist viel zu groß«, erwiderte der Ältere der Eoghanacht-Prinzen, »und du weißt nicht einmal, in welche Richtung der Sachse geritten ist. Wie glaubst du, seine Spur finden zu können, nach all dem Neuschnee und nachdem unsere Pferde alles zertrampelt haben?«

»Ich bin ziemlich sicher, wohin der Wilde sich wendet. Ich werde ihn einholen. Ich *muss* ihn einholen, bevor er ihr etwas antun kann!«

Morann sah, wie entschlossen er war. Er wusste, wenn sein Bruder sich einmal etwas in den Kopf gesetzt hatte, dann würde keine Macht der Welt ihn davon abbringen.

»Na gut«, gab er schließlich nach. »Aber ich werde dir eine Leibgarde mitgeben, nur zu deiner Sicherheit.«

»Dann befehle den Männern, sofort aufzusteigen.«

»Ich habe meiner Armee befohlen, das Lager aufzuschlagen«, erklärte Morann. »Es wird eine Weile dauern, bevor jemand bereit sein wird, mit dir loszureiten.«

»Dann muss ich allein los.«

»Die Männer sind den ganzen Nachmittag im Galopp geritten, und dann mussten sie etwas mit ansehen, bei dem einem Danaan das Blut in den Adern gefroren wäre. Ich kann von niemandem verlangen, sich wieder aufs Pferd zu setzen, bevor er nicht geruht hat.«

»Du hast Recht. Ich gehe allein.«

»Du mit deinem Leichtsinn!«, brüllte Morann. »Hast du je daran gedacht, was passieren wird, wenn du von deinem kleinen Abenteuer nicht zurückkehrst?«

Murrough nahm einem von Moranns Wachsoldaten das Schwert ab und stürmte los, sich ein Pferd zu suchen. »Genug geredet«, rief er. »Ich werde sie suchen, ob du willst oder nicht!«

»Hast du auch nur einen Augenblick daran gedacht, welche Folgen dein Eigensinn für das Wohl des Königreichs haben könnte?«, brüllte ihm sein Bruder nach.

Murrough blieb stehen und drehte sich um. »Was meinst du damit?«

»Du bist der Erbe der Eoghanacht! Du kannst nicht einfach dieser Frau nachjagen, die niemandem von uns etwas bedeutet! Wer, glaubst du, wird dann in Munster herrschen, wenn unser Vater nicht mehr ist?«

Murrough schwieg und rührte sich nicht von der Stelle. Morann schloss daraus, dass er darüber nachdachte, was er gehört hatte, und endlich zur Vernunft kam. Er drang weiter in ihn, diesmal in sanfterem Ton: »Ich weiß, du bist nie für den Thron erzogen worden und findest es sicher schwer, plötzlich vor dieser Bürde zu stehen. Aber da du nun einmal über das Königreich herrschen wirst, darfst du dein Leben nicht einfach wegwerfen.«

»Bin ich je gefragt worden, ob ich der Erbe des Throns von Munster sein will? Ich kann mich nicht entsinnen«, schnappte Murrough zurück. »Niemand hat je davon geredet, bis Leoghaire und unser Vater es vor dem Rat in Rathowen einfach verkündet haben.«

»Wie auch immer, deine Bestimmung liegt im Königreich des Südens«, beharrte Morann, »nicht bei irgendeiner Druidin, mit der du nichts gemein und bestimmt keine gemeinsame Zukunft hast. Sie ist so gut wie tot. Will dir das nicht in den Kopf?«

»Das glaube ich erst, wenn ich ihren Leichnam gesehen habe. Bis dahin gönne mir bitte ein wenig Hoffnung.«

»Hoffnung«, schnaubte Morann. »Worauf hoffst du denn? Dass Caitlin Ni Uaine dich zu ihrem Gatten kürt? Und was ist mit den Hoffnungen des Königreichs? Ist sie dir wirklich wichtiger als deine Pflicht? Bei Morrigan, das kann doch nicht dein Ernst sein!«

Murroughs Augen glänzten im Feuerschein. »Ich liebe sie«, sagte er leise. Das war sein letztes Wort, bevor er sich umdrehte und seiner Wege ging.

Wie Morann vorausgesagt hatte, wollte keiner seiner Männer in dieser unheimlichen Nacht mit Murrough ziehen. Wenn sich schon Raben auf Menschen stürzten, so dachten alle, vom einfachen Bauern bis zum gebildeten Offizier, dann konnte man gar keinem Tier mehr trauen. In einer solchen Nacht hielt man sich besser am Feuer auf, in Gesellschaft seiner Kameraden, als in der Landschaft herumzureiten und dabei alle möglichen feindseligen Kreaturen aufzuscheuchen.

Morann hatte noch eine andere Furcht, die tiefer ging, als er sich eingestehen wollte: *Was*, so fragte er sich, *wenn sich die Danaan nach all diesen Jahrhunderten doch noch erheben, um sich an den Gälen zu rächen?* Es waren nicht nur die Kälte oder der unaufhörliche Schneefall, die ihn erzittern ließen.

Schließlich überließ er Murrough sein eigenes Ross. So hatte sein Bruder wenigstens ein starkes und zuverlässiges Reittier, das für seine Ausdauer und Schnelligkeit bekannt war, wenn er sich schon in Gefahr begeben musste.

»Wir treffen uns hier in drei Tagen, auch wenn du keinen Erfolg hast oder keine Spur von ihnen findest«, legte er seinem Bruder ans Herz, der nichts dagegen einzuwenden hatte, denn wenn er Caitlin bis dahin nicht gefunden hätte, wäre sie gewiss verloren. »Und denk daran, etwas zu essen und zu trinken mitzunehmen«, fügte Morann hinzu, »und Zunder, wenn du morgen Abend ein Feuer machen willst. Morgen ist Beltinne-Nacht, doch wer in höchster Not ist, braucht nicht auf die Fackelträger zu warten, das weißt du ...«

»Schon gut«, fiel ihm Murrough ins Wort. Er war noch immer wütend auf seinen Bruder und wollte keine Sekunde mehr verschwenden. »Du brauchst mich nicht wie einen kleinen Jungen zu behandeln. Und jetzt lass mich in Ruhe!«

»Aber so benimmst du dich doch wie ein dummer Junge! Ich bin es schließlich, der Vater über deinen sinnlosen Tod informieren muss, wenn du an Hunger und Kälte zu Grunde gegangen bist!« Er bedauerte seine Worte sofort, doch Murrough ließ ihm keine Zeit, sich zu entschuldigen. Er schwang sich in den Sattel und ritt in die Nacht, direkt nach Osten, denn er war sicher, der Sachse würde versuchen, sich zur Küste durchzuschlagen.

»Du dummer Junge«, wiederholte Morann leise.

So stand er lange da und schaute seinem Bruder nach, wie der in der Finsternis verschwand. Er bereute zutiefst, dass er nicht darauf bestanden hatte, dass Murrough einige seiner Soldaten mit auf die Suche nahm. Er hatte ein schlimmes Gefühl, was seinem Bruder widerfahren würde, ein Gefühl, das ihn nicht loslassen wollte, sosehr er es auch aus seinen Gedanken verbannen wollte.

Um sich von seiner Sorge um Murrough abzulenken, rief Morann seine drei schnellsten Reiter herbei und trug ihnen auf, sich mit dem ersten Morgenlicht nach Teamhair zu begeben, um Leoghaire und Eoghan zu berichten, was geschehen war.

Nachdem er die Boten auf den Weg geschickt hatte, befahl er seinen Truppen, rund um die Kreuzung

Feuer zu entzünden und sich für die Nacht zur Ruhe zu legen. An allen Ecken des Lagers postierte er Wachen. Der Anblick der mörderischen Raben hatte ihm solchen Schrecken eingejagt, dass er immer noch um die Sicherheit seiner Krieger bangte.

Morgen früh würden sie nachsehen, ob von dem Baum noch etwas zu retten war, und sie würden die Überreste der Sachsen einsammeln. Sie sollten ein anständiges Begräbnis haben. Und dann würde er einen Teil der Truppen nach Teamhair schicken, wie Leoghaire es befohlen hatte.

In seinem Herzen hoffte er jedoch, dass der Hochkönig die Verstärkung nicht benötigen würde, dass Laigin sich nicht erhoben hatte, wie Leoghaire befürchtete, und dass endlich wieder Frieden herrschte in Eirinn.

Doch als er an den Untergang des Lebensbaums dachte und an das Grauen, das danach über sie gekommen war, verlor er fast jeden Mut. Er wickelte sich in seine Decke und legte sich unter die Äste des gefallenen Baumes. In Gedanken ging er durch, was alles geschehen war, wieder und wieder, doch wie sehr er sich auch einzureden versuchte, dass am Ende schon alles gut werden würde, er fand die ganze Nacht keine Ruhe.

Es schneite noch stärker als an den Tagen zuvor, heftiger als je im vergangenen Winter. Mitten in diesem Sturm brachte Seginus sein Pferd zum Stehen.

Er wusste von früheren Reisen in diesem Teil des Landes, dass der Felsen von Cashel nicht fern war, und er wollte der Festung nicht zu nahe kommen. Sein Pferd stampfte mit den Hufen in der fast unerträglichen Kälte. Hier war er wahrscheinlich sicher, dachte der Römer. So weit im Süden würden ihn Hannarr und seine Bande bestimmt nicht suchen. Das wäre viel zu riskant für sie.

Nun hatte Seginus eine Entscheidung zu fällen, von der sein Leben abhängen konnte. Er wusste, es gab keinen anderen Weg, auf dem er Cashel umgehen konnte. Wer weiter nach Süden wollte, musste an der Festung vorbei. Im Dunkeln lief er Gefahr, für einen Sachsen gehalten und auf der Stelle getötet zu werden. Wenn er aber bis zum Morgen wartete, würde er mit Sicherheit einer der gälischen Streifen, die die Straße bewachten, in die Arme laufen.

Schließlich entschied er sich dafür, seinen Vorsprung zu wahren und im Schutz der Dunkelheit sein Glück zu versuchen.

Nachdem er kaum mehr als zweihundert Schritt weitergeritten war, bereute er seine hastige Entscheidung jedoch schon. Hinter der nächsten Kurve hatte Morann einen Wachposten einrichten lassen, wo sich nun zwanzig bewaffnete Männer aufhielten. Sie saßen um ein loderndes Feuer hinter dem verfallenen Eingang eines dachlosen Steinturms.

Als Seginus die Soldaten sah, hatten sie ihn schon bemerkt. Er wusste, es gab nur einen Weg durch diesen Teil des Landes, und der führte über diese Straße. Der Römer sah keine andere Wahl, als unschuldig bis zu den Wachposten vorzureiten und dann davonzugaloppieren, so schnell er konnte. Selbst wenn sie ihn verfolgen wollten, würden sie einige Minuten brauchen, bis sie auf ihren Pferden waren, und mehr Vorsprung brauchte er wahrscheinlich nicht, um an ihnen vorbeizukommen. In diesem Wetter würden sie ihn nie finden, wenn er sich erst ein Stück vor ihnen befand.

Außerdem zählte er darauf, dass die meisten der erfahreneren Krieger des Königreichs Munster sich noch im Norden befanden. Bei den Wachsoldaten würde es sich wahrscheinlich um Bauern handeln, die nur für den Krieg gegen Laigin zu den Waffen gerufen worden waren.

Mit diesem etwas gezwungenen Optimismus näherte er sich dem Wachturm. Seinen feinen Römermantel klemmte er sich vorsorglich unter die Beine, damit er nicht im Wind flatterte oder an Ästen hängen blieb, wenn er davonpreschte.

Doch als er näher an den Wachposten heranritt, sah er, dass zwei Soldaten in Kettenpanzern schon aufgesessen waren und ihn erwarteten, und wenigstens diese beiden waren gewiss keine Bauern, sondern Berufssoldaten, das erkannte er an der Art, wie sie im Sattel saßen und an ihrer Bewaffnung und Ausrüstung.

Ein kahlköpfiger, speckiger Mann kam aus der Hütte gelaufen. Seine Kutte war aus sehr billigem Material und flatterte in dem Wind in alle Richtungen. Dennoch strahlte er eine gewisse Autorität aus.

»Halt, Fremder!«, rief er. »Was hast du so spät in der Nacht und in diesem Wetter auf der Straße verloren?«

Seginus erkannte, dass er den Wachkommandanten vor sich hatte. Sein Pferd scheute und tänzelte auf den Mann zu. Die beiden berittenen Soldaten schauten ihn neugierig an.

»Ich bin als Bote Murroughs, des Prinzen von Cashel, unterwegs«, antwortete Seginus spontan, ohne seinen Akzent zu verbergen.

»Murrough?«, rief der fette Mann aus. »Der hätte schon vor Tagen hier durchkommen sollen.«

»Ich habe dringende Geschäfte im Süden für ihn zu erledigen. Ich muss so schnell wie möglich nach Ardmor.«

»Und was sollen das für Geschäfte sein?«, wollte einer der berittenen Soldaten wissen.

»Ich habe Briefe des Hochkönigs von Eirinn an den Papst in Rom bei mir«, log Seginus unter Herzklopfen.

»Warum sollte der Hochkönig solche Briefe einem Ausländer anvertrauen?«, fragte der andere Krieger zweifelnd.

»Weil ich sowohl Gälisch als auch die Sprache der Römer spreche«, antwortete Seginus, als wäre es das Selbstverständlichste von der Welt. Er hoffte nur, sie bemerkten den Angstschweiß nicht, der auf seiner Stirn perlte.

»Und was ist die Botschaft, die du für Murrough beförderst?«, fragte der Soldat, längst noch nicht überzeugt.

»Das darf ich keinem anderen sagen als dem, für den sie bestimmt ist.«

»Und wer soll das sein?«, fragte der Krieger weiter.

»Du gewiss nicht!«, rief Seginus, doch dann hatte er eine Idee und fuhr fort: »Aber ich kann euch gern die Briefe zeigen, wenn euch das beruhigt.«

Der Fettwanst spürte inzwischen die Kälte und wollte offenbar so schnell wie möglich an sein Feuer zurück. »Dann zeig mir schon deine Briefe, Fremder«, schaltete er sich ein.

Seginus wusste, dass nur wenige Hibernier Lateinisch lesen konnten, und noch weniger konnten es verstehen. Er kramte in seiner Tasche nach einzelnen Blättern seiner persönlichen, handgeschriebenen Evangelien. Dabei stieß er an seinen Dolch, die einzige Waffe, mit der er sich freikämpfen konnte, wenn es dazu käme. Und dann fühlte er einen anderen Gegenstand, einen kleinen Klumpen kalten Metalls. Er rollte ihn zwischen seinen Fingern, bis ihm endlich einfiel, was es war: Der Ring! Wie hatte er das nur vergessen können? Der Siegelring des Prinzen von Cashel, den er ihm als Pfand abgenommen hatte, damit er keinen Fluchtversuch unternahm.

Er streifte ihn geschwind über seinen Mittelfinger und zog seine Hand mit zwei Pergamentblättern aus der Tasche. Der Fettwanst ging damit in seine Hütte, um sie im Feuerschein zu betrachten. Das dauerte einige Zeit. Der Hibernier war bestimmt froh, eine Entschuldigung dafür zu haben, sich ausgiebig zu wärmen.

Als er wieder herauskam, gab er die Blätter Seginus zurück und gestand: »Ich kann nicht lesen, und die anderen hier können es auch nicht. Hast du irgendetwas anderes dabei, was uns als Beweis dienen könnte, dass du ein Bote des Prinzen bist?«

Seginus gestikulierte mit seiner rechten Hand. »Wie wäre es damit? Der Prinz hat gesagt, den Ring würden seine Diener erkennen.«

»Kann ich ihn mir ansehen?«, fragte der Wächter.

»Aber sicher«, antwortete der Römer freundlich und gab ihm den Ring.

Der dicke Mann nahm den Ring an sich und ging wieder zu seinem Feuer, wo er ein Stück Wachs auf seinen Schild legte und erhitzte. Dann presste er die flache Seite des Rings in das weiche Wachs und schaute sich den Abdruck an.

Der Ring produzierte ein unverkennbares Zeichen. Es war ein stilisiertes Bild des Lebensbaums, geformt aus mehreren Ogham-Zeichen, die zusammen einen Buchstaben ergaben. Der Wachkommandant erkannte das Siegel des Prinzen von Cashel sofort und ging zu Seginus zurück.

»Es ist Murroughs Zeichen«, bestätigte er. »Du kannst passieren, Fremder.«

Seginus atmete auf. Er zitterte vor Erleichterung, so groß war die Spannung gewesen, die sich in ihm aufgestaut hatte. »Danke und gute Nacht.« Er wollte dem Iren den Ring aus der Hand nehmen, doch er zitterte so schlimm, dass er ihn in den Schnee fallen ließ. Der Wächter brauchte einige Minuten, ihn wieder zu finden, und Seginus bemerkte, wie sich die beiden Soldaten leise unterhielten. Als der Ring endlich gefunden war, steckte er ihn in seinen Beutel und ritt langsam weiter.

»Halt!«, rief einer der Krieger. Seginus erstarrte. Hatten sie seinen simplen Trick durchschaut? Er griff in seine Tasche und umklammerte das Heft seines Dolches, bereit zum Kampf.

»Mein Kamerad und ich sind auf dem Weg nach Cashel, doch wir könnten dich bis nach Ardmor begleiten, wenn du es wünschst«, bot der Krieger an.

»Das ist wirklich nicht nötig ...«, begann Seginus, doch der Krieger fiel ihm ins Wort.

»Hast du nicht davon gehört? Eine Bande sächsischer Wilder treibt sich im Land herum. Sie plündern die Dörfer und rauben die Reisenden aus. Wir werden bei dir bleiben, bis du an deinem Ziel ankommst. Das ist das Mindeste, was wir für einen Fremden tun können, der im Auftrag des Hochkönigs reist.«

Seginus sah, dass er keine Wahl hatte. Er musste das Angebot annehmen.

Gobann schlief endlich ein, obwohl das Feuer draußen die Hitze in seinem Grabhügel fast unerträglich machte. Er legte sich vorsichtig auf die Seite und atmete ganz dicht am Boden, wo die Luft noch am frischesten war.

Als er nach zwei oder drei Stunden wieder aufwachte, streckte er die Muskeln in seinem Körper, um den Blutkreislauf in Gang zu halten. Er versuchte sich zu erinnern, ob er in seinem kurzen Schlaf irgendwelche Träume oder Visionen gehabt hatte, doch sein

Gedächtnis war vollkommen leer – ein sicheres Zeichen, dass er eine große spirituelle Prüfung hinter sich hatte.

Er wäre fast schon wieder in die finstere Welt der Grabkammer abgeglitten. Er verlor wieder jedes Gefühl für Zeit und für das, was draußen vor sich gehen könnte, aber dann hörte er ein Klopfen an der Steintür der Kammer.

Er wusste, es war Cathach, der wissen wollte, ob er noch lebte. Der Dichter tastete sich geschwind in die Richtung vor, aus der er das Geräusch vernommen hatte, und erwiderte das Klopfzeichen mit einem losen Stein.

Dann war es wieder lange Zeit still, vielleicht eine Stunde, vielleicht zwei. Irgendwann, als Gobann meinte, er könnte nicht mehr anders, als den Druiden dort draußen zuzurufen, sie sollten ihn endlich befreien, als er fast ohnmächtig war vor Hunger und von dem Durst nach Licht, als seine Ohren sich nach dem Klang menschlicher Stimmen sehnten, hörte er ein lautes Krachen vor dem Eingang der Grabkammer.

Jemand schien endlich damit zu beginnen, die vielen Steinschichten abzutragen, die man aufgebaut hatte, um den Poeten vor der Hitze des Knochenfeuers zu schützen.

Es dauerte jedoch noch einige Zeit, bis die Retter bei ihm waren, und Gobann saß da und summte alte Melodien vor sich hin, bis endlich der erste Lichtstrahl in die Grabkammer fiel. Er zuckte zusammen, hätte fast aufgeschrien, so hell war es plötzlich. Dann packten ihn zwei kräftige Novizen unter den Armen und trugen ihn so respektvoll, wie es unter den Umständen möglich war, ins Tageslicht hinaus.

Als der Poet ins Freie kam, lag immer noch tiefer Schnee, und die Luft war sehr kalt. Cathach trat auf Gobann zu und bedeckte dessen Blöße unter einem weiten Mantel. Dann wurde der Dichter in ein Haus geführt, wo ein warmes Feuer im Herd brannte.

Man servierte ihm frisches Haferbrot und eine Graupensuppe, ähnlich wie er sie in Dobharcu genossen hatte. Dann kleideten sie ihn in feines Leintuch, doch darüber, so riet man ihm, sollte er weiter den Mantel tragen, den Cathach ihm vor dem Grabhügel gegeben hatte.

Erst auf dem Weg zum Haus der Poeten fiel Gobann auf, dass der pechschwarze Mantel von ganz eigenartiger Webart war und außerordentlich weich und leicht. Er schaute auf das Gewebe hinab, um zu erkennen, aus welchem Material der Mantel wohl war.

Gobann lächelte und dankte den Göttern für ihre Gnade. Sein neuer Mantel bestand aus nichts als Rabenfedern.

# XIII

Um dem sicheren Tod durch Moranns Krieger oder, viel schlimmer, dem Zorn der Raben zu entgehen, trieb Streng, der letzte Flüchtling der Bande des Thegn Guthwin, sein Pferd an, bis dessen Flanken bluteten. Er zwang die Mähre in Galopp über unebenes Gelände und forderte sie zum Trab über Steinfelder, wo sie instinktiv in Schritt fallen wollte.

Caitlin rührte sich nicht während des ganzen Nachtritts. Sie lag quer über dem Pferderücken wie eine Tote. Streng war ganz froh darüber, denn so brauchte er sich wenigstens keine Sorgen zu machen, dass sie zu entkommen versuchen oder ihm irgendeine Verletzung zufügen würde.

Mit der Zeit zeigte die Stute die Folgen der Schinderei, worauf Streng sie nur noch mehr trat und prügelte und sie durch Schnee und Matsch hetzte, ohne Pause, obwohl sie auf dem eisigen Boden immer öfter ins Rutschen geriet.

Bei Anbruch des Tages, nach acht Stunden ohne Futter und Wasser durch Felder und Bäche, unter der

Last zweier Menschen, war das Tier dem Zusammenbruch nahe. Streng sah sich gezwungen, nach einer Straße Ausschau zu halten. Das Gelände war hügelig und rau, und der Krieger kam nicht so schnell voran, wie es ihm lieb gewesen wäre.

Etwa zwei Stunden vor Anbruch der Morgendämmerung fand er endlich einen gangbaren Weg, der sich die steilen Hänge emporwand. Nun kamen sie besser vorwärts, obwohl die Hügel zu kleinen Bergen geworden waren, als die Sonne aufging.

Streng hatte einige der kältesten Winkel der Erde gesehen und gelernt, die Elemente zu ignorieren, und doch fror er nun, als die ersten Sonnenstrahlen die Gipfel streiften. Er nahm sich vor, so bald wie möglich eine Rast einzulegen und sich am Feuer zu wärmen. Er dachte dabei auch an Caitlin: Sie musste sich bewegen. Wenn sie erfror, würde sie nichts wert sein.

Sein Magen knurrte unüberhörbar, und er erinnerte sich, dass er seit dem vergangenen Mittag nichts mehr gegessen hatte. Er war zu sehr damit beschäftigt gewesen, seine Beute zusammenzuraffen. Essen war ihm nie in den Sinn gekommen. Auch konnte er sich kaum noch wach halten, da er die ganze Nacht sein Pferd nach Osten getrieben hatte. In seiner Brust schien ein seltsames Feuer zu brennen, und dieses Gefühl hatte nichts mit seinem Hunger zu tun.

Wenn der Morgen fortgeschritten war, konnte er ein wenig ruhen, aber er musste noch ein Stück weiter.

So kam Streng zwei Stunden, nachdem die Sonne

über dem Land Eirinn aufgegangen war, zu einer kleinen Steinhütte, die sich dicht bei der Straße an einen Hang schmiegte. Rauch sickerte durch die Ritzen des grasbedeckten Dachs, denn die Hütte hatte, wie viele Bauernkaten im Osten der Insel, weder einen Schornstein noch ein Rauchloch.

Streng zügelte sein Pferd für einen Augenblick und schaute zu der Hütte hinauf. *Feuer und Nahrung*, dachte er erfreut, *wie auf Bestellung*. Und wenn er wieder verschwand, brauchte er nicht einmal die Spuren eines Lagerfeuers zu verwischen. Ohne daran zu denken, wer oder welche Gefahren ihn in der Hütte erwarten könnten, ritt er langsam darauf zu.

Ein schneebedeckter, aber schlammiger Pfad führte zu der Hütte hinauf. Strengs Pferd geriet in dem Morast ins Rutschen, fiel fast auf die Knie und wieherte laut auf, doch trotz des Lärms zeigte sich immer noch keine Menschenseele. Nur eine Kuh steckte ihren Kopf durch die Tür und muhte mit dampfendem Atem. Obwohl ihre Nase sich schnell mit Schnee bedeckte, trottete sie weiter vor, bis sie den ganzen Eingang blockierte.

Jetzt war Streng sicher, dass sich jemand in der Hütte verbarg. Er glitt aus dem Sattel und zog lautlos sein Schwert aus dem Gürtel, doch außer der keuchenden Kuh rührte sich nichts auf dem ganzen Hof.

Der Sachse spähte über die nahen Wiesen. Auch dort war niemand zu sehen, was ihn nicht hätte wundern sollen in diesem Wetter, doch der Sachse wusste wenig über das Bauerndasein und noch weniger über

Vieh. Er wusste nur, wie man die Tiere schlachtete und kochte, damit das Fleisch nicht so zäh war.

Er ging näher an die Hütte heran und versuchte, durch die Tür zu spähen, doch die Kuh stand wie angewurzelt, und das Innere des Gebäudes war so dunkel, dass er außer der Glut eines kleinen Torffeuers nichts erkennen konnte. Der süße Rauch, der die Luft erfüllte, machte Streng ein wenig schwindelig.

Und dann nahm er einen anderen Duft wahr, der ihn noch näher zur Tür lockte: Wer immer hier lebte, hatte vor kurzem ein Schwein geschlachtet, denn über dem Feuer hing ein Topf, aus dem ihm das Aroma frischen Schweinefleischs in die Nase drang. Etwas so Wunderbares hatte er seit vielen Wochen nicht mehr gerochen. Ihm lief das Wasser im Mund zusammen.

Alles, was er um sich herum wahrnahm, roch nach Gefahr, warnte ihn, wachsam zu sein und keine unnötigen Risiken einzugehen, doch der Fleischduft reizte seinen leeren Magen. Er konnte nicht widerstehen.

Er schob die Kuh aus dem Weg und stürzte in die finstere Kate. Es dauerte einige Sekunden, bis seine Augen sich an die Dunkelheit gewöhnt hatten. Erst dann sah er einen Mann und eine Frau, die auf niedrigen Holzhockern in Felle und Wolldecken gewickelt vor dem Feuer saßen.

Sie rührten sich nicht und schauten sich nicht um, obwohl sie ihn gehört haben mussten. Streng klopfte das Herz. Er musste wieder an die unheimlichen Geschehnisse der letzten Tage denken, besonders an den Angriff der Raben, und sein Kriegerinstinkt warnte ihn vor einer Falle, ähnlich wie die, in die Hannarr getappt war. Er konnte jedoch weder angreifen noch fliehen. Die abergläubische Angst, dass ihn jede falsche Bewegung das Leben kosten könnte, lähmte ihn vollkommen.

Irgendwann wagte er es dann endlich, seinen Blick von dem seltsamen Paar abzuwenden und sich in der Hütte umzuschauen, und was er sah, beruhigte ihn ein wenig.

Auf dem Boden rechts neben den beiden lag, was von dem Schwein noch übrig war: eine fette, saftige Haxe. Die Bauernwerkzeuge hingen alle säuberlich an eigens dafür eingerichteten Brettern an den Wänden, und zwischen diesen Werkzeugen entdeckte er einen erstaunlich guten Bogen und etwa zwanzig Pfeile mit Rabenfedern. Für einen Augenblick kam es ihm seltsam vor, in einer so ärmlichen Hütte eine solche Waffe zu finden, doch bevor er weiter darüber nachdenken konnte, geschah etwas anderes.

Draußen war ein lautes, beängstigendes Geräusch zu hören, das Streng zuerst nicht einordnen konnte. Sein Pferd schnaubte und stampfte ängstlich mit den Hufen; und dann der Schrei einer jungen Frau. Er erkannte Caitlins Stimme. Das Paar in der Hütte rührte sich immer noch nicht; sie zuckten nicht einmal, und Streng stürzte mit gezücktem Schwert ins Freie, um nachzuschauen, was passiert war.

Das Erste, was ihm auffiel, als er in das Schneegestöber hinaustrat, war, dass die Kuh verschwunden war. Wenn er mit Vieh groß geworden wäre, wäre ihm das sehr ungewöhnlich vorgekommen, denn Kühe hassten Schnee und würden alles tun, um nicht darin herumstaksen zu müssen.

Was er als Nächstes sah, raubte ihm den Atem. Sekunden zuvor hatte er noch den Bogen und die Pfeile bewundert. In das Ende jedes Pfeils war eine gespaltene schwarze Feder eingekeilt, um dem Geschoss Stabilität zu verleihen. Eine Rabenfeder.

Und nun hatte sich ein riesiger, bedrohlicher Rabe auf Caitlins Rücken niedergelassen. Er hatte sich in ihre Kleider verkrallt und sie an manchen Stellen schon zerrissen. Jetzt drehte er langsam den Kopf, als wollte er die Umgebung und die Situation in sich aufnehmen.

Der Vogel heftete seinen Blick auf Streng, sobald er bemerkte, dass dieser ihn anstarrte, und riss seinen Schnabel weit auf, doch seine Kehle brachte nur ein heiseres Pfeifen hervor, als wollte er den Sachsen nachäffen, dessen Gefangene und Pferd er sicher in seinem Griff hatte.

Caitlin war zu Bewusstsein gekommen, kurz nachdem die Bestie auf ihrem Rücken gelandet war und ihre Krallen in ihr vergraben hatte. Sie versuchte verzweifelt, sich umzudrehen und das Tier abzuschütteln, doch der Rabe ignorierte sie und blieb auf ihr hocken wie auf einem wippenden Zweig.

Streng hatte das Schicksal Hannarrs und seiner Männer noch vor Augen und dachte nur noch daran, wie er den Vogel loswerden konnte, doch der schien ihn wie durch einen Zauber dazu zu zwingen, ihm in die Augen zu schauen.

In diesen Augen sah der Sachse zunächst nur sein eigenes Spiegelbild, doch dann bemerkte er etwas anderes darin. Etwas schien sich zu bewegen in ihren schwarzen Tiefen. Er war sich nicht im Klaren darüber, was er empfand, als der Rabe ihn ansah, doch für einen Augenblick meinte er, es hätte etwas mit einem Gefühl der Verwandtschaft zu tun, das zwei Krieger teilen, die viele lange Feldzüge zusammen durchlebt haben.

Der Vogel wandte sich ab, und Streng zermarterte sich das Hirn, wie er ihn von seinem Pferd und seinem Beuteweib weglocken könnte. Dann erinnerte er sich an das frisch geschlachtete Schwein, das auf dem Boden der Hütte lag. Er steckte langsam sein Schwert in die Scheide und ging rückwärts zur Tür zurück. Der Rabe reckte seinen Hals und verfolgte jede seiner Bewegungen, bis er in der Hütte verschwunden war.

Der Sachse stürzte geradewegs auf die Schweineknochen zu, doch dann traf ihn der nächste Schock: Das Bauernpaar, das an dem Feuer gesessen hatte, war spurlos verschwunden, und das, obwohl die Hütte weder Fenster hatte noch irgendeinen anderen Fluchtweg zu bieten schien, außer der einen Tür. Streng wurde immer verstörter, und seine Glieder waren wie betäubt.

»Das gibt es nicht«, sagte er laut zu sich. »Solche Dinge passieren einfach nicht. Die Hütte muss unter einem Fluch stehen.«

Er packte die Schweinshaxe und eilte damit nach draußen, immer in der Angst, der Rabe könnte inzwischen mit seinem Pferd und seiner Beute das Weite gesucht haben. Doch der Vogel war noch da und wartete geduldig, bis Streng wieder im Freien erschien.

Der Sachse hielt ihm das Fleisch hin, und der Rabe schien sofort interessiert und verfolgte es mit den Augen eines Jägers. Als Nächstes schwang Streng die Schweinskeule kraftvoll um seinen Oberkörper, wie er es mit seiner Streitaxt zu tun pflegte, und warf sie hinter einen Holzstoß, der an der Hütte aufgestapelt lag. Noch bevor es dort landete, startete der Vogel von seinem Aussichtspunkt, und Augenblicke später riss er mit seinen Krallen das Fleisch vom Knochen und warf seinen Kopf zurück, um die Brocken besser verschlingen zu können.

Sobald Streng sicher war, dass der Rabe ihm keine große Aufmerksamkeit schenkte, ging er zu seinem Pferd und band Caitlin vom Sattel los. Dann überprüfte er noch einmal ihre Fesseln, bevor er sie auf seine Schulter nahm und in die Hütte trug.

Er zog seinen Kopf ein, um mit seiner Last durch die Tür zu kommen, und blieb kurz stehen, nur für den Fall, dass ihn eine Falle erwartete. Von den Bewohnern war immer noch nichts zu sehen. Er warf Caitlin vor den Herdstein und legte eine Hand auf seinen Schwertknauf, doch nichts rührte sich. Es war niemand da.

Er ging zu seinem Pferd zurück, um seine Taschen mit der übrigen Beute hereinzuholen. Als er sie hinter der Tür abgelegt hatte, vergewisserte er sich noch einmal, dass Caitlin sich in ihren Fesseln nicht bewegen konnte, und ging wieder hinaus, um sich um das Pferd zu kümmern.

Zu seinem Schrecken, wenn auch nicht zu seiner vollkommenen Überraschung, musste er feststellen, dass nun die Stute verschwunden war. Er lief zu der Stelle, wo er sie zurückgelassen hatte, und suchte nach Spuren, die ihm verraten hätten, in welche Richtung sie gelaufen war, doch er fand nicht einen einzigen Hufabdruck. Er schaute sich fast die Augen aus dem Kopf. Das Pferd schien sich einfach in Luft aufgelöst zu haben. Streng brach der Angstschweiß aus.

Der Rabe blickte eine Sekunde lang in seine Richtung, dann machte er sich wieder an seine Mahlzeit. Der Schnee verfing sich in Strengs Bart, und der Sachse erwachte langsam aus seiner Lähmung.

Als er in die finstere Hütte zurückstürzte, setzte er sich vor das Feuer und versuchte, zur Ruhe zu kommen. Das restliche Schweinefleisch kochte noch in dem Eisenkessel, und neben dem Herdstein stand nun ein Krug frischen Mets. Er hob ihn sich an den Mund und nahm einen Schluck, als wäre es das Selbstverständlichste von der Welt. Inzwischen war er viel zu müde und verwirrt, sich darüber noch Gedanken zu machen, dass all dies – der Trunk, das Essen, das Feuer, der Unterschlupf vor dem Schnee – nur auf seine Ankunft gewartet zu haben schien.

Mawn und Sianan, nun beide in der dünnen grauen Kluft der Novizen, mit Kapuze und Ledergürtel, der das grobe Gewebe dicht an den Körper drückte, standen vor dem Gebäude, das man den Stern der Dichter nannte, und hießen ihren Lehrer willkommen. Ihre Stiefel waren aus gut abgehangener Kuhhaut und hatten hölzerne Sohlen. Die vielen Lagen Baumrinde, die unter die Sohlen genagelt waren, hielten nicht nur die Feuchtigkeit ab, sondern machten sie auch rutschfest.

Der Junge trug Gobanns Harfensack auf der Schulter, den man fachmännisch mit einem neuen Riemen versehen hatte, damit er nicht über den Boden schleifte, wenn Mawn ihn trug, und Sianan hielt den Zweig mit den silbernen Glöckchen. Sie konnte nicht widerstehen, ihn von Zeit zu Zeit sacht zu bewegen, um den zauberhaften Klang zu hören, den die Glöckchen von sich gaben.

Gobann dachte voll Ehrfurcht an die Bedeutung des Zweigs, an die hohe Auszeichnung, die er darstellte. Er hatte den Zweig wohl bemerkt, als man ihn seinem Pferd als Kopfschmuck aufgesetzt hatte für den Weg zur Kammer der Prüfungen, doch erst jetzt begriff er, dass die Auszeichnung ihm gegolten hatte.

Gobann fühlte sich plötzlich von ganz widersprüchlichen Gefühlen überwältigt. Hatte er diesen hohen Preis wirklich verdient? Noch immer hatte er nicht alles verstanden, was ihm im Laufe seiner Prüfungen widerfahren war, und von einem Poeten unter dem Silberzweig erwartete man nicht Verwirrung, sondern tiefe Einsicht in solche Dinge.

Daneben empfand er tiefen Kummer, nicht nur Trauer um den Lebensbaum, dessen Sturz er miterlebt hatte, auch nicht nur um Eoghan und Lorgan oder um das Dorf Dobharcu. Sein Kummer war, dass er es sein würde, der diese Begebenheiten am Hof Leoghaires zu schildern hatte. Er war es, der alles in Verse zu fassen hatte. Für immer würde man sich seiner als Unglücksbote erinnern.

*Nun bin ich wirklich allein*, dachte er. *Früher habe ich es mir nur eingebildet. Dabei hatte ich in Wirklichkeit immer Menschen um mich, die ich um Rat und Hilfe bitten konnte. Ich war vielleicht einsam, aber nicht allein. Über dieses Dasein bin ich nun hinaus. Von nun an werde ich es sein, zu dem die Menschen kommen werden, mit ihren Bitten um Beistand und Tröstung, mit ihrem Hunger nach Weisheit und musikalischem Zauber. Ich werde sehr beschäftigt sein. Es wird meine ganze Zeit in Anspruch nehmen.*

Bei dieser letzten Erkenntnis fiel die Traurigkeit plötzlich von ihm ab, denn von vielen Pflichten, die andere Poeten zu erfüllen hatten, würde er nun befreit sein. Er schätzte sich nun eher glücklich.

Deshalb mussten Sila und er auch getrennte Wege gehen. Nur damit er diese Aufgabe erfüllen konnte, durfte er nicht bei ihr sein. Es war seit langer Zeit vorbestimmt. Welch ein Narr er gewesen war! Sie hatte immer gewusst, dass er nie ganz der Ihre sein würde, und so hatte sie darauf bestanden, dass sie auseinander gingen. Aus keinem anderen Grund.

Während er so in Gedanken versunken war, öffnete sich die Tür vor ihm, und er raffte seinen Federmantel zusammen und ließ sich in den Festsaal führen.

Dort waren mehr Poeten und Richter versammelt, als er je an einem Platz gesehen hatte. Alle Druiden Eirinns waren erschienen, und viele andere, manche, wie Gobann an ihren Kleidern oder ihrer Sprache erkannte, aus fernen Ländern, wo keine Gälen wohnten. Er sah Frauen aus Gallien und Männer aus Kaledonien, und dort an einem Ehrenplatz saß auch Origen mit zwei seiner Novizen – ein Christ im Stern der Dichter. Das hatte es noch nie gegeben.

*Wahrlich, die Welt ist im Wandel*, dachte Gobann.

Rundum an den Wänden, auf eisernen Pfosten, brannten Fackeln aus Fett und Leinenzwirn, deren hohe, flackernde Flammen den Saal in ein warmes Licht tauchten. Im großen Herd in der Mitte, dem Feuer der Inspiration, waren viele Scheite aufgehäuft, und auf den glühenden Kohlen am Rand brieten neun frisch gefangene Lachse, eingerieben mit duftendem Honig und Kräutern. Gobann knurrte der Magen, so freute er sich auf das duftende Festmahl.

Über dem Feuer war ein junger Hirsch aufgespießt, dessen Säfte in der glühenden Holzkohle zischten, und weiter vorn auf der roten Glut lag eine Eisentafel voller Kastanien und Haselnüsse, den Resten des Wintervorrats, die sanft geröstet wurden und den Duft vollendeten, der den Saal erfüllte.

Der Dichter schritt auf das Feuer zu und wurde noch einmal förmlich von Cathach begrüßt. Der alte Mann berührte Gobanns Stirn und hauchte einen Segen, bevor er ihn für Minuten in seine Arme schloss.

Dabei schien der alte Mann leise in sich hineinzukichern, was Gobann beunruhigte. Gelächter hatte er gewiss nicht erwartet. Es war, als ob die seltsame Heiterkeit etwas herausbrachte, was tief in ihm begraben lag. Plötzlich spürte Gobann eine Welle von Gefühlen und meinte, er könne die Last auf seiner Seele nicht länger tragen, er müsse seiner Trauer und Furcht irgendwie Luft machen.

Doch plötzlich, als hätte er auf diesen Moment gewartet, entließ ihn Cathach aus seiner Umarmung und stieß ihn auf Armeslänge von sich. Erst jetzt fiel dem Dichter auf, dass die Augen des Alten voller Tränen waren.

Cathach führte Gobann zu seinem Platz, und Mawn und Sianan brachten ihm seine Harfe und das Zeichen seiner neuen Würde, den Silberzweig, der so über der Rückenlehne des Stuhls angebracht wurde, dass er über dem Kopf des Dichters zu schweben schien.

Gobann setzte sich, ohne zu zögern, was für alle anderen das Signal war, sich still zu erheben und zu lauschen, was Cathach zu sagen hatte.

»Er ist weit gereist«, sprach der alte Mann. »Er ist der Straße der Geister gefolgt und zu uns zurückgekehrt aus dem Reich der Toten. Er hat die Weisheit der ältesten Wesen empfangen und mit ihnen Gelächter und Frohsinn geteilt, und nun ist er zurückgekehrt, die Wanderer zu lehren und dem König von Munster mit seinem Rat zur Seite zu stehen.«

Nach diesen Worten ließ sich Cathach auf seinem Stuhl nieder, und die anderen Druiden taten es ihm nach. Mawn nahm die Harfe aus ihrer Hülle und überließ sie Gobanns festem Griff, wie Cathach es ihm aufgetragen hatte.

Der Dichter blieb sitzen, so wie er in Zukunft überall das Recht haben würde, Platz zu behalten, selbst in Gegenwart der mächtigsten Könige der gälischen Welt. Er stellte sich die Harfe aufs Knie, lehnte den Klangkörper an seine linke Schulter und fuhr mit seinen rund gefeilten Fingernägeln über die Saiten.

Für einen Augenblick erinnerte er sich, wie es gewesen war, als er Krallen statt Finger hatte, und so begann er sein Gedicht:

*»Ich war das Älteste aller Geschöpfe,*
*der schwarze Sturm,*
*der zur Erntezeit über uns kommt.*
*Ich war begraben im Mutterbauch,*
*wo die Geister sich sammeln für ihre Heimreise.*
*Ich war gekleidet in Blau und Schwarz,*
*mein Schmuck waren Nebel und Sternenglanz.*
*Mein Mund konnte nicht essen, doch meine*
*Gedanken waren bei den Geschöpfen des Feldes.*
*Meine Zunge konnte nicht reden, und doch*
*sprach ich zu Tausenden von Seelen.*
*Meine Hände konnten die Harfe nicht halten,*
*meine Finger wurden zu Krallen.*
*Im Licht der Sonne war ich Luft;*
*im Licht des Mondes war ich Erde;*
*im Schneesturm war ich Wasser;*
*im toten Lebensbaum war ich Feuer.*

*Mein König herrscht, doch weiß er noch nicht,*
*dass sein König tot ist.*
*Er weiß nicht, dass ein größerer König*
*in unser Land gekommen ist,*
*dessen Name in aller Munde sein wird,*
*wenn wir lange nicht mehr sind.*
*Seine Königin ist in tödlicher Gefahr*
*und Gefangenschaft,*
*doch sie wird eine andere Königin gebären.*

*Ich sah voller Grauen, wie meine Brüder*
*über die Krieger kamen,*
*und weinte, als das Seevolk das Tal verwüstete.*
*Ich fand die Klinge der Alten*
*und das Heim der Geliebten.*
*Ich war in ihrem Land,*
*doch nun wohnt sie in Eirinn.«*

Er hatte nicht bewusst darüber nachgedacht, welche Worte für diese Gelegenheit angemessen waren. Die Bilder kamen einfach über ihn, wie eingeflüstert von einem unsichtbaren Wesen, das neben ihm stand, und er, Gobann, wiederholte die Verse nur. So groß war die Macht des Silberzweigs.

Als er zu Ende gesprochen hatte, begann er die Saiten seiner Harfe zu streicheln, und in seinem Herzen fand er eine Melodie, die nicht nur seine Worte begleitete, sondern für sich selbst sprach.

Es war eine Melodie, wie sie noch nie im Stern der Dichter erklungen war. Er lauschte dem Lied seiner

Seele, in Harmonie mit der Harfe, deren Saiten er zaghaft zupfte, dann immer leidenschaftlicher und bestimmter, als die Erinnerungen an seine Geistreise immer klarer wurden.

Die Klänge, die er seiner Banfa entlockte, waren zuerst wie ferner Donner. Dann fügte er Blitze und strömenden Regen hinzu, und plötzlich waren auch Schreie fliehender Tiere und verängstigter Kinder zu hören. Bäche flossen in mächtige Ströme, die kein Gäle je gesehen hatte, doch nun war ihr Rauschen in den lebendigen Klängen der Harfe zu hören.

Die Minuten vergingen, und Gobann beschwor mit seiner Musik Bilder herauf, welche die lange Zeit darstellten, die er im Geäst des Lebensbaums verbracht hatte, den Streit der Raben und die Stimme der Königin im Wipfel des Baumes, hoch über ihren Untertanen.

Im letzten Satz des Stücks verschmolz der Donner eines nahenden Sturmes mit dem stetigem Klopfen der Äxte, mit denen die Fremden allmählich den Heiligen Baum zu Tode hackten. Der Sturm begann in den tieferen Noten, dann immer lauter, immer wilder, bis die Finger des Harfners wie Blitze von den Saiten schnellten und nach den Zuhörern züngelten.

Gobanns Hände ließen plötzlich ab von ihrem rasenden Werk, und das Musikstück endete in einem wilden, exotischen Akkord, der in den Ohren der Versammelten fremder klang als selbst der Klang der Sachsensprache.

Nur wenige unter den Zuhörern wussten, dass diese

letzte Phrase, der Ausklang der Komposition, von einer fernen Zeit erzählte, wo sie alle längst vergessen waren und niemand mehr lebte, der die Macht und den Zauber der Musik verstehen würde.

Mawn hatte von Anfang an Schritt gehalten mit der wilden Musik. Unerfahren, wie er war, empfand er – im Gegensatz zu manchen der älteren Druiden – weder Furcht noch Vorurteil, als er die ungewöhnlichen Sequenzen hörte. Er sah nur das Wunderbare, das die Musik ihm offenbarte.

Wie so oft, wenn die Harfe von ihm Besitz ergriff, hatte Gobann kurz nach Beginn seines Vortrags die Augen geschlossen und sich bewusst abgeschottet von der Welt, um all seine Energie in die Erzählung fließen zu lassen, wie sie nur seine Harfe auszudrücken vermochte. Erst als Minuten nach Ende des Stücks der glockengleiche Nachklang der Saiten verstummt war, erlaubte er sich, aus seiner musikalischen Trance zu erwachen.

Er öffnete langsam seine Augen und schaute um sich. Zuerst war alles verschwommen, doch dann fiel sein Blick auf eine weibliche Gestalt in Novizenkluft, die ihm direkt gegenüberstand, auf der anderen Seite des Tisches.

Gobann kniff die Augen zusammen und konzentrierte sich, als ob er so durch die Kapuze sehen und das Gesicht der Druidin erkennen könnte, die vor ihm stand. Er war sicher, dies war dieselbe Frau, die in der Steinkammer ihren Körper an ihn gepresst hatte.

Die Geistkraft, die ihm erlaubt hatte, so schnell er

wollte durchs ganze Land zu reisen, hatte ihn verlassen. Gobann fühlte sich hilflos. Er wusste, von diesem Tag an würde er in der Welt des Fleisches gefangen sein. So konnte er nur warten, bis die Frau die Kapuze abnahm, um ihr Gesicht zu offenbaren.

Noch während sie das Tuch in Händen hielt, erkannte er die dunkelblauen Spiralmuster, die sie auf ihre Handrücken tätowiert hatte. Ihm blieb fast das Herz stehen, dann spürte er, wie es in seiner Kehle klopfte. Er konnte nicht sprechen. Sein Körper war taub vor Hoffnung. Endlich ließ sie langsam, verführerisch die Kapuze aus ihren Händen gleiten und beugte sich über den Tisch, der sie von Gobann trennte.

Silas Kuss schien nur seine Wange zu streifen, doch er war so voller Liebe und Verlangen, dass Gobann errötete.

# XIV

Murrough begab sich sofort, nachdem er Moranns Lager verlassen hatte, auf die Straße nach Osten in die Berge und folgte ihr so schnell, wie er es in dem stetigen Schneetreiben für sicher hielt.

Als der Morgen dämmerte, war er auf dem höchsten Kamm und hielt an, um seine Suche zu überdenken. Der Sachse war auf dem Weg zur Küste, da war Murrough ganz sicher, doch hatte er es gewagt, auf der Straße zu reiten? Wenn ja, dann konnte er mit seiner Gefangenen dennoch nicht so schnell vorwärts gekommen sein wie Murrough, der allein war, ohne Gepäck und auf einem der besten Pferde Munsters.

Er drehte sich im Sattel um und schaute den Pfad hinunter, der zur Küste führte. Er schnupperte die kalte Luft, schaute zu einer Gruppe von Häusern weiter unten und dann den Weg zurück, den er gekommen war.

»Er muss seinem Pferd irgendwann Rast und Futter gönnen«, sagte er zu sich selbst. »Ein Sachse mag in der Lage sein, tagelang ohne Rast auszukommen, doch ein Pferd braucht von Zeit zu Zeit eine Pause, besonders wenn es zwei Menschen und schweres Gepäck zu tragen hat.«

Dann sah er weit zurück, wo er längst durchgekommen war, ein reiterloses Pferd den Pfad herauftrotten. Murrough verschwendete keine Sekunde mehr. Er wendete sein Ross und galoppierte den Hügel hinunter.

Streng saß lange vor dem Feuer und versuchte, zu Atem zu kommen. Es war nicht nur der Schreck über das Verschwinden seines Pferdes und der beiden Bewohner der Hütte.

Er wusste, er war todkrank.

Nicht lange, nachdem er sich an den Herd gesetzt hatte, war ihm aufgefallen, dass ihm Blut aus der Nase tropfte. Auch seine Halswunde hatte sich geöffnet und blutete wieder. Er presste sich eine Hand an die Kehle und versuchte, die Blutung zu stoppen, doch es dauerte eine Weile, bevor sie ganz aufhörte und er sich traute, seinen Druck auf die Wunde zu mindern.

Ihm war klar, dass er sich diesmal zu viel abverlangt hatte und er unbedingt Ruhe brauchte.

Er schaute sich in der Hütte um und wunderte sich wieder, wie perfekt er alles angetroffen hatte. Er fand ein gutes Stück Butter, eingewickelt in ein fettiges Tuch, und eine hölzerne Karaffe voll frischer Milch in unmittelbarer Reichweite. Über dem Feuer köchelte eine kräftige Suppe, und die Hütte war trocken und relativ warm. Und neben der Tür war genug Torf aufgestapelt, dass er tagelang heizen konnte.

Der Schmerz in seinem Hals, der sich zusammen mit der Blutung eingestellt hatte, kroch schnell in seine Brust, und bald hatte er das Gefühl, dass er die Augen nicht länger offen halten konnte. Er war erschöpft, nicht nur körperlich, aus Mangel an Rast und wegen seiner Verwundung, sondern bis tief in seine Seele. Über die Ursachen wollte er lieber nicht nachdenken. Er wollte nur noch schlafen.

Schließlich zwang er sich dennoch hoch und schlurfte zur Tür in der Hoffnung, dem Fluch zu entkommen, der, wie er inzwischen sicher wusste, auf ihm lag. Neben der Tür lockten der Bogen und die Pfeile, doch er widerstand der Versuchung, die Waffe von der Wand zu nehmen und seine Schießkünste zu erproben. Stattdessen ging er direkt auf den Hof hinaus.

Vor dem Haus schien der Boden unter ihm zu wanken, als hätte er eine lange Seereise hinter sich. Er fühlte sich hundeelend und musste sich gegen den Türrahmen lehnen. Erst dann konnte er sich umschauen und bemerkte, dass es inzwischen zu schneien aufgehört hatte. Die Sonne lugte durch schmale Lücken in der Wolkendecke und malte helle Streifen auf das Tal, das sich vor ihm erstreckte.

In der Nähe hörte er ein Schmatzen und Gurgeln. Er drehte sich um und sah den Raben, der noch immer mit der Schweinshaxe beschäftigt war.

Als der Vogel den Sachsen bemerkte, hielt er plötzlich inne. Streng spürte das unwiderstehliche Verlangen, sich der hässlichen Kreatur zu entledigen, und zog seine Axt aus dem Gepäck, das gleich hinter der Tür stand.

Er stürmte auf den Raben los und holte zu einem Hieb aus, doch plötzlich begann sich alles um ihn zu drehen. Er merkte, dass er sich nicht länger auf den Beinen halten konnte, setzte die Axt ab und stützte sich auf ihren Stiel, bis der Anfall vorüber war. Dann lehnte er die Waffe an den Türrahmen und ging wieder hinein, um sich ans Feuer zu setzen.

Caitlin lag noch gefesselt auf dem Boden. Sie hatte es jedoch geschafft, etwas näher an den Herd zu kriechen. Die Verachtung in ihrem Blick traf Streng wie Messerstiche, doch er hatte nicht einmal mehr die Kraft, nach ihr zu treten. Er wankte zu dem hochlehnigen Stuhl, auf dem er zuvor gesessen hatte, sackte darauf zusammen und fiel sofort in einen unruhigen Schlaf.

Cieran, der Barde der Siedlung Ardmor, blinzelte die Straße nach Cashel hinunter, den drei Männern entgegen, die auf das Dorf zu geritten kamen. Bald waren sie nah genug, dass der Druide klar erkennen konnte, dass es sich bei zweien von ihnen um Krieger handelte, was ihn das Schlimmste befürchten ließ, denn seit Häuptling Brekan sich auf die Seite des Königs von Laigin geschlagen hatte, lebte Ardmor in ständiger Angst vor einem Angriff des Königs von Munster.

»Es sind Soldaten«, flüsterte er dem Mann zu, der neben ihm auf dem Wall kauerte.

Cieran konnte jedoch nicht genau sagen, ob der

dritte Reiter ebenfalls ein Soldat war. »Wenn sie ins Dorf kommen, könnte es gut passieren, dass sie euch als Gefangene nach Cashel mitnehmen«, erklärte der Druide. *Und wir werden alle bestraft werden, weil wir euch hier beherbergt haben*, dachte er im Stillen.

»Wenn sie uns nach Cashel verschleppen, werden wir im Kerker verrotten. Wir werden nie mehr das Tageslicht sehen«, sagte der Brite. »Wir könnten genauso gut tot sein.«

»Wenn wir nur wüssten, wo euer Herr ist ...«, stöhnte Cieran. »Ich bin sicher, wir könnten euch aus Eirinn herausbringen. Wir können nur hoffen, er erklärt sich zu dem heiligen Versprechen bereit, nie mehr an diese Gestade zurückzukehren.«

»Glaubst du, sie werden ihn verbannen?«, fragte der Brite.

»Das werden sie ohne Zweifel – falls sie ihn lebend erwischt haben.«

Nicht weit vor dem Tor der Siedlung hielten die drei Reisenden ihre Pferde an, und die beiden Männer, die wie Krieger aussahen, drehten um und ritten zurück Richtung Cashel. Der andere Reiter kam weiter auf das Dorf zu, allein.

Nach wenigen Minuten war er nah genug, dass sowohl Cieran als auch der Sklave ihn erkannten. »Es ist Seginus!«, murmelte er ungläubig. »Sie haben ihn nicht gefasst.«

Der Römer kniete in der behelfsmäßigen Kapelle von Ardmor, die Palladius vor dem Wall hatte erbauen lassen, und bekreuzigte sich. Er verbrachte viele Stunden in dem windschiefen Kirchlein, manche in stiller Andacht, andere in Trauer und hilfloser Wut.

Darach und Mog, die beiden britischen Sklaven, die der Römer ein Jahr zuvor von einem Händler in Teamhair erworben hatte, hielten sich in taktvollem Abstand und beteten ebenfalls. In ihren Gebeten baten sie jedoch hauptsächlich darum, dass Seginus sie nicht dafür bestrafen mochte, weil sie das Schlachtfeld von Rathowen vorzeitig verlassen hatten.

Als ihr Herr in der Nacht vor der Schlacht nicht von der Festung zurückgekehrt war, hatten sie angenommen, die Iren hätten ihn ermordet oder gefangen genommen. Sie hatten das Gefühl gehabt, ihre Hirschjagd und ihr Angriff auf die Frau am Fluss könnten etwas mit seinem Verschwinden zu tun haben.

Als sie ihren Herrn zwei Tage nach der Schlacht immer noch nirgendwo gesehen hatten, beschlossen sie, es wäre das Beste, sich für eine Weile in Ardmor zu verstecken, wohin sich wahrscheinlich auch Seginus begeben würde, falls er noch am Leben war, denn von dort hätten sie eine Chance, nach Britannien oder Gallien zu entkommen.

In Ardmor angekommen, flehten sie Cieran an, ihnen ein Boot zu besorgen, das sie und ihren Herrn sicher nach Britannien bringen würde. Cieran hatte sich sofort dazu bereit erklärt. Er hätte alles getan, den Fremden dabei zu helfen, so schnell wie möglich aus Eirinn und besonders aus Ardmor zu verschwinden. Dass er sie nicht mochte, war Nebensache. Wichtiger war, dass ihre Gegenwart das ganze Dorf in Gefahr brachte, König Eoghans Rache auf sich zu ziehen.

Als Seginus mit seinen Gebeten fertig war, sprach er mit niemandem. Er ignorierte seine Diener und begab sich, obwohl er weder gegessen noch geruht hatte, sofort zum Strand, zur steinernen Kapelle des heiligen Linus. Die Tür stand weit offen, und die Kapelle war leer und still, bis auf das Echo der Brandung, die in der Nähe an die Küste rollte.

Das Kreuz vor dem Steinaltar war umgestürzt und lag flach auf dem Boden. Die heiligen Gefäße und Insignien lagen überall verstreut, und das kleine Psalmbüchlein, das der Bischof den Mönchen der Gemeinde gestiftet hatte, lag offen auf dem Steinboden. Die Seiten flatterten im Wind.

Seginus beugte sich nieder, um das kostbare, reich verzierte Manuskript aufzuheben. Als er wieder aufstand, fiel sein Blick auf die Seite, die zufällig aufgeschlagen war, und er las laut die lateinischen Worte: »O Herr, die Heiden sind in Dein Haus gekommen. Sie haben Deinen Tempel entweiht und Jerusalem in Trümmer gelegt. Die Leichen Deiner Diener wurden den Vögeln zum Fraß gegeben, und das Fleisch Deiner Heiligen ist nun das Mahl wilder Tiere.«

Seginus hielt einen Augenblick inne, als sich draußen eine Brise erhob und durch die offene Tür in die Kapelle wehte. Er setzte sich auf eine der Steinbänke, die einst den Mönchen vorbehalten waren, abseits vom gemeinen Volk, und legte das Buch auf seinen

Schoß. Dann blätterte er um und las, wie der Psalm weiterging.

Die nächste Seite fehlte, und Seginus konnte sich nicht an den Text erinnern, doch die letzten Zeilen des Psalms lauteten: »In Deiner Macht behüte jene, die ohne Deine Rettung verloren wären. Und über die, die sich gegen Dich gestellt haben, bringe Deinen Fluch, siebenmal. Auf dass wir, Dein auserwähltes Volk, die Schafe auf Deiner Weide, Dir für immer danken werden und Dich preisen durch all die Generationen, die da kommen werden, wenn Du nur dieses Gebet erhörst.«

Seginus ließ das Buch auf seinen Knien zuklappen und weinte. Er weinte um alles, was hätte sein können. Er weinte über all den Verrat und Mord, deren Zeuge er geworden war. Und er beweinte sich selbst, das Unrecht, das ihm geschehen war, und die beiden Menschen, die ihm in seinem Leben am nächsten gewesen waren.

»Erst hat Eirinn mir meinen Bruder genommen«, flüsterte er, »und dann auch noch meinen Bischof, der mein Lehrer war.«

Als seine Tränen endlich getrocknet waren und er sich etwas besser fühlte, begann er, in der Kapelle aufzuräumen. Die beiden Sklaven warteten vor der Tür. Sie zogen es vor, ihren Herrn nicht zu stören. Sie kannten seinen Jähzorn nur zu gut.

Es war fast dunkel, als Seginus alles wieder an seinen Platz gestellt hatte. Von den heiligen Gefäßen hatte er zusammengesucht, was noch übrig war, und zündete jede Kerze an, die er finden konnte. Dann schloss er die beiden Flügel der hölzernen Tür hinter sich und nahm sich vor, nie mehr zum Grabmonument seines Bruders zurückzukehren.

Darach hatte sich von dem Silber und Messing in der Kapelle bedient, um für ein Boot zu bezahlen, fast so groß wie das, in dem Palladius von Britannien aufgebrochen war. Seginus hatte er nie erzählt, woher er das Geld hatte, und der hatte nie danach gefragt.

Der Römer ahnte, dass die Heiligtümer für diesen Zweck verwendet worden waren, doch inzwischen war es ihm gleich, was geschah, solange er nur in der Lage sein würde, die Insel Eirinn zu verlassen. Am liebsten hätte er keine einzige Nacht mehr unter hibernischem Himmel verbracht.

Es dauerte jedoch noch zwei Tage, bis sich das Wetter so weit beruhigt hatte, dass Darach sich aufs Meer trauen wollte. Er hatte vor, zunächst die Küste entlang nach Nordosten zu segeln, wo sie an einem bestimmten Punkt in eine Strömung geraten würden, die sie, falls das Wetter sich hielt, schnell nach Britannien bringen würde.

Cieran versorgte sie mit Proviant und Wasser und nahm Seginus den Schwur ab, sich nie mehr in Eirinn blicken zu lassen, was dem Römer nicht schwer fiel. Es würde bestimmt nicht noch einmal passieren, dass das Meer ihn an diese wilde Küste warf.

Der Druide wusste, dass der ganze Stamm bestraft werden würde, wenn die Krieger des Königs die Fremden in der Siedlung fanden. Deshalb drängte er den

Römer und seine Sklaven, so bald wie möglich in See zu stechen. Die Tatsache, dass er den Römer hatte schwören lassen, nie mehr wiederzukommen, würde den König wahrscheinlich gnädiger stimmen, falls er je von der Anwesenheit der Flüchtigen in Ardmor erfuhr.

Cieran tat also alles, was man von ihm als Druide erwartete: Er führte sein Dorf, während die Krieger fort waren, und setzte alles daran, es vor weiterer Unbill zu bewahren. Häuptling Brekan hatte alle in Gefahr gebracht, indem er sich gegen den König von Munster gestellt hatte, und Cieran fiel es nun zu, eine gewisse Balance wiederherzustellen.

Mit einer leichten Brise im Rücken und einem klaren Himmel über sich stachen Darach, Mog und ihr Herr schließlich in See. Die beiden Sklaven ruderten, während Seginus im Bug saß und auf Eirinn und die Kapelle zurückblickte, wo Linus begraben lag. Viele Gesichter erschienen vor seinem geistigen Auge, als er die weißen Schaumkronen betrachtete: Palladius, Deklan, Isernus, Donatus, Caitlin, Guthwin, Brekan, Hannarr und Streng, wie auf einem Teppich, der vor ihm auf dem Meer ausgebreitet lag.

Die Hügel um Ardmor leuchteten schon hellgrün. Vom Schnee waren nur noch wenige Spuren zu sehen. Der Frühling war endlich da, und auf dem nassen Schiefer am Strand funkelte die Sonne. Der Römer dachte an all das, was sich zugetragen hatte, seit er auf diese Insel Fuß gesetzt hatte, und er fand kaum etwas, das ihn glücklich gemacht oder ihm Freude bereitet hätte. Doch als die Insel nun in immer weitere Ferne rückte, dachte Seginus wieder, wie schön Eirinn war, und für einen Augenblick bedauerte er sein überstürztes Versprechen, nie mehr zurückzukehren.

Er schaute zum letzten Mal zu dem Kiesstrand, wo er gelandet und wo sein Bruder umgekommen war. Vor einem Augenblick war dieser noch vollkommen leer gewesen, aber nun sah er eine schwarze Gestalt, die ihnen mit beiden Armen nachwinkte.

Seginus schreckte zusammen und sprang auf, so dass die beiden Ruderer es mit der Angst zu tun bekamen. Er starrte mit zusammengekniffenen Augen zurück, doch sie waren schon so weit entfernt, dass er nie wissen würde, ob es einer von Deklans Mönchen war, der ihnen Lebewohl wünschte, oder ob der Geist seines Bruders ihn zurückrufen wollte.

# XV

Als Streng wieder die Augen öffnete, schneite es nicht mehr, und der Wind hatte sich fast vollkommen gelegt. Er fühlte sich erfrischt und wieder erstarkt durch die kurze Ruhe. Er tastete mit zitternder Hand die Wunde in seiner Kehle ab und stellte fest, dass auch die Blutung aufgehört hatte. Und er spürte keinen Schmerz.

Er schaute nach rechts und bemerkte, dass Caitlin sich so nah ans Feuer geschoben hatte wie eben möglich, ohne in Strengs unmittelbare Reichweite zu geraten. Der Sachse betrachtete sie für eine Weile, während sie schlief. Er bewunderte ihr wildes rotbraunes Haar und versuchte die Umrisse ihrer Hüften unter den dicken Reisekleidern auszumachen.

Sein Verlangen nach dieser Frau wurde immer stärker. Sie bewegte sich ein wenig und zerrte im Schlaf an den Fesseln, mit denen ihr die Hände zusammengebunden waren.

»Ich habe lange genug gewartet«, sagte der Sachse. »Ich werde mir dich jetzt vornehmen.«

Er rappelte sich hoch und schnitt ihr mit seinem Messer die Fußfesseln durch. Sie rührte sich, schlief aber weiter. Dann schob er vorsichtig seine Hand unter sie und zog mit einem Ruck den Gürtel aus ihrer Reithose. Als das Leder unter ihr über den Boden rutschte, schüttelte sich Caitlin und war schließlich wach.

Streng hatte inzwischen schon seine Finger in ihren Hosenbund gehakt und war dabei, ihr die Reithose herunterzuziehen. Sie wehrte sich mit aller Kraft, hämmerte mit ihren gefesselten Fäusten auf seinen Rücken ein und zog die Knie an, damit er ihre Kleider nicht entfernen konnte. Sie versuchte, seinen Unterleib zu treffen, doch diesmal rechnete Streng mit einem solchen Angriff und konnte ausweichen.

Sobald der Sachse feststellen musste, dass er mit der Hose nicht weiterkam, begann er, an ihrem Hemd zu zerren, und riss ihr mit einem Ruck seiner großen Hand Ober- und Unterhemd auf. Der Anblick einer ihrer nackten Brüste ließ ihn innehalten. Er wollte die Vergewaltigung so lang ausdehnen, wie er konnte, und jede Phase ausgiebig genießen.

Caitlin trat und schlug um sich und versuchte unter ihm wegzurollen, doch Streng hatte sie fest im Griff, und je mehr sie sich wehrte, desto erregter wurde er.

Plötzlich hörte sie mit dem Treten auf und lag flach auf dem Rücken. Sie atmete schwer. Streng zeigte grinsend seine gelben Zähne. Endlich sah er die Geste der Unterwerfung, auf die er gewartet hatte. Er beugte sich vor und sog den süßen Duft ihres Körpers ein, Schweiß und getrocknete Kräuter. Sie leistete keinen Widerstand.

Als seine Nase ihren Nacken berührte, warf sie den Kopf hoch und vergrub ihre Zähne seitlich in seinem Hals, bis das Blut spritzte. Der Schock des Angriffs warf Streng von ihr ab und quer durch das Zimmer, als hätte ihn eine Schlange gebissen.

Draußen krähte der Rabe. Es war ein Warnruf, denn der schwarze Verbündete sah, wie sich ein Reiter näherte, und mit seinen scharfen Augen erkannte er, dass es ein Krieger des Hauses Munster war, der des Weges kam. Der Rabe wollte den Sachsen warnen; er wollte ihm ein Zeichen geben, dass Gefahr drohte, und als Streng nicht reagierte, steigerte der Vogel seinen Schrei zu einem gespenstischen, gurgelnden Sirenengesang.

Streng saß auf seinem Hinterteil und hielt sich die frische Wunde an seinem Hals. Der plötzliche Aufprall hatte auch die alte Wunde in seiner Kehle wieder zum Bluten gebracht. Außerdem hatte er sich den Rücken verrenkt, als er von Caitlin wegspringen musste. Allmählich überkam ihn die Wut, und als er nun den Raben hörte, war das Maß voll, denn was der Vogel als Warnruf meinte, verstand er als Spottgesang.

Er wusste, dass er an die Frau im Augenblick nicht herankam. Er verspürte auch wenig Lust darauf. Er richtete seinen ganzen Zorn auf den Vogel. Sein Blick fiel auf den Bogen, der an der Wand hing. In Sekundenschnelle war er auf den Beinen und hatte die Waffe in der Hand.

Als erfahrener Soldat prüfte er zunächst die Sehne und spannte sie fest vor seiner Brust, indem er das glatte Holz von sich weg drückte.

Caitlin beobachtete voller Schrecken, wie er nach dem Bogen griff. Sie wusste jedoch nicht, was er im Sinn hatte. Zuerst dachte sie, er würde sie auf der Stelle umbringen, doch dann legte er einen Pfeil an und stürmte hinaus, die Sehne schon an seiner Wange. Caitlin hatte das sichere Gefühl, sie höre Flüche, obwohl sie die Sprache des Sachsen nicht verstand.

Im nächsten Augenblick vernahm sie ein grauenhaftes Kreischen in der Stille der Landschaft. Das Kreischen wurde zu einem wahnsinnigen, panischen Schrei, und dann hörte sie das laute, unverkennbare Knacken, als der Sachse dem Raben das Genick brach.

Eine Sekunde später kam Streng mit dem Bogen in der einen und dem toten Raben in der anderen Hand in die Hütte zurück. Der Pfeil steckte noch in dem Vogel, wo er tief in ihn eingedrungen war und seine Flügel gelähmt hatte.

Der Sachse schleuderte den Kadaver des Rebellenraben Sciathan-Cog ins Feuer. Die Flammen schlugen hoch und verschlangen ihn gierig, und bald war die Hütte vom Gestank der brennenden Rabenfedern verpestet.

Der Sachse hatte seinen einzigen verbliebenen Verbündeten in Eirinn getötet, ohne es zu wissen.

Murrough schaute sich kurz das verlassene Pferd an und erkannte es sofort als eines der Tiere, die die Sachsen einige Tage zuvor von seiner Kompanie erbeutet hatten. An der linken Flanke trug es das Brandzeichen des Prinzen von Cashel, etwa von der Größe einer Eichel. Es stellte einen stilisierten Lebensbaum dar, geformt aus den Ogham-Zeichen, die Murroughs Namen symbolisierten.

Er ritt langsam weiter und hielt nach Spuren eines Lagerfeuers Ausschau. Er dachte, der Sachse müsse irgendwo gerastet haben, trotz des furchtbaren Wetters. Irgendwann kam er an einer ärmlichen Hütte etwas abseits des Weges vorbei. Er sah das rauchende Dach und den schlammigen Hof davor, und bestimmt wäre er vorbeigeritten, wäre nicht im selben Augenblick ein großer Rabe erschienen. Die Erinnerung an den Angriff der Vögel auf Moranns Truppen war noch so frisch, dass er sofort Verdacht schöpfte, als er den Raben erblickte. Sein Erscheinen machte ihn äußerst vorsichtig.

Er stieg ab, machte sein Pferd hinter einem Busch fest, wo es von der Hütte aus nicht zu sehen war, und schlich zu Fuß weiter, damit das Klappern der Hufe ihn nicht verriet, falls der Sachse hier war. Doch kaum war er zehn Schritte gegangen, da begann der Vogel aus Leibeskräften zu krähen, als wollte er jemanden warnen, der sich in der Hütte versteckt hielt. Murrough wartete und duckte sich hinter Büsche, von wo er beobachten konnte, ohne gesehen zu werden.

Bald erschien ein riesiger Kerl in der Tür, und Murrough schüttelte den Kopf. Sein Verdacht hatte sich bestätigt. Sie erwarteten ihn. Der Sachse hatte sogar einen Vogel, der für ihn Wache hielt. Murrough konnte nur hoffen, zu seinem Pferd zurückzukommen, ohne gesehen zu werden. Er musste sich von einer anderen Seite anschleichen.

Doch dann geschah etwas Unerwartetes: Der Sachse hob seinen Bogen und schoss dem Raben einen Pfeil in die Brust. Dennoch hörte der Vogel nicht auf zu schreien. Er schrie sogar noch lauter und schriller als zuvor, bis der Sachse die gelähmte Bestie packte, ihr voller Hass in die Augen sah und ihr mit einem Ruck das Genick brach, bevor er mit dem schwarzen Kadaver wieder in der Hütte verschwand.

Murrough wusste nun, dass er nicht gesehen worden war. Er pirschte sich weiter an das Gehöft heran. Bald roch er den beißenden Rauch und schloss, dass der Sachse den toten Vogel ins Feuer geworfen hatte. Danach ging er noch langsamer und vorsichtiger weiter.

Er war noch etwa fünfzig Schritte von der Hütte entfernt, als er ein Geräusch hörte, das ihm das Blut in den Adern gefrieren und seine Beine zu Pudding werden ließ. Wie aus dem Nichts hörte er eine Frau schreien, nicht weniger wild und verzweifelt als der Todesschrei des Raben.

Ohne an die Gefahr für sein Leben zu denken, stürmte Murrough auf das Haus zu. Er rutschte im Schnee aus und rollte im Schlamm herum. Er dachte nicht einmal daran, sein Schwert zu ziehen, als er wieder auf den Beinen war. Er rannte einfach los, bereit, den Sachsen mit bloßen Händen in Stücke zu reißen.

Als er endlich an der Tür war, sah er durch die rauchige Finsternis eine Frau an der Wand liegen, wo der Sachse sie kurz zuvor zu Boden geschleudert hatte. Ihre Kleider waren in Fetzen, die Brüste entblößt. Sie rührte sich mit keinem Muskel, und Murrough dachte, sie sei vielleicht schon tot.

»Cait!«, rief er. Sie antwortete nicht; kein Zeichen, dass sie ihn gehört hatte. Er stürzte in die Hütte.

Der Sachse hatte schon sein Schwert gezogen, und als Murrough nach dem seinen griff, schlitzte ihm Streng die Kampfhand auf und zwang ihn, zurückzuspringen.

Als Murrough die Flamme des Wahnsinns sah, die in den Augen des Mannes brannte, und sein krächzendes Lachen hörte, das den düsteren kleinen Raum erfüllte, zog er sich zur Tür zurück. Streng hob sofort wieder sein Schwert und hieb nach Murroughs Kopf. Der Prinz musste sich ducken und sich gegen die Wand werfen.

Seine Hand fiel auf den Stiel einer Streitaxt. Noch nie hatte er eine solche Waffe geführt, und als er sie aufnahm, war er überrascht, wie leicht sie in seiner Hand lag, obwohl die Klinge aus gehärtetem Eisen war.

Den nächsten Schwerthieb des Sachsen blockte er mit dem Axtstiel ab. Dann hob er die Waffe und schwang sie herum, wie er es bei den Sachsen in Rathowen gesehen hatte. Die messerscharfe Klinge schnitt durch den Rauch und streifte Streng am Oberschenkel. Mit einem zweiten Hieb trieb er den Sachsen weiter zurück, doch dann sprang Streng wieder vor und stach mit seinem Schwert nach ihm. Murrough parierte mit der Axt und lenkte die Schwertspitze zu Boden, worauf der Sachse einige Schritte zurückwich, um Atem zu schöpfen.

Nun nahm Murrough all seine Kraft und all seinen Hass zusammen. Er hob die Streitaxt hoch über seinen Kopf und ließ sie herabschnellen, dass sie den Schädel seines Feindes gespalten hätte, wenn sie ihr Ziel gefunden hätte. Stattdessen grub sich die Klinge in den Lehmboden, und Streng hatte Zeit, dem Prinzen seinen Schwertknauf unters Kinn zu schlagen. Murrough hielt sich nur noch aufrecht, indem er sich an den Axtstiel klammerte, und Streng kam nah genug heran, um zu einem weiteren Stich auf den Körper des Gälen anzusetzen. Murrough konnte noch einmal ausweichen und wurde nur am Arm getroffen. Dennoch fiel er gegen die Wand zurück, und Streng stand mit erhobenem Schwert über ihm, bereit, den letzten, tödlichen Hieb zu führen. Der Prinz war außer Atem und in die Enge getrieben und fand sich mit seinem Tod ab.

Streng lachte und sagte etwas in seiner Sprache. Doch plötzlich war es der Sachse, der totenbleich wurde. Er riss die Augen weit auf, aus der Wunde an seinem Hals strömte das Blut, und er erstarrte mitten in der Bewegung.

Murrough überlegte nicht lange, was den Wahnsinnigen davon abhalten konnte, ihm den Todesstoß zu versetzen. Er lief um ihn herum, riss die Axt aus dem Boden und traf seinen Feind mit einem gewaltigen Rundhieb, dem auch das Lederwams, das der Krieger trug, nicht standhalten konnte, in den Bauch. Streng fiel auf die Knie und krümmte sich, bis seine Stirn fast den Boden berührte. Murrough hob noch einmal die Axt zu einem Hieb, der dem Fremden den Rücken spalten sollte.

Kurz bevor die Klinge einschlug, bemerkte er das schwarze Heft eines winzigen Messers zwischen den Rippen des Sachsen. Die gefürchtete Streitaxt, die so vielen Gälen den Tod gebracht hatte, durchtrennte nun ebenso bereitwillig dem Sachsen das Rückgrat. Streng fiel aufs Gesicht und gab seinen letzten Seufzer von sich.

Murrough brauchte eine Weile, um wieder zu Atem zu kommen. Noch nie hatte er einem solchen Krieger im Kampf gegenübergestanden. Er presste die Hand auf seinen verwundeten Arm und starrte den Leichnam des Sachsen an, als rechnete er damit, dass der Wilde jeden Moment wieder aufspringen würde. Doch Streng hatte seinen letzten Kampf gefochten auf dieser Welt.

Caitlin kniete in einer Ecke des Raumes. Sie hatte ihren Mantel um ihre zerrissenen Kleider geschlungen. Ihre Hände waren bis zu den Gelenken rot von Sachsenblut, und ihr Gesicht war voller blauer Flecke und Kratzer, die der Fremde ihr beigebracht hatte.

Während Murrough den Sachsen beschäftigt hielt, hatte sie sich aus ihren Fesseln befreit und nach Scian-Dubh getastet, dem kleinen Messer, das ihr das Sidhe-Männlein geschenkt hatte und das sie in ihrem Stiefelschaft verborgen hatte. Als sie es noch an Ort und Stelle fand, dankte sie den Göttern und erinnerte sich an die Silbereichel, mit der sie für das Messer bezahlt hatte. Wenn sie damals gewusst hätte, wie wertvoll es einmal für sie werden würde, hätte sie gern zwanzig Eicheln dafür gegeben.

Caitlin und der Prinz schauten sich eine Weile gegenseitig an, dann taumelte Murrough auf sie zu, fiel auf die Knie und nahm sie in die Arme. So hielten sie einander fest, bis das Feuer auszugehen begann.

Schließlich stand Murrough auf, zog den toten Raben aus dem Herd und warf ihn vor die Tür. Er legte frische Torfstücke auf und schürte die Glut mit einem Eisenstocher. Als er damit fertig war, begann Caitlin, Streifen von seinem Hemd zu reißen und seine Wunden damit zu verbinden. Danach holte sie frisches Wasser, von dem sie beide tranken.

Sie setzten sich zusammen und sprachen endlich miteinander – zum ersten Mal, seit sie sich getroffen hatten. Sie sprachen von ihren Ängsten und der

Erleichterung, dass sie sich zur rechten Zeit gefunden hatten; von ihren Hoffnungen und Träumen und davon, welches Glück sie hatten, dass sie noch am Leben waren. Sie sprachen auch über den Lebensbaum, die Raben und all die seltsamen Ereignisse, die sie miterlebt hatten, wenn auch Caitlin den kleinen blauen Mann nicht erwähnte, von dem sie das Scian-Dubh bekommen hatte. Und schließlich sprachen sie über die Pläne, die der Druidenrat mit Mawn und Sianan hatte, und wie wohl die Welt aussehen könnte, die die Wanderer erben würden.

Nach langer Zeit bemerkten sie schließlich, wie hungrig sie waren. Sie machten sich über die Suppe her, die in dem Topf dampfte, und als sie die erste Schale geleert hatten, nahmen sie sich mehr, denn die Sachsen hatten ihnen während ihrer kurzen Gefangenschaft nicht viel zu essen gegeben.

Nachdem sie sich die Bäuche gefüllt hatten, beschlossen sie, bis zum Morgen zu ruhen und sich dann sofort zur Cashel-Kreuzung aufzumachen. Aber sie redeten noch lange weiter und tranken von dem Met, den sie in einem Krug neben dem Feuer gefunden hatten. Erst viel später kuschelten sie sich schließlich unter ihre Reisemäntel zusammen und schliefen ein, während Strengs Leichnam noch auf dem Boden lag, wo er unter Murroughs Todesstoß gefallen war.

Mitten in der Nacht wachte Caitlin auf und schaute lange in das Gesicht des Prinzen von Cashel. Im Feuerschein schien seine Haut orange zu glühen, und das leuchtende Rot seines Haars mischte sich mit dem unwirklichen Licht in der Hütte. Seine Stirn schien nahtlos in sein Haar überzugehen. Sie erinnerte sich an den blauen Sidhe-Mann, der ganz ähnlich geschimmert hatte.

Selbst neben dem schlafenden Prinzen musste sie wieder an Fintan denken, doch als sie sich dann erinnerte, was seit Rathowen alles geschehen war und wie oft Murrough seine eigene Sicherheit für sie aufs Spiel gesetzt hatte, wurde ihr wieder klar, welches Glück sie hatte, dass sie noch am Leben war. Sie wusste, dass sie Murrough große Dankbarkeit schuldete.

Sie hatten zwar in ihrer Mission versagt, den Lebensbaum vor der Zerstörung zu bewahren, doch inzwischen sah sie ein, dass allen Dingen auf Erden nur eine bestimmte Zeit zugemessen war. Wenn für den Lebensbaum der Tag gekommen war, aus der Welt zu scheiden, dann gab es keine Macht, die es hätte verhindern können.

Unbewusst hatte sie begonnen, dem jungen Prinzen das Gesicht zu streicheln. *Wie hübsch er ist*, dachte sie. *Er verdient ein gutes Leben. Wie wäre es wohl, wenn ich es mit ihm teilen würde?*

Im Geist hörte sie Fintan sagen: *Dein Platz ist jetzt an der Seite des Prinzen*, obwohl sie sich nicht erinnern konnte, dass er diese Worte je ausgesprochen hatte. Genau in diesem Augenblick öffnete Murrough überrascht die Augen, und Caitlin legte ihm zärtlich einen Finger auf den Mund, um ihn zu beruhigen.

Sie legte ihre Arme um ihn und streichelte seinen Kopf in ihren Händen. Er rutschte näher an sie heran, und ihre Lippen berührten sich flüchtig. Dann gab sie sich seiner Umarmung hin und fühlte sich endlich sicher und warm. Nichts und niemand würde ihr mehr Schaden zufügen können.

So lagen sie einander noch in den Armen, als Morann und seine Krieger sie am nächsten Morgen fanden.

# XVI

Nachdem Gobann sich von dem Schock erholt hatte, Sila nach so vielen Jahren nicht nur wieder zu sehen, sondern tatsächlich mit ihr in einem Raum zu sein, versuchte er sich wieder an dem Fest zu erfreuen, das zu seinen Ehren stattfand, doch er konnte sich einfach nicht mehr entspannen, sosehr er es auch versuchte.

Sila saß ihm gegenüber und lächelte ihm von Zeit zu Zeit zu, und immer wenn sie das tat, spürte Gobann eine Gänsehaut auf seinem Rücken und vergaß alles, was um ihn herum geschah.

*Wieso kommt sie jetzt, wo ich dachte, ich wäre endlich frei von ihr, plötzlich nach Eirinn zurück?*, fragte er sich. Er schaute sich um und versuchte die Gefühle zu bändigen, die in ihm wüteten. Sein Freund Origen hielt sich unauffällig im Hintergrund. Er saß neben zwei anderen Mönchen, die Gobann nicht sofort erkannte. Der Poet winkte sie zu sich an den Ehrentisch, in der Hoffnung, sie würden ihn für eine Weile auf andere Gedanken bringen. Origen erhob sich sofort und raffte eilig sein weißes Gewand zusammen, bevor er sich mit seinen beiden Freunden auf den Weg zu ihm machte.

Als die drei Mönche noch wenige Schritte von seinem Tisch entfernt waren, bemerkte Gobann, wie sich der Christ und Sila fast unmerklich zunickten, und plötzlich kam ihm die Erkenntnis: Origen hatte die ganze Zeit gewusst, dass sie in Eirinn war. Er hatte ihm frech ins Gesicht gelogen, als er ihm erzählte, sie wollte für immer in ihrer Heimat bleiben. Aber warum?

Der Dichter brauchte nicht lange auf eine Antwort zu warten. Origen und die beiden anderen Mönche waren schon am Tisch, als sich die Frage in ihm formte.

»Herzlichen Glückwunsch, mein Freund«, rief Origen, dem die Zornesfalten auf Gobanns Stirn nicht entgangen waren. Gobann sagte nichts. Er schaute nur zwischen dem Christen und der Frau aus Britannien hin und her und wurde immer wütender.

Schließlich konnte Origen das Schweigen des Dichters nicht länger ertragen. Er wusste, was Gobann dachte. »Ich habe nur getan, was der Druidenrat von mir verlangt hat«, verteidigte er sich. »Sie wussten, dass ich auf dem Weg nach Britannien war, und dachten, jemand, der nicht aus ihren Reihen kam, würde unter den Stämmen der Cruitne weniger Verdacht erregen. Wie du weißt, seid ihr Gälen dort nicht sehr beliebt. Ich habe ihr deine und die Nachrichten des Rats überbracht und bin nach Ägypten weitergereist.

Auf dem Rückweg kam ich dann wieder durch Britannien und nahm sie nach Eirinn mit, wie ich es mit ihr vereinbart hatte.«

Origen hatte ihm soweit noch nichts Neues erzählt, denn das alles hatte sich Gobann schon selbst zusammengereimt. Was er wissen wollte, war, weshalb man alles so geheim gehalten hatte.

»Wegen deiner Geas«, erklärte Origen. »Cathach fürchtete, du würdest deine Prüfungen nicht bestehen, wenn Sila in deinen Gedanken herumschwirrte.«

»Ach was! Ist sie plötzlich so wichtig für den Druidenrat?«, fragte Gobann sarkastisch.

»Das ist sie allerdings. Sie wird nämlich Sianans Lehrerin sein. Das hat man mir jedenfalls erzählt«, antwortete Origen, bevor er hinzufügte: »Und weil du sie liebst.«

»Weil ich – was?«, stotterte der Poet.

»Lorgan und Cathach wussten genau, dass sie dich zu einem unglücklichen, verbitterten Mann machen würden, wenn sie dich von den Dingen und Personen trennten, die dir etwas bedeuten. So ist es doch: Erlaube einem Menschen, mit denen zusammen zu sein, die er gern um sich hat, und sich mit Dingen zu beschäftigen, die ihm Freude machen, dann wird er stets seine Pflicht tun und ein hohes Alter erreichen.«

»Das spricht nicht gerade für das Mönchsdasein«, spottete Gobann.

»Gewiss nicht«, sagte einer der anderen Mönche, den Gobann nun als den Mann erkannte, den er nach der Schlacht von Rathowen im Prozess gegen Palladius gesehen hatte. Nur trug er jetzt eine weiße Robe über seiner schwarzen Kutte. »Doch wenn du nichts anderes willst, als dein Leben im Dienste Gottes und im Gebet zu verbringen, dann stimmt wieder alles«, meinte der Mönch Deklan.

»Unsere Regeln bedeuten nicht unbedingt, dass Mönche und Nonnen ihr körperliches, geistiges oder seelisches Wohlergehen zu vernachlässigen haben, wenn es auch von vielen so ausgelegt wird«, fügte Origen hinzu.

»Und was ist mit der römischen Kirche?«, bohrte der Dichter weiter. Inzwischen hatte er den dritten Mönch als Deklans Schützling Isernus erkannt. »Die Römer haben mit dem Wohlergehen ihrer Mönche und Nonnen nicht sehr viel im Sinn, oder habe ich das falsch verstanden?«

Deklan seufzte tief, bevor er entgegnete: »Ja, das muss man wohl sagen. Das Leben eines römischen Mönchs kann furchtbar langweilig sein und scheint in mancher Hinsicht den Lehren Christi unmittelbar zu widersprechen. Bevor ich hierher kam, war das alles, was ich kannte. Ich dachte, es wäre recht, doch nun weiß ich, dass es auch anders geht, und manche dieser Lehren erscheinen mir dem viel näher, was Jesus gewollt hätte. In Zukunft werde ich meine Brüder anhalten, nur diesen Regeln zu folgen. In Britannien, an einem Ort namens Whithorn, gibt es eine Gemeinde, die der heilige Ninian gegründet hat. Der Abt ist kürzlich verstorben, und ich bin gebeten worden, seinen Platz einzunehmen. Ich bin überglücklich, dass man dort meine Dienste braucht, und werde mit Isernus aufbrechen, sobald das Wetter sich bessert. Das ist alles, was ich mir vom Leben wünsche: gebraucht zu werden und die Möglichkeit, die Lehren Christi zu verbreiten.«

Deklan legte Gobann die Hand auf die Schulter, als wären sie die ältesten Freunde. »Doch du, edler Druide, dürstest nach anderen Erfahrungen, sosehr du auch dem Geist verpflichtet sein magst; Erfahrungen, die dir die Einsamkeit nicht bieten kann. Als ich nach Eirinn kam, konnte ich es nicht glauben, doch nun weiß ich, es ist wahr: Die Wege des Fleisches und des Geistes sind untrennbar – selbst für jemanden wie mich.«

Gobann hatte schweigend gelauscht, was Deklan zu sagen hatte. Obwohl der Römer jünger war als er selbst, fand er eine Weisheit in seinen Worten, die sich nicht in Jahren messen ließ.

»Nun?«, sagte Origen. »Willst du nicht endlich zu ihr gehen und wenigstens mit ihr reden?«

Gobann lächelte geheimnisvoll. Er wünschte seinem Freund und den beiden Römern eine gute Nacht und schaute zu Sila hinüber, die ihn noch immer anlächelte. Schließlich stand er auf und führte sie aus der Festhalle hinaus in die Gärten von Teamhair.

Sobald sie draußen waren, löste sie den Knoten, zu dem sie ihr langes schwarzes Haar gebunden hatte, und schaute ihm in die Augen.

»Du hast mir gefehlt«, gestand sie, »aber hast nicht auch du gewusst, dass wir uns eines Tages wieder sehen würden?«

Gobann wollte ihr erzählen, was alles passiert war, seit sie einander verlassen hatten. Er wollte ihr sagen, dass er sie nie wirklich vergessen hatte, doch stattdessen nickte er nur in stillem Einverständnis.

Die Wolken hatten begonnen, sich zu lichten. Der Winter schien sich endlich dem Frühling geschlagen zu geben. Ein einsamer Stern strahlte hoch oben in der tiefblauen Nacht. Der Abendstern, der Freund des Poeten, war gekommen, ihn an seine Pflichten zu erinnern.

»Ich bin heute mehr als je zuvor den Wegen des Geistes verpflichtet«, begann er. »Ich bin für die Erziehung der Wanderer verantwortlich. Die Welt ist im Wandel, und es liegt viel Arbeit vor mir.«

Sila lächelte wieder. Seine Sorgen schienen sie zu amüsieren, und Gobann sah nur dieses Lächeln. Er fürchtete schon, sie hätte kein Wort verstanden. »Ich habe viel harte Arbeit vor mir«, wiederholte er. »Wahrscheinlich mehr, als ich schaffen kann. Um etwas anderes darf ich mich nicht kümmern.«

Sila konnte nicht länger an sich halten und lachte laut auf. »Aber genau deshalb haben Lorgan und Cathach doch nach mir geschickt! Sie wussten, dass du Hilfe brauchen würdest. Es war Lorgans letzter Wille, dass ich die Verantwortung für Mawn und Sianan mit dir teile. Es scheint unsere Bestimmung zu sein, dass wir zusammenarbeiten werden. Du musst also lernen, dich trotz meiner Anwesenheit auf deine Pflichten zu konzentrieren.«

Gobann schaute zum Himmel auf, wo der Abendstern heller funkelte als je zuvor. »Also gut.« Er gab sich geschlagen. »Wenn der Druidenrat so entschieden hat, dann werde ich mich seinen Wünschen fügen.«

»Ob du mir *deine* Wünsche verraten könntest?«, wollte Sila wissen. »Wie lauten die?«

»Lass uns wieder hineingehen und uns ans Feuer setzen. Es gibt vieles, worüber wir reden müssen.«

Lange nachdem Gobann und Sila das Fest verlassen hatten, begaben sich Mawn und Sianan zu Bett in ihre Ecke des Saales. Mawn konnte lange Zeit nicht einschlafen, obwohl er von den vielen Vorbereitungen für Gobanns Ehrenfest sehr erschöpft war. Er spürte, dass die Faidh ihn überkommen wollte, und hatte Angst vor den Visionen von seiner Familie und der Zukunft, die ihm der Schlaf bringen würde.

Er hatte sich angewöhnt, solche Episoden, in denen er in die Zukunft schauen konnte, als Strafe für Verbrechen zu betrachten, die er einmal begangen haben musste, denn stets gingen sie mit furchtbaren Ängsten und körperlichem Schmerz einher.

Sosehr er sich auch wehrte, am Ende verlor der Junge den Kampf gegen den Schlaf. Irgendwann schloss er die Augen, um sie kurz auszuruhen. Doch sofort fiel er in tiefen Traumschlaf. Ein Teil seines Geistes versuchte ihn wachzurütteln, aber es war schon zu spät. Die Bilder kamen über ihn.

Er fand sich in einem seltsamen Raum in einem riesigen Steingebäude. Auf einem goldenen Thron saß ein alter Mann, ganz in Weiß gekleidet, sogar mit weißen Handschuhen und einem seltsamen hohen Hut. Mawn hörte ihn reden, und er schien viel Gutes zu sagen, doch dann füllte sich der Raum auf einmal mit schwarzen Mönchen, die seine Rede mit ihren eigenartigen Gesängen und dem Schlurfen ihrer Sandalen übertönten.

Mawn dachte an das Brandubhspiel: der weiße König, umgeben von Raben.

Die Schwarzkutten zogen sich plötzlich wieder zurück von dem alten Mann, doch der war nun auch ganz in Schwarz, vom Hut bis zu den Handschuhen. Selbst seine Augen waren rabenschwarz.

Und dann wurde er wieder von den Mönchen umringt, diesmal kamen noch vier andere Männer herein, die wie Origens Ordensbrüder gekleidet waren, in fließenden weißen Roben. Sie bahnten sich einen Weg durch die Schwarzkutten. Der Mann in der Mitte war wieder zu sehen. Er hatte nun vollkommen seine Gestalt verändert. Aus dem weisen Alten war ein uralter, toter Baumstamm geworden. Die weißen Klosterbrüder wollten ihn an seinen Ästen in Sicherheit ziehen, die verrotteten Glieder brachen jedoch in ihren Händen, und die schwarzen Mönche lachten höhnisch.

Der nächste Anblick versetzte Mawn so in Schrecken, dass er mit einem Schrei erwachte, denn in dem hohlen Baumstamm war ein Mann eingeklemmt, ein Mann in einer weißen Kutte, den er sehr gut kannte: *Origen!*

# XVII

Murrough hörte später, wie Morann die Kate entdeckt hatte, in der er mit Caitlin Schutz gefunden hatte.

Die Bauersleute, die Streng überrascht hatte, als sie ihr Schwein kochten, waren durch eine unsichtbare Klappe im Torfdach entkommen, die sie von Zeit zu Zeit benutzten, um den Rauch aus ihrer Behausung zu lassen. Sobald sie in Sicherheit waren, borgte der Bauer das Pferd eines Nachbarn und ritt Richtung Cashel, in der Hoffnung, auf dem Weg auf Soldaten des Königs zu stoßen. Er hatte vom Krieg gehört und dachte, der wäre nun in Gestalt dieses eigenartigen wilden Riesen in sein eigenes Haus gekommen.

Zum Glück traf er einen berittenen Kurier, der ihn sofort zu Moranns Armee an der Cashel-Kreuzung brachte. Von dort führte der Bauer eine Gruppe von Kriegern durch die Nacht zu seiner Hütte zurück, wo sie erst ankamen, lange nachdem Murrough den Sachsen erschlagen hatte.

Nachdem Morann dafür gesorgt hatte, dass Murroughs und Caitlins Wunden gewaschen wurden, und ihnen frische Pferde besorgt hatte, verließen sie den Bauernhof mit einer Eskorte von Munster-Soldaten und machten sich auf die lange Reise zunächst nach Cashel und dann weiter nach Teamhair.

Bis zur Kreuzung war es recht einfach. Es ging meistens bergab, und die Pferde wollten so schnell wie möglich in ihre Ställe zurück, so dass sie kaum angespornt werden mussten. Den größten Teil des Weges ritten Murrough und Caitlin nebeneinander her, lächelnd und Scherze austauschend, und von Zeit zu Zeit streckten sie die Arme zwischen ihren Pferden aus und fassten sich an den Händen.

Kurz nach Mittag kamen sie an den Ort, wo der Baum einst gestanden hatte. In vollem Tageslicht und ohne viel Schnee, der im warmen Sonnenlicht schnell dahinschmolz, war der Anblick noch niederschmetternder als Murrough sich vorgestellt hatte.

Das riesige Holzgeschöpf lag auf dem Gras, zertrümmert unter seinem eigenen Gewicht und durch die Gewalt des Sturzes buchstäblich aus der Erde gerissen. Überall lagen noch Blätter und Zweige verstreut, doch die Beeren hatte man aufgesammelt und in kleinen Metfässern verstaut, die Morann für diesen Zweck aus Cashel mitgebracht hatte.

*Ich habe vieles gesehen in diesem Krieg*, dachte Murrough, während er auf den Baumleichnam starrte, *viele Tode und furchtbare Grausamkeit, doch dies ist das Schlimmste, was ich bisher erblickt habe. Von nun an wird der Baum nur noch im königlichen Siegel von Munster fortleben.* Und dann erinnerte er sich, dass er seinen Siegelring Seginus als Pfand überlassen hatte. Vielleicht war wirklich die Zeit gekommen, dass sich vieles ändern musste.

Während Murrough brütend zurückblieb, ging Caitlin näher an den Baum heran. Auch sie war sehr bestürzt über den Anblick. Unter dem Stumpf eines dicken Astes ragten der Arm und die Hand eines Mannes hervor, der sich nach so vielen Stunden noch immer im Boden verkrallt hatte; ein toter, namenloser Sachsenkrieger, bis zur Unkenntlichkeit zerquetscht unter der Last seines Opfers.

Caitlin musste plötzlich an Fintan denken, wie er auf der Bahre im Lager der Heiler vor Rathowen lag, als sie die graue Haut und die grässlich verkrampften Finger des Sachsen sah. Mitleid erfüllte sie für diesen Fremden, der sein Leben ausgehaucht hatte.

Hatte er eine Frau, eine Familie?, dachte sie. Oder eine Geliebte daheim, im Land der Sachsen? War er ein Vater und Bruder?

Sie kniete nieder in stillem Gebet. Dann berührte sie die Finger des toten Kriegers zaghaft, und schließlich ergriff sie die Hand, als wäre noch Leben in ihr.

Und sie weinte zum ersten Mal, seit sie ein kleines Mädchen gewesen war, und diesmal waren es keine stillen Tränen. Sie weinte hemmungslos und schrie allen Kummer, allen Hass und alle Wut, alle Gefühle heraus, mit denen sie seit Fintans Tod gerungen hatte, wie der letzte Wintersturm, der das Meer aufwühlt und seine Wut an jedem Schiff auslässt, dessen Kapitän leichtsinnig genug war, dennoch in See zu stechen.

Murrough sah sie und beschloss zunächst, sie mit ihrem Schmerz allein zu lassen. Er wusste in diesem Moment ohnehin nicht, was er sagen sollte. Erst als er nach einer Stunde zurückkam und sie immer noch schluchzend die bleiche Hand umklammert hielt, wagte er sie anzusprechen.

»Ist alles in Ordnung, Caitlin?«

»Bitte lass mich für eine Weile in Ruhe«, entgegnete sie knapp, und Murrough entfernte sich wieder. Er machte sich große Sorgen um sie und nahm sich vor, seinen Bruder zu überreden, für die Nacht an der Kreuzung zu bleiben.

»Das kommt nicht in Frage«, war Moranns Reaktion. »Wir haben wegen deiner Eigensucht schon genug Zeit verloren. Denk endlich einmal an deine Pflichten gegenüber dem Königreich!«

»Ich werde diese Nacht keine einzige Meile reiten«, erklärte Murrough hartnäckig. »Sie braucht Ruhe, und ich werde bei ihr bleiben und auf sie aufpassen.«

»Sie sollte längst in Cashel sein. Dort könnten wir wenigstens ihr Bein vernünftig behandeln lassen«, rief Morann erzürnt. »Und wir beide sollten uns schon auf dem Weg nach Teamhair befinden, wo der Hochkönig auf uns wartet.«

Murrough runzelte die Stirn. Seit langer Zeit erinnerte er sich zum ersten Mal wieder, dass in Laigin ein Aufstand drohte und dass der Hochkönig deshalb jede

Hilfe brauchte, die er finden konnte. »Gibt es Neuigkeiten aus Teamhair?«, fragte er seinen Bruder kleinlaut. Er fühlte sich schuldig, weil er sein eigenes Glück vor das Wohl des Königreichs gestellt hatte.

»Nein«, antwortete Morann, »kein Wort. Seit Tagen hat uns kein einziger Bote erreicht. Es könnte alles Mögliche passiert sein. Vielleicht ist Dichu schon zurückgekehrt und hat Leoghaire in seinem Bett erschlagen. Wer weiß ...«

»Können wir bis morgen warten?«, flehte Murrough weiter.

»Nein!«, erwiderte Morann, schon wieder am Rande eines Wutausbruchs. »Wir dürfen nicht noch mehr Zeit verschwenden.«

»Nur eine Nacht«, bettelte Murrough. »Das ist alles, worum ich bitte. Morgen früh kann man sie dann nach Cashel bringen, und wir reiten direkt nach Teamhair.«

Morann hatte damit gerechnet, dass auch Murrough nach Cashel wollte, weil er sich nicht von seiner Geliebten trennen konnte. Der neue Vorschlag seines Bruders bedeutete nun, dass sie in vier, vielleicht sogar schon in drei Tagen in Teamhair sein könnten.

»Na gut«, gab er deshalb nach. »Eine Nacht und keine Stunde mehr, und dann reiten wir beide direkt nach Teamhair, wie du gesagt hast.«

»Danke, Bruder. Danke.« Er hielt Moranns Hand fest, und bald war aller Zwist zwischen ihnen vergessen.

Caitlin blieb bei dem toten Sachsenkrieger, bis die

Schatten lang wurden und der Abend hereinbrach. Erst als es ihr kalt zu werden begann, raffte sie sich auf und ging zum Feuer, um etwas Nahrung zu sich zu nehmen.

Beim Aufstehen sah sie etwas im Gras unter einem Blatt, nicht weit von den Fingerspitzen der Totenhand: ein schwarzes Stück Kordel. Als sie daran zog, kam ein kleiner schwarzer Beutel hervor. Er war aus einem weichen, wunderbaren Material, wie sie es noch nie gesehen hatte. Neugierig, was der Beutel wohl enthalten mochte, zog sie die Kordel auseinander und ließ den Inhalt in ihre Hand rollen.

Der Beutel enthielt genau neun Elsbeeren und nichts anderes. War dies die Beute, die der Sachse für sich auf die Seite zu bringen gehofft hatte, oder waren sie ein Geschenk, das für sie bestimmt war? Sie legte die Beeren eine nach der anderen sorgfältig zurück und zog den Beutel fest zusammen, bevor sie ihn in ihre Tasche steckte, entschlossen, niemandem von ihrem Fund zu erzählen.

Murrough hatte einen Platz am Feuer für sie vorbereitet. Dort saßen sie lange zusammen, bis nur noch die wenigen Soldaten auf waren, die Wachdienst hatten. Erst als die Müdigkeit sie beide überwältigte, tief in der Nacht, beschloss er, sie allein zu lassen.

»Ich muss mich jetzt hinlegen, Caitlin. Morgen wirst du nach Cashel reiten, und ich werde mich mit meinem Bruder nach Teamhair aufmachen.«

»Ich kann nicht«, erwiderte Caitlin kopfschüttelnd. »Ich bin noch nicht bereit.«

»Was meinst du damit?«, fragte Murrough besorgt. »Wofür bist du noch nicht bereit?«

»Ich muss mich zum Brunnen der Brighid begeben. Dort werde ich die kommenden Monate verbringen. Ich muss mich sammeln, mich wieder finden, nach allem, was geschehen ist ...«

»Und – wirst du jemals zurückkehren? Werde ich dich je wieder sehen?«, fragte Murrough traurig.

Sie dachte einen Augenblick nach. Dann schaute sie ihm offen in die Augen. Ihr Blick war kalt. »Das weiß ich nicht. Jedenfalls jetzt noch nicht«, antwortete sie. »Ich weiß nur, dass ich etwas von mir verloren habe. Ich bin nicht sicher, ob es in Rathowen geschehen ist, am Lebensbaum oder irgendwann danach. Ich weiß nicht einmal, was es genau ist, doch ich spüre eine Leere in mir, die ich im Moment nicht ausfüllen kann.«

Murrough vermutete, sie sprach von Fintan. »Dann lass mich dich begleiten zu diesem Brunnen«, schlug er vor.

Aus irgendeinem Grund, den sie selbst nicht kannte, machte sie dieses Angebot sehr wütend. »Nein! Das muss ich ganz allein tun«, rief sie. »Du kannst nicht mitkommen!« Doch dann erinnerte sie sich, dass die ersten Worte, die sie je zu ihm gesprochen hatte, voller Zorn gewesen waren, und sie wollte nicht, dass sie nun auf die gleiche Weise auseinander gehen würden. »Mein Körper ist auf dem Weg der Heilung«, fügte sie deshalb mit sanfter Stimme hinzu, »doch nun ist die Zeit gekommen, dass ich auch meinem Geist erlaube, ganz zu genesen.«

»Darf ich dich wenigstens besuchen?«, seufzte er.

»Nein, das geht nicht. Sobald ich meinen Frieden gefunden habe, werde ich zu dir zurückkehren, wenn du mich dann noch willst.«

»Finde deinen Frieden«, sagte Murrough lächelnd, »und sei versichert, ich werde auf dich warten.«

Der Prinz war inzwischen auch zu der Meinung gekommen, es wäre das Beste, wenn sie eine Weile getrennt verbringen würden, da er bald vor seinem Vater stehen und sich um Staatsangelegenheiten zu kümmern haben würde.

»Gibt es irgendetwas, was ich tun kann, um dir die Zeit am Brunnen zu erleichtern?«

»Nein, nichts«, antwortete Caitlin, »aber du kannst mir eine gute Reise wünschen und viel Glück bei meiner Genesung.«

Er beugte sich über sie und küsste sie zart auf die Stirn. »Das wünsche ich dir bestimmt«, versicherte er ihr. »Komm bald zurück.«

Sie umarmten sich noch einmal, und so schliefen sie ein neben der glühenden Asche des Lagerfeuers.

Es war fast Tag, als ein Reiter von Norden her ins Lager geritten kam und von den Wachen aufgehalten wurde. Die Soldaten versicherten sich schnell, dass er ein Bote aus Teamhair war.

Morann erhob sich von seinem Nachtlager und ließ den Mann in sein Zelt rufen, um die Neuigkeiten zu hören.

»Lang lebe Murrough, der König von Munster und Cashel«, rief der Kurier, sobald er vor Morann stand.

Dann berichtete er vom Tode König Eoghans.

Murrough und Caitlin wurden herbeigerufen, und der Reiter wiederholte seine Botschaft vor seinem neuen König und der Frau, die einmal seine Königin werden sollte.

»Euer Vater ist friedlich entschlafen«, berichtete er. »Er hatte den Tag auf dem Gipfel des Hügels verbracht und sich die Brust verkühlt. Am Abend, als er sich zur Ruhe legte, war er schon sterbenskrank. Ein Feuer wurde für ihn angezündet, und die Druiden verabreichten ihm Heilkräuter, doch kurz nach Mitternacht hörte er auf zu atmen und war tot.«

Zunächst sprachen weder Morann noch Murrough ein Wort, und dann war es Morann, der das Schweigen brach: »Ich dachte immer, ich würde bei ihm sein, wenn es so weit ist.«

»Er war nicht allein«, erklärte der Bote. »Lorgan Sorn, der Berater des Königs Leoghaire, starb in derselben Nacht, und beide wurden dem Feuer des Bel übergeben.«

»So hätte er es sich bestimmt gewünscht«, sagte Morann. »Möge er in Frieden ruhen.«

»Die Welt ist im Wandel«, sprach Murrough nachdenklich. »Vielleicht ändert sie sich schneller als wir es können, doch dass sie sich ändert, ist gewiss. Geh nun und ruhe, Bote, und danke für dein schnelles Kommen. Morgen werde ich nach Teamhair reiten, um dem Hochkönig meine Treue zu schwören und die Krone von Munster zu empfangen.«

Caitlin hatte ihren Blick nicht von Murrough gelassen, während er vom Tod seines Vaters hörte, und als sie seinen Schmerz bemerkte, fühlte sie sich nicht mehr ganz so allein auf der Welt.

*Ich werde zu dir zurückkehren, König Murrough*, versprach sie ihm in Gedanken. *Ich werde zurückkommen.*

# Ausklang

Das nächste Treffen des Druidenrats von Teamhair fand bei Neumond statt, drei Wochen und zwei Tage nach dem Untergang des Lebensbaums. Die Mitglieder des inneren Rats versammelten sich in der Halle, wo, wie alle wichtigen Feste der letzten tausend Jahre, auch Gobanns Bankett stattgefunden hatte.

Lorgans alten Platz am Ratstisch hatte Cathach eingenommen, der neue oberste Ratgeber des Hochkönigs Leoghaire. »Unsere Arbeit hat erst begonnen«, warnte er die anderen. »Wir mögen die Zukunft der Wanderer gesichert haben, die so wichtig sind für unseren Plan, die alten Bräuche über die Zeiten zu retten. Doch fast hätten wir alles verloren, weil wir den Fehler gemacht haben, nicht alle Möglichkeiten in Betracht zu ziehen. In Zukunft müssen wir sorgfältiger planen. Das ist unsere Pflicht den kommenden Generationen gegenüber.«

Er hielt inne und trank einen Schluck Wasser, bevor er fortfuhr: »Die Ausbildung der Kinder hat einen guten Anfang genommen. Sie haben sich schon als begabte Schüler erwiesen, die ihren Unterricht sehr ernst nehmen. Alles, was sie von unserer Lebensweise sehen oder hören, werden sie in sich aufnehmen und an die nächste Generation weitergeben. Wir werden dann nicht mehr da sein und sie leiten können. Wenn sie als lebende Schatztruhen für unsere Traditionen dienen sollen, müssen wir sie auch mit der Fähigkeit ausstatten, in einer feindlichen Welt zu überleben. Wir können nicht alles voraussehen, was ihnen geschehen könnte, doch wir müssen dafür sorgen, dass sie die Notzeiten überleben, die unserem Land bevorstehen.«

Alle waren still und dachten darüber nach, was sie, jeder für sich, dazu beitragen konnten.

»Wir haben erlebt, wie unser Abkommen mit den Danaan bis zum Zerreißen strapaziert worden ist. Die Geduld ihrer Druiden muss fast am Ende gewesen sein. Daraus können wir nur die Lehre ziehen, dass wir in Zukunft öfter ihren Rat suchen müssen. Warum wir das bisher nicht getan haben, begreife ich bis heute nicht, zumal sie unseren Weg, die überkommenen Bräuche Kindern anzuvertrauen, wenn Zeiten der Not bevorstehen, in hohen Ehren halten und ihm selbst höchst erfolgreich gefolgt sind.«

»Murrough hat sich bereit erklärt, für Mawns und Sianans Sicherheit zu sorgen«, übernahm Gobann das Wort. »Der neue König von Munster wird sie an seinem Hof verbergen, und mit der Zeit werden sie sich als Angehörige einer großen Familie fühlen. Cashel wird ihnen ein angenehmes Leben bieten. Ich bin sicher, sie werden die Unruhe der vergangenen Wochen bald vergessen haben, und eines Tages werden sie bereit sein, ihrer Bestimmung zu folgen. Ich gebe zu, ich möchte nicht in ihrer Haut stecken, doch andererseits ist mir auch klar, dass ich nicht die Hälfte der Talente besitze, mit denen die beiden gesegnet sind. Sila und ich werden ihnen beibringen, so viel wir können, und immer bei ihnen sein, wohin sie auch gehen. Wir werden über sie wachen bis zu ihrer Initiation als Druiden.«

Niemand, der Mawn und Sianan kennen gelernt hatte, konnte abstreiten, dass sie zwei ganz bemerkenswerte Kinder waren. Selbst Lorgan, dessen Idee es gewesen war, ihr Leben mit Hilfe der Elsbeeren zu verlängern, hatte zuvor nicht zu hoffen gewagt, dass sie sich so gut für die Zwecke des Druidenrats eignen würden.

Nach der Versammlung suchte Gobann noch einmal Cathach an seinem Feuer auf, bevor er sich mit Sila und den Kindern nach Cashel aufmachen wollte. Die beiden Druiden teilten etwas von Gobanns teurem Vorrat an Midhnas Met und spielten eine Partie Brandubh, und dann kam das Gespräch wie immer auf die beiden Wanderer.

»Es ist von äußerster Wichtigkeit, dass unsere Traditionen sowohl von männlicher als auch von weiblicher Seite erhalten bleiben«, schärfte Cathach Gobann ein. »Nur so wird das Ganze erhalten bleiben. Wo immer die Römer sich festsetzten, haben sie die Lehre von der Überlegenheit des Männlichen verbreitet. Die Gallier haben den Fehler begangen, das alles zu glauben. Folglich fanden sie sich bald unter der Herrschaft der Christen und konnten nichts von ihren eigenen Traditionen bewahren. Uns fällt nun die Pflicht zu, das Gleichgewicht wiederherzustellen. Die ganze gälische Welt verlässt sich auf dich und Sila, dass ihr eure Weisheit an die Wanderer weitergebt, damit diese sie an zukünftige Generationen weitergeben können.«

»Werden die Wanderer wirklich alles erreichen können, wie wir es geplant haben?« Gobann hatte seine Zweifel.

»Sie haben vier Beschützer, die über sie wachen: zwei Druiden, einen König und eine Königin. Zudem konnten wir einen reichen Vorrat an Beeren sichern, nachdem der Lebensbaum gefallen war. Es werden noch Jahre vergehen, bevor sich die Kinder wirklich beweisen müssen, doch ich bin sicher, dass sie unseren Erwartungen gerecht werden.«

»Wir haben noch nicht einmal begonnen mit unserer Arbeit«, stellte Gobann fest. »Der Krieg, der Untergang des Lebensbaums, das Auffinden der Kinder, all dies waren nur die ersten Züge. Die Partie wird noch im Gange sein, wenn wir längst tot sind.«

»Natürlich«, stimmte Cathach zu. »Der Kriegslärm wird durch die Zeitalter hallen und das Brandubhspiel noch viele Jahrhunderte weitergehen, und weder du noch ich können heute mit Sicherheit sagen, wie es ausgehen wird.«

»Sind wir beide wohl Spieler, oder sind wir nur Figuren in diesem großen Spiel?«, fragte Gobann eher sich selbst.

Cathach schaute den jüngeren Druiden an und lächelte nachsichtig. »Wir sind beides, mein Freund. Wir stellen die Figuren auf und sehen zu, wie sie sich bewegen, doch zugleich sind wir Spielsteine in einem anderen, größeren Spiel. Wir können nur hoffen, dass die Wanderer dem Spielplan folgen werden, den wir für sie vorgesehen haben, doch wer weiß, vielleicht werden sie ihre eigene Strategie entwickeln und selbst einen Weg aus dem Irrgarten finden; einen Weg, von dem wir beide nichts ahnen.«

Gobann nickte zustimmend. »Wir können bestenfalls hoffen, dass ihre ersten Schritte auf der Straße durch unsere Anleitung sicher und fest sein werden«, meinte er.

»Sehr richtig«, seufzte Cathach, »die ersten Schritte auf der großen Straße in die Zukunft. Im Augenblick meinen wir, an einer Wegscheide zu stehen, doch eines Tages könnten wir uns genau hier an derselben Stelle wieder finden. Denn wie alles auf Erden folgt diese Straße einem perfekten Kreis, der alles einschließt, was je gewesen ist und jemals sein wird.«

Die Geschichte geht weiter!

# DER PLAN DER DRUIDEN

# Anhang

## Zur Betonung von Eigennamen

Wo immer es möglich war, habe ich mich für die Namen und Ortsbezeichnungen in diesem Buch an die altirische oder gälische Schreibweise gehalten. So wird manches dem Leser fremd und unaussprechlich erscheinen. Die folgende Liste soll dabei helfen, den Klang auch solcher Wörter zu »hören«, deren Schreibung nicht der deutschen Phonetik entspricht.

Die Bewohner von Eirinn im fünften Jahrhundert bezeichneten sich nie als »Iren«, sondern identifizierten sich mit ihrer Stammes- oder Familiengruppe oder mit dem Unterkönigreich, in dem sie lebten. Genau genommen gab es in der altirischen Sprache gar kein Wort, das eine irgendwie geartete »nationale« irische Identität beschrieb. Das wissen wir von den vielen Handschriften, die um jene Zeit und später in Irland geschaffen worden sind. Nur in den Augen von Ausländern, die das Klansystem nicht wirklich verstanden, gehörten die Völker Eirinns zu einer gemeinsamen Nation, und diese Ausländer waren es, die zur Bezeichnung der vorgestellten Nation den Ausdruck »Iren« benutzten. Daher verwenden in dieser Geschichte nur die Sachsen die Wörter »irisch«, »Irland« und »Ire«.

Im Laufe meiner Recherchen zu diesem Roman habe ich Unterschiede entdeckt zwischen dem Latein, das in Rom benutzt wurde, und der Form, in der es in früheren Provinzen des Römischen Reiches gesprochen und geschrieben wurde. Dies war hauptsächlich auf den Niedergang der klassischen Bildung auf dem europäischen Festland zurückzuführen, der sich im vierten und fünften Jahrhundert vollzog. Die Rechtschreibung in Originalmanuskripten und Abschriften wurde immer nachlässiger. Zudem sind die meisten Handschriften aus dieser Zeit voller regionaler Ausdrücke und Dialektwörter, die latinisiert wurden und noch zu der Verwirrung beitrugen. Dies gilt vor allem für viele Personennamen. Wo immer ich in diesem Buch das Lateinische verwende, habe ich versucht, es als eine Sprache darzustellen, die noch lebendig war und nicht so formalisiert wie im späteren Mittelalter.

Im Folgenden findet der Leser ein kleines Betonungswörterbuch, das ihm dabei helfen soll, gälische Personen- und Ortsnamen, soweit sie in diesen Büchern vorkommen, besser zu »hören«, wenn er sie liest. In der rechten Spalte ist zu jedem gälischen Namen in der Liste eine phonetisch angenäherte deutsche Schreibweise des Namens aufgeführt.

| | |
|---|---|
| Aenghus Og | Ang-us Og |
| Aileesh | Ai-liesch |
| Aine | Enie |
| Ainir | Onir |
| Airer Gael | Arer Gail |
| Aisling | Esch-ing |
| Aoife | Eff-a |
| Ardmor | Ard-moor |
| Ard-Righ | Ard-rie |
| Banatigh | Bana-tie |
| Banba | Banva |
| Bardagh | Barda |
| Beltinne | Bell-china |
| Boann | Bo-an |
| Bodhran | Bau-ron |
| Brandubh | Bran-duv |
| Breac | Brock |
| Breaga | Briega |
| Breas | Brasch |
| Brehon | Bre-on |
| Broch | Broh |
| Cailleach | Kai-lach |
| Caillte | Kalchie |
| Caitlin | Kaitlin/Kotschlin |
| Cathach | Kat-ack |
| Cathal | Kat-al |
| Censelach | Kent-schel-ak |
| Cerne | Kern-ie |
| Cieran | Kier-an |
| Cill Dhaire | Kill Derrie |

| | |
|---|---|
| Colm Dhall | Kolm Dahl |
| Conaire | Kon-a-rie |
| Connachta | Kon-oh-ta |
| Cruitne | Krit-nie |
| Cu Aine | Ku-on-jie |
| Cuaich | Kwatch |
| Cunla | Kuhn-la |
| Curragh | Kur-ra |
| Dagda | Dag-da |
| Dal Araidhe | Dal Ri-a-dah |
| Desi | Die-sie |
| Diarmud | Dermot |
| Dichu | Die-ku |
| Dobharcu | Dob-ar-ku |
| Drui | Dru-ie |
| Dun Righ | Dun Rie |
| Eber | Ai-ber |
| Eirinn | Er-in |
| Emain Macha | Ev-an Ma-ha |
| Enda | Enda |
| Enda Censelach | Enda Ken-schel-ak |
| Eoghan | Jo-an |
| Eoghanacht | Jo-an-akt |
| Eothain | Jo-tin |
| Eriu | Er-ru-u |
| Ethne | Un-ia |
| Euan | Iu-an |
| Faidh | Fei |
| Feni | Fie-nie |
| Fergal | Far-gal |

| | |
|---|---|
| Fianna | Fie-an-a |
| Fidach | Fie-dak |
| Filidh | Fiel-ie |
| Finacre | Fin-ak-a |
| Fintan | Fin-tan |
| Fionn | Finn |
| Flidais | Flid-aisch |
| Fodhla | Fo-la |
| Gallaighe | Gall-a-hie |
| Gearchuiseach | Gar-ku-iesch-ak |
| Gearintinneach | Gar-in-tschin-ak |
| Geas | Gie-sa |
| Glastig | Glas-tik |
| Gobann | Go-bahn |
| Goibniu | Giv-nie |
| Gorm | Gor-um |
| Gorm Tuiscart | Gor-um Tusch-kart |
| Grainne | Gran-ie |
| Ia | Ie-ah |
| Inis | Inisch |
| Inis Tra | Inisch Tro |
| Lai Fal | Lia-fal |
| Laigin | La-hien |
| Leoghaire | Lie-rie |
| Lom-Dubh | Lom Duv |
| Lugh | Lu-ie |
| Macha | Ma-ha |
| Maelduine | Malduhn |
| Magh Tuiread | Moi Tschu-ra |
| Malchedoc | Mal-ke-dok |

| | |
|---|---|
| Manaan | Manan |
| Maoile | Muila |
| Mawn | Mon |
| Miach | Mie-ak |
| Midhe | Mied |
| Midhna | Mie-na |
| Mil | Miel |
| Molt | Molt |
| Morrigan | Mo-ri-gan |
| Morrigu | Mo-ri-gu |
| Muadhan | Morn |
| Muinn | Muhn |
| Murrough | Morr-uh |
| Niall | Nie-al |
| Niamh | Nie-av |
| Nighe | Nie |
| Nios | Niesch |
| Nuada | Nu-a-da |
| Ogham | Oham |
| Oghma | Ohg-ma |
| Oiliol | Iliel |
| Oilleel | Ill-iel |
| Oisin | Ischien |
| Ollamh | Olaf |
| Rathowen | Raad-o-wen |
| Ruari | Ru-rie |
| Samhain | Sah-un |
| Scathach | Schka-ta |
| Scian-Dubh | Skie-an-duv |
| Sciathan-Dubh | Skie-an-tan-Duv |

| | |
|---|---|
| Senchai | Schen-hai |
| Sianan | Schie-an-an |
| Sidhe | Schie |
| Sidhe-Dubh | Schie-Duv |
| Sila | Schie-la |
| Sila Subhach | Schie-la Schu-vak |
| Slane | Slein |
| Soghain | Sohehn |
| Speirbhan | Schpei-ra-ban |
| Strath Clota | Sa-rat Klo-da |
| Taillc | Tschalluk |
| Teamhair | Tar-ra |
| Teighe | Tieg |
| Tir-Nan-Og | Tschier-nan-og |
| Tork | Tork |
| Tuan | Tu-an |
| Tuatha-De-Danaan | Tu-a-ha-dei-dahn-nan |
| Turnan | Tschur-nan |
| Uisge Betha | U-is-kei Ba-ha |
| Uisnech | Isch-nuk |
| Ulaid | U-lei |

**Wörter nichtirischen Ursprungs**

| | |
|---|---|
| Aelfwine | Ulf-win |
| Eotenburg | Eten-burg |
| Eothain | Jo-tin |
| Manichee | Man-ie-kie |
| Seax | Sax |
| Thegn | Thain |

# Danksagung

Ohne die Unterstützung und Ermutigung meiner literarischen Agentin Selwa Anthony wäre ich nie in der Lage gewesen, dieses Buch fertig zu stellen. Ich kann ihr nur von Herzen dafür danken, dass sie stets an mich und diesen Roman geglaubt hat.

Meine Partnerin Nancy hat mich ertragen, während ich meine Manuskriptentwürfe zusammenstellte, und dann jeden Entwurf gelesen und nochmals gelesen. Mit ihren Kommentaren und ihrer Kritik, was in einer Erzählung geht und was nicht geht, gewährte sie mir einen objektiven Blick auf meine Arbeit, wann immer es nötig war. Ich glaube, ich werde ihr nie genug danken können für das, was sie getan hat.

Vielen Dank auch an Douglas, dessen Rat und Kommentare hinsichtlich historischer Einzelheiten und Erzählfluss unschätzbar waren. Seine positiven Kommentare schienen stets im richtigen Augenblick zu kommen.

Zum Schluss möchte ich Julia danken, meiner Redakteurin, die mit ihrer Begeisterung für diesen Roman und ihrer konstruktiven Kritik die Zeit des Schreibens so viel einfacher und froher gemacht hat.